COLLECTION FOLIO

Isabelle Jarry

L'archange perdu

Mercure de France

Isabelle Jarry a publié une biographie de Théodore Monod, un récit de voyage, *Voyage au Ténéré*, un roman (*L'homme de la passerelle*, prix du Premier Roman 1992) et un autre récit de voyage, *Vingt-trois lettres d'Amérique*.

L'archange perdu, son deuxième roman, a reçu le prix Anna de Noailles de l'Académie française.

pour Olivier

« Il y a une oreille dans l'inconnu. »

VICTOR HUGO

1

Ils se connaissaient à peine et, depuis le départ, la fille n'avait encore pas dit un mot. Claude avait l'impression d'être depuis deux heures enfermé dans un ascenseur avec une inconnue. L'autoroute du Sud déroulait ses paysages monotones assombris par le brouillard, il faisait froid, le mois de mars venait tout juste de commencer. À Tournus, elle lui proposa un chewing-gum d'un signe de tête, à Lyon elle dit qu'elle avait faim, à Montélimar elle demanda si elle pouvait s'arrêter pour téléphoner. Elle avait vingt-cinq ans environ, il en avait le double, une calvitie bien avancée et des joues tombantes. Elle ressemblait à une poupée, le teint clair et la bouche rose vif, mais ses yeux étaient foncés, et ses cheveux raides comme ceux des Chinoises. C'était une nouvelle, Claude n'avait jamais travaillé avec elle. Il était journaliste, rédacteur en chef adjoint des *Cahiers d'Aujourd'hui*, une revue mensuelle aussi sérieuse qu'ennuyeuse, et il partait en reportage. Sa sacoche, posée sur la banquette arrière, contenait un dossier sur lequel il avait écrit au feutre : *la vie des moines.* C'était le sujet du prochain numéro de la revue.

Ils sortirent de l'autoroute à Saint-Maximin et passèrent la nuit à l'hôtel où il avait réservé des chambres, dans un village proche de la Sainte-Baume.

2

Ils quittèrent l'hôtel tôt le matin, firent quelques kilomètres jusqu'à ce qu'un sens interdit les oblige à laisser la voiture et à continuer à pied. Ils se trouvaient alors dans un bois et la route qui montait doucement en tournant se perdait dans les arbres après chaque virage. Le ruisseau qui coulait au fond d'un petit ravin rendait l'air humide, et les chênes sur lesquels s'enroulaient des lierres conservaient sous leur couvert les relents froids de terre mouillée. De temps en temps, un oiseau laissait échapper un cri. Lucile marchait près de Claude, en silence. Elle l'entendait respirer, assez fort. Au sortir de chaque tournant, elle scrutait la forêt, espérant apercevoir quelque bâtiment, un morceau de mur, un clocher à travers le rideau d'arbres dépouillés. Mais rien n'apparaissait, que les talus mousseux du sous-bois, les troncs immenses des chênes et leurs branches noires, tordues, luttant avec les lianes qui s'accrochaient à l'écorce.

La route se divisa en deux. Un chemin montait abruptement vers la gauche, barré à l'entrée d'un nouveau panneau d'interdiction. Claude hésita, s'engagea sur ce tronçon, Lucile le suivit, il s'arrêta, revint sur ses pas, regarda alentour.

— Continuons plutôt tout droit, dit-il.

Ils reprirent la route qu'ils avaient suivie jusque-là. Claude alluma une cigarette, Lucile lui jeta un coup d'œil rapide, sans indulgence. Il surprit son regard et aspira une longue bouffée, tout en accélérant le pas. Cette fille ne lui plaisait pas. Il ne comprenait pas pourquoi Victor avait tant insisté pour que ce soit elle qui l'accompagne, plutôt que l'un de ses assistants habituels. Stéphane et Frédéric n'étaient peut-être pas très malins, mais au moins avaient-ils la simplicité des gens dont rien n'altère jamais la bonne humeur. Ils faisaient ce qu'on leur demandait, sans façon. Lucile ne s'était pas beaucoup dévoilée, mais Claude sentait, à de petits signes indéfinissables, qu'il n'allait pas supporter bien longtemps l'étrange assurance de la jeune fille et la désinvolture avec laquelle elle le traitait. On aurait dit qu'elle ignorait sa présence, qu'elle ne le remarquait pas.

Ils virent au même moment les deux petits dômes rouges qui surgissaient du faîte des arbres.

— Oh ! fit Lucile en tendant le bras vers la droite.

Les campaniles se détachèrent bientôt, puis d'autres morceaux de bâtisses dont on ne distinguait pas encore la forme. Ils pressèrent le pas, le bois s'éclaircit et la chartreuse de Montrieux apparut tout entière, entourée de son enceinte. À l'extérieur, plus loin, des vergers avaient été plantés, que des prés séparaient de la forêt qui couvrait tout le relief, à perte de vue. Caché derrière ses murs, le monastère était si intégré dans le décor qu'on ne pouvait le voir qu'au tout dernier moment, lorsqu'on se trouvait à ses portes. Le rouge vif des clochetons de l'église sautait aux yeux, tranchant sur le fond brun et gris de la nature encore frileuse. Le portail était flanqué de deux tours à toitures plus bourguignonnes que provençales, recouvertes de tuiles vernissées multicolores.

Claude sonna. Ils attendirent quelques minutes, puis un moine sortit, les salua, referma la porte derrière lui et les guida le long de la clôture jusqu'à un petit bâtiment adjacent. Lucile regardait sa longue robe blanche flotter autour de lui. Il avait rabattu son capuchon sur sa tête, ses pieds étaient nus dans de grosses chaussures. Il les fit entrer dans une pièce vaste, presque vide, les fit asseoir et sortit.

Lucile se balançait sur sa chaise, le regard absent. Claude l'inspecta : elle portait une petite jupe à godets en lainage gris, sur des collants épais. Un pull à col roulé rouge cerise moulait son torse étroit. Elle avait attaché ses cheveux en une queue de cheval tordue et fixée à l'arrière de sa tête par une large barrette en écaille. Cela formait comme un plumet noir qui s'échappait de son crâne. On lui aurait donné dix-huit ans.

Le père Jean entra. C'était un petit homme à l'allure de paysan, aux joues couperosées. Ses mains calleuses et abîmées portaient les traces d'un travail manuel plutôt rude. Plusieurs cicatrices marquaient ses doigts, les pouces étaient usés et aplatis, tout rugueux, les jointures déformées, les bouts des doigts plissés et rougis. Couvert de sa robe de laine blanche, le capuchon relevé, il ne laissait voir que ses mains et son visage, mais sur les unes on lisait sa vie, sur l'autre son âme. Ses petits yeux bruns à l'éclat malicieux auraient pu être ceux d'un fermier rusé, mais leur regard était tourné vers quelque zone intime de son cœur et lorsque ce regard se portait sur le monde, il tirait ceux qu'il y apercevait vers des champs plus profonds et plus retranchés de son être, ceux que d'ordinaire l'on n'offre pas si vite aux inconnus. On avait tout à coup le sentiment d'être le spectateur de sa vie intérieure.

Il s'assit sur un tabouret de bois et tira son capuchon en arrière. C'est alors que Claude comprit que les questions qu'il avait préparées lui seraient inutiles face à des hommes qui se présentaient de façon si peu apprêtée. Les moines n'avaient pas d'autre image à donner que celle de leur propre dépouillement. Vu de loin, le père Jean avait l'aspect bonhomme d'un curé de campagne, mais lorsque ses yeux rencontraient les vôtres, ils vous entraînaient au-delà de la simple piété, dans un univers où l'esprit se perdait, où la raison faisait place à une autre conscience, infiniment plus large. Tandis que Claude piquait du nez dans ses feuilles de notes, Lucile soutenait le regard du moine avec un calme qui laissait à penser qu'elle n'en avait pas perçu toute l'expressivité. Claude leva la tête vers eux : ils se souriaient tranquillement. Il finit par poser ses papiers et s'adressa au père Jean le plus simplement possible. Des questions banales, qui attiraient des réponses courtes, car le père Jean ne disait rien de trop.

Peu à peu, Claude lui arracha quelques phrases plus longues dans lesquelles perçait l'inanité des gens auxquels la sérénité ôte presque tout intérêt. Cet homme était heureux et n'avait rien d'autre à exprimer que la plénitude dans laquelle il vivait depuis près de quarante ans. Il le faisait d'une façon si banale qu'on ne percevait pas tout de suite la profonde maîtrise de ses paroles. Tout à coup, il se tourna vers Lucile qui regardait ses mains.

— Vous vous demandez ce que je peux bien faire pour avoir les mains dans cet état ? Je m'occupe des arbres fruitiers. Je n'ai jamais été très adroit, je me blesse souvent. Le travail manuel est très important pour nous. — Il frottait ses mains doucement l'une contre l'autre. — C'est non seulement une détente physique mais aussi un besoin, cela nous rapproche de la terre, du concret, et nous permet d'asseoir notre prière sur une réalité, si vous préférez. Nos vergers demandent beaucoup de soins, il y a du travail sans arrêt...

Lucile lui sourit.

— Vous ne vous ennuyez jamais ? demanda Claude.

— Non. Ce serait d'ailleurs dangereux. L'ennui est le signe d'une mauvaise insertion dans la vie monastique. Si un frère ou un novice s'ennuie, c'est qu'il manque d'imagination pour occuper son esprit. Et alors il aura beaucoup de mal à supporter la solitude.

— Vous avez beaucoup de temps libre ?

— Mais non ! Nos journées sont réglées au quart d'heure près. Au contraire, nous manquons de temps. Mais nous avons de longues périodes d'oraison, pendant lesquelles nous restons en cellule, seuls. Cela nécessite une aptitude à entrer en soi, à s'occuper par soi-même.

— On est surpris de trouver un monastère aussi retiré si près d'une grande ville, poursuivait Claude. On ne s'attend pas à une telle tranquillité, à quelques kilomètres de l'autoroute et de Toulon.

— Deux mille hectares de forêt nous protègent assez bien du monde extérieur... Voyez-vous, la chartreuse a été construite au début du XIIe siècle, et depuis bientôt neuf cents ans ce monastère abrite des chartreux, dont la vie a été presque identique au cours des siècles, fidèle aux principes de saint Bruno. Cela donne un sentiment de pérennité très particulier. Nous sommes ici depuis près d'un millénaire. Autour de nous, le monde s'est développé, des villes se sont construites, agrandies, mais nous, nous n'avons pas bougé. *Stat crux dum volvitur orbis.* C'est la devise de l'ordre cartusien.

— Qu'est-ce que ça veut dire, s'il vous plaît ? demanda Lucile.

— La croix demeure, tandis que le monde tourne autour d'elle.

Lucile hocha la tête, elle pensa à l'étoile polaire, qui reste fixe et autour de laquelle se déplace la voûte céleste tout entière. Où avait-elle lu que les anciens Chinois considéraient l'étoile immobile comme le séjour des dieux ? Un autre peuple, les Tchouktches de Sibérie, la comparait au trou du ciel, au point minuscule comme le chas d'une aiguille par lequel notre monde communique avec l'univers divin. Lucile n'écoutait plus ce que disait le père Jean. Elle survolait les steppes altaïques, traversait les territoires des Yakoutes et des Bouriates, longeait les monts de l'Oural jusqu'au cercle polaire. Le temps de revenir à elle, le moine s'était tu et Claude déjà le remerciait. Lucile tourna la manette du magnétophone, en signe d'arrêt des conversations et de retour à la réalité. Le père Jean les salua et sortit.

Lucile entreprit de placer sur la bande une amorce,

comme Claude le lui avait expliqué. Elle retira les deux bobines de l'appareil, coupa le ruban magnétique et colla entre les deux extrémités une bande de plastique blanc sur laquelle elle inscrivit au stylo la date et l'heure. Elle remit les bobines en place, fit machine arrière et enclencha la lecture. « La lumière de la Provence, disait le moine, et le vent qui déshydrate un peu plus encore la nature, vous dépouille de vous-même. Vous finissez par vous perdre et par vous débarrasser de tout ce qui n'est pas vous, et finalement vous abandonnez jusqu'à votre propre existence. Héraclite le disait déjà, c'est la lumière sèche qui crée l'âme la plus belle et la plus pure. »

— C'est bon, dit Claude, inutile de tout réécouter.

Lucile lui jeta un regard surpris, puis revint à la bande magnétique dont elle suivit des yeux le déroulement. Elle attendit la fin d'une phrase et coupa le son. L'appareil émit un bruit sec, Lucile le souleva et passa la bride sur son épaule. Lorsque Claude lui tint la porte pour la laisser sortir, il lut dans ses yeux quelque chose comme du dédain, peut-être même du mépris.

Ils se tenaient tous deux devant le portail d'entrée, sur la route.

— Je suis désolé, dit Claude, mais cet après-midi vous allez devoir m'attendre dehors. Je vois un novice à l'intérieur et vous n'avez pas le droit de franchir la clôture.

— Je sais, répondit Lucile. À quelle heure aurez-vous terminé ?

— Quatre ou cinq heures, à peu près. Vous n'avez

qu'à vous installer dans la salle où nous étions ce matin. Je viendrai vous chercher quand j'aurai fini.

— Vous avez l'intention d'assister aux vêpres ? demanda la jeune fille.

— Certainement pas.

— Et pourquoi ? Ce serait bien d'y aller...

Claude la toisa du regard, il avait la bouche pincée.

— Je n'y tiens pas, cela ne m'intéresse pas beaucoup.

— Mais... c'est notre travail. Il faut y aller.

Claude se tourna brusquement vers elle.

— Si l'on m'avait donné un assistant à la place d'une péronnelle comme vous, ce genre de choses n'arriverait pas. Il pourrait assister aux offices, lui, pendant que je travaille.

— Vous ne savez pas ce que c'est qu'une péronnelle, rétorqua Lucile calmement. C'est une jeune fille sotte et bavarde. Je suis peut-être sotte, mais pas bavarde.

— Vous l'êtes encore trop, pourtant, figurez-vous ! C'est moi qui mène cette enquête et c'est moi qui décide de ce que l'on fait ou pas. Mettez-vous ça dans le crâne, cela vaudra mieux pour tout le monde, cria-t-il.

La colère de Claude surprit la jeune fille, mais ne la troubla pas.

— Bien, dit-elle, mais ce n'est pas la peine de vous énerver. J'ai compris... Je trouve quand même dommage de ne pas assister à un office, au moins un...

— Cela suffit maintenant, taisez-vous !

Claude partit à grandes enjambées vers la porte d'entrée. Lucile le regarda sonner, puis entrer. Elle sifflota quelques notes, se tourna vers la forêt et prit le chemin qui menait aux collines. Pendant une heure elle escalada les pentes couvertes de feuilles mortes, à la recherche d'un point de vue d'où elle aurait dominé la chartreuse. Elle voulait voir ce que masquaient les murs d'enceinte, mais toujours se dressait un obstacle qui l'empêchait de découvrir autre chose que les toits coiffant les petites maisons à étage, alignées côte à côte. Il lui aurait fallu grimper sur un arbre, mais les troncs rêches et rugueux des chênes la découragèrent. Elle renonça et poursuivit son ascension, au hasard de cheminements imprécis tracés dans les feuilles mortes. La forêt domaniale lui parut immense. Depuis des siècles, les moines vivaient au cœur de cette forêt, certainement plus ancienne encore que les pierres qui les enfermaient et qui pourtant n'avaient plus d'âge, pétries qu'elles étaient de la ferveur contenue à l'intérieur.

De temps en temps, un avion passait dans le ciel, qui venait de décoller de Toulon. D'autres hommes en plein ciel survolaient ceux qui dans ce lieu n'aspiraient qu'à s'élever. Une cloche sonnait, tous les quarts d'heure. Lorsqu'elle entendit sonner quatre heures, Lucile courut jusqu'à la chartreuse, foulant les tapis de feuilles crissantes, écartant les branches basses des arbres, bondissant par-dessus les fossés. Elle entra en trombe dans la pièce où Claude se trouvait déjà. Il était assis, le dos voûté, les bras ballants entre ses genoux écartés. Lucile s'arrêta net, mordit sa lèvre. Il leva la tête et la considéra d'un air sombre. Elle avait les joues rouges et ses cheveux étaient décoiffés.

— Excusez-moi, je vous ai fait attendre..., commença-t-elle.

— Ce n'est pas grave, coupa Claude.

Il se leva, prit sa sacoche et se dirigea vers la porte. Le magnétophone était resté posé par terre. Lucile s'approcha pour le prendre.

— Inutile de l'emporter, nous en aurons encore besoin demain, dit Claude sans se retourner.

La jeune fille hésita.

— Je voudrais écouter ce que vous avez enregistré cet après-midi...

— Comme vous voulez ! Mais alors, vous le porterez vous-même. Et demain matin aussi.

Lucile souleva l'appareil et ajusta la bride sur son épaule. Ils sortirent du monastère et firent les deux kilomètres qui les séparaient de la voiture sans échanger un mot.

3

Il y avait à l'hôtel un salon de télévision meublé de fauteuils en velours beige foncé et d'une table basse sur laquelle on avait posé de vieux magazines aux pages usées et cornées. La pièce était sans charme, mais elle ouvrait sur un jardin et les petits arbres que l'on voyait par la fenêtre apportaient une touche de gaieté inattendue; les premières fleurs roses apparaissaient aux branches des pommiers du Japon. C'est dans ce salon que Lucile s'installa pour écouter ce qu'elle n'avait pas entendu à la chartreuse. L'hôtel était désert, et personne ne viendrait la déranger. Elle mit le magnétophone en marche. Il y eut d'abord la voix de Claude qui donnait l'heure très sérieusement, ce qui fit sourire Lucile, puis les bruits de pas du novice qui entrait, enfin sa voix, incroyablement mince et frêle, une voix de fille presque, enrouée et qui se brisait par endroits. Lucile tendait l'oreille, penchée sur l'appareil.

« — Je n'ai pas envie de regarder en arrière, disait la voix, parce que j'ai l'impression que je serais avalé par le vide que j'ai laissé derrière moi. Je n'ai pas envie non plus de m'arrêter parce qu'il me semble que je régresserais tout de suite, que je m'effondrerais, même...

Chaque petit événement de la vie quotidienne est une victoire sur ma propre faiblesse. Lorsque je me couche, le soir, je me sens soulagé, parce que j'ai le sentiment d'avoir vécu un jour de plus dans cette exigence que j'ai pour moi-même. Rester en vie, c'est le but que je me suis fixé, pour l'instant... J'ai fait plusieurs tentatives de suicide avant d'entrer au monastère. Il s'est toujours trouvé quelqu'un pour me sauver, c'était comme une fatalité, j'avais beau essayer, je ne réussissais jamais mon suicide. C'est la chose la plus désespérante du monde. Vouloir mourir et ne pas y parvenir... Je crois que j'avais plus envie de mourir que de vivre, mais depuis quelque temps ça change un peu, un tout petit peu. Parfois, quand même, je me dis que je n'y arriverai pas.

« — Ici, vous sentez-vous soutenu ? demandait Claude.

« — Je ne sais pas si Dieu me soutient, poursuivait la voix du novice, je l'espère, mais je ne sens pas sa présence. J'essaye de me détendre pour mieux l'entendre, mais c'est très difficile. Je n'avais jamais connu cela avant, cette sorte d'abstraction totale, en même temps qu'une existence très concrète, je ne sais pas comment vous expliquer... Je me demande encore certains jours si Dieu existe. C'est affreux, mais pourtant cette pensée traverse souvent mon esprit, sans que je puisse m'en débarrasser. Et c'est d'autant plus important pour moi de le savoir que c'est mon dernier espoir... Je ne sais comment dire, mais je suis sûr qu'il y a dans tout ce discours du Christ sur la vie et la mort un élément de réponse aux questions que je me pose, peut-être même toute la réponse. Mais je manque de clefs pour ouvrir ces serrures. C'est un langage que je ne connais pas, vous comprenez, j'étais étudiant en sciences politiques, je n'ai jamais vraiment étudié le discours mystique... Parfois, je sens que je suis près de trouver quelque chose, et puis ça m'échappe. Je sais qu'il faut que j'arrête d'intellectualiser tout cela, mais j'ai beaucoup de mal, c'est extrêmement difficile, je suis parfois très angoissé, je me décourage très vite... Quand je vois certains moines qui sont ici depuis vingt ans, et qui sont tellement bien, tellement calmes, je me dis qu'il pourrait leur arriver n'importe quoi, ils n'en perdraient pas pour autant l'incroyable assurance qu'ils ont d'être à leur place, dans un rôle qui est le leur. C'est extraordinaire ! Ils sont immortels, et en même temps ils ne tiennent absolument pas à la vie... Mais je ne crois pas pouvoir obtenir cela un jour. Le maître des novices affirme que si, mais j'ai du mal à le croire. Je crois qu'il le dit pour me donner du courage, mais en réalité il voit bien à quel point je suis loin de ce don. La grâce ne fait que m'effleurer, elle me frôle sans presque me toucher. C'est terrible d'être à la frontière des choses, ni d'un côté ni de l'autre... »

Lucile avait la gorge serrée, elle n'entendit pas entrer Claude. Il profita d'un silence pour s'avancer. La jeune fille sursauta et éteignit l'appareil brutalement. Claude s'assit.

— C'est dommage que vous ne l'ayez pas vu, dit-il sans la regarder. Quand il est arrivé à Montrieux, il ne supportait pas la solitude, le silence le rendait fou. Je crois qu'il était très désemparé. Il est parti au bout d'une semaine. Puis il est revenu... et il est encore reparti. Maintenant, cela fait quelques mois qu'il est là. Il y a chez ce garçon quelque chose de pathétique.

Lucile ne répondit pas. Claude releva la tête et la vit, toute droite sur sa chaise.

— Allons ! dit-il, ne soyez pas si sensible. Après tout, il s'en sortira peut-être mieux là qu'ailleurs.

Il eut un léger rire. Lucile se leva brusquement, puis se rassit presque aussitôt. Elle remit l'appareil en marche.

« ... à la frontière des choses, ni d'un côté ni de l'autre... Je me sens déchiré, complètement déchiré, d'un côté par des élans vraiment sincères qui me portent vers le haut, de l'autre par des abattements d'une violence telle que je me sens maudit, rejeté par le Seigneur. Ce n'est pas possible de toujours vouloir se suicider, cela me révolte moi-même, mais je ne peux pas m'en empêcher... J'ai de temps en temps l'impression que ce qu'il y a de mauvais en moi se retire, petit à petit, toutes ces images très laides, voyez-vous, qui me détruisent et m'avilissent. Mais je ne sais pas ce qui restera quand elles seront parties... C'est peut-être cela qui me fait le plus peur. »

Le novice s'était arrêté de parler. Lucile resta silencieuse un instant, puis se tourna vers Claude.

— Comment est-ce à l'intérieur ? Vous pouvez me décrire ?

— C'est vaste, il y a beaucoup de place. On a vraiment une sensation d'espace, et d'espace vide, malgré les bâtiments. C'est très grand, en fait, pour si peu de monde. Mais quand on y réfléchit, ce n'est certainement pas trop pour des hommes qui ne sortent qu'une fois par semaine. Ils ont chacun une petite maison, avec trois pièces dont deux réservées à la prière, un bûcher pour entreposer leur bois de chauffage et un promenoir extérieur couvert.

— Ils se chauffent au bois ?

— Oui. Et ils n'ont pas l'eau courante.

— Ah bon ?

La bande défilait toujours. On entendait des bruits feutrés de pas sur le gravier, de portes ouvertes puis fermées. Lucile se mit à marcher de long en large.

— Dites-moi, euh... Lucile, dit Claude après avoir coupé le son — il prononça son prénom du bout des lèvres —, vous êtes toujours comme ça ? Vous ne pourriez pas vous dégeler un peu ?

— Si ! Non ! enfin... Mais qu'est-ce que cela peut vous faire de toute façon ? lâcha-t-elle à toute vitesse.

— Allons, ne le prenez pas mal, on ne va pas commencer à se disputer. Excusez-moi pour tout à l'heure, mais j'ai l'habitude de travailler avec quelqu'un d'autre et là, ça tombe mal que ce soit vous. À cause du sujet... Bon ! vous ne voulez pas prendre un verre avant le dîner ? Un whisky, ou un martini-gin, cela vous ferait du bien...

— Oui... Un whisky alors, précisa Lucile.

Claude alla chercher les verres au bar, revint et tendit le sien à Lucile. Il crut déceler dans ses yeux noirs, au moment où elle saisissait son verre, autre chose que l'indifférence qu'elle avait affichée jusque-là, une légère pointe de sympathie peut-être. Pour la première fois, Claude remarqua sa bouche, au contour très marqué, et ses lèvres rouge foncé, comme mordues au sang.

Il n'était pas tard, dix heures tout au plus, mais l'on n'entendait déjà plus un bruit dans l'hôtel. Dehors, tout était silencieux aussi. Dans sa chambre, Lucile feuilletait le dossier que Claude lui avait remis : une liste d'adresses, des téléphones, des noms, quelques dépliants. Elle y trouva aussi la copie d'une note que Claude avait rédigée, à la demande de Victor, sans doute. Elle la lut à mi-voix, rapidement, sur un ton monocorde : « Les moines attirent par l'étrangeté de leur vie, mais surtout par le choix qu'ils ont fait de renoncer au monde, à ses plaisirs, aux rares douceurs qu'offre la vie terrestre. Plus que tout autre sacrifice, la chasteté fascine, dans ce qu'elle a de peu naturel et même d'inhumain. On a tendance à penser que l'abstinence est une torture qui jamais ne cesse, que la contrainte de la chair ne se domine pas et que ceux dont le but est de rester chastes, s'ils y parviennent, payent le prix fort, égal à celui d'une maladie incurable. Aussi n'est-il pas facile d'aborder le sujet avec ceux qui ont fait le vœu de conversion des mœurs, car le malaise s'installe immédiatement chez celui qui ignore que le moine qui vit la chasteté a depuis longtemps dépassé les limites de l'interdit et aboli les tabous qui s'accrochent aux affaires du sexe. »

— Pfft ! fit Lucile en déchirant la feuille en quatre morceaux qu'elle lança dans la corbeille à papiers.

Elle sortit de son sac à dos une grosse enveloppe cartonnée dont elle tira des lettres, réunies en liasse par un élastique, des pages arrachées à un cahier à spirale et une carte de France. Elle étala tout sur le lit, prit la liste de Claude et commença de parcourir la carte avec la pointe d'un crayon. De temps en temps, elle griffonnait quelque chose sur un carnet. Enfin elle replia tout, saisit la liasse de lettres et en prit une au hasard. Elle tira délicatement de l'enveloppe une feuille de papier pelure recouverte d'une écriture régulière, à grands jambages, dont elle lut les premiers mots. Elle se leva pour aller à la fenêtre et regarda le jardin avant de reprendre la lettre. Son cœur battait vite. Elle tenait la mince feuille entre ses deux mains. Enfin elle se mit à lire.

Ne plus fumer m'a paru plus facile que de renoncer à entendre ta voix. Ne plus parler du tout m'a fait l'effet d'un jeu d'enfant lorsqu'il s'est agi de parler à d'autres que toi. Ne plus penser à moi m'a demandé un effort dérisoire à côté de celui que je me suis imposé pour cesser de penser à toi. Enfin ne plus rien savoir de toi m'a semblé fort cruel quand je ne me souciais déjà plus de savoir rien du monde. Désormais tu as ta place en moi et tu restes tranquille. Je t'embrasse ma Lucile, Raphaël.

Elle connaissait ces mots par cœur, mais chaque lecture la prenait au dépourvu et la bouleversait. Elle revint s'asseoir sur le lit, replaça la lettre dans son enveloppe, fut tentée d'en prendre une autre, puis renonça. Elle cherchait à arracher un sens à des phrases qui s'étaient désormais si bien gravées dans sa mémoire qu'elle ne pouvait en modifier l'interprétation. Elle les avait tant lues qu'elles avaient perdu jusqu'à leur essence, elles s'étaient désincarnées, ne représentant plus que l'émotion qu'elles avaient procurée la première fois. Seule cette émotion demeurait, intacte, au-delà des mots. Lucile s'entêtait, les torturant comme elle se torturait, associant à son désarroi les fines pages qu'elle chiffonnait chaque jour un peu plus, et dont le papier, déjà usé, devenait transparent au fur et à mesure que la jeune fille s'obstinait à vouloir le faire parler. Il n'y avait pourtant rien de plus à saisir que ce qui était écrit, pas de filigrane caché, pas de code secret, rien que de pauvres mots, détachés, impuissants, dérisoires signes d'encre que Lucile chérissait tout en les maudissant de ne lui rien apprendre.

4

Ils virent encore un moine à Montrieux. Le frère Didier était un homme d'une quarantaine d'années, grand et maigre, au crâne allongé. Son visage, débarrassé de toute expression inutile, livrait au regard son humanité sans apprêt. On avait l'impression qu'il avait cessé de louvoyer avec lui-même et de tricher avec les autres, mais cet abandon portait en lui quelque chose de triste qui évoquait la résignation. Lucile l'observait, elle regardait son front, sa bouche pendant qu'il parlait, elle regardait ses yeux qui plongeaient dans les siens sans paraître la voir, elle détaillait aussi ses pieds, qui dépassaient de sa robe, et ses mains, posées sur ses genoux, très longues et osseuses, aux ongles étrangement bombés. Il parlait des vœux que prononcent les chartreux.

— Nous abandonnons tout ce que nous possédons en entrant au monastère. Rien ne nous appartient plus. La pauvreté nous détache des biens matériels, c'est une liberté que de ne plus rien posséder... La chasteté nous ôte la disposition de notre corps. On ne peut priver tout à fait un homme de nourriture ou de sommeil, mais on peut exiger de lui l'abstinence totale.

Ce renoncement diminue les droits que nous avons sur notre corps. Quant à l'obéissance, elle tend à susciter une plus grande liberté intérieure. Cet espace de liberté nous permet d'être plus disponibles à ce qui peut nous venir de Dieu... Pour les chartreux, qui passent la plupart de leur temps seuls, le rapport d'autorité n'est pas essentiel, bien sûr. Le vœu d'obéissance s'inscrit moins dans une dimension humaine que dans une volonté personnelle d'être humbles devant Dieu. Le vœu d'obéissance profite avant tout à celui qui le prononce. Et, de façon générale, les vœux ne représentent pas une contrainte, au contraire, ils sont un véritable outil pour le moine, qui peut s'appuyer dessus, s'y reposer dans son cheminement vers Dieu...

Le frère se tut. Il jetait par instants de brefs coups d'œil à Lucile.

— Qu'est-ce qui vous semble être la valeur essentielle dans votre vie de moine ? demanda Claude.

Lucile se tourna vers Claude, l'air consterné. Ses questions lui semblaient stupides. Le frère Didier hésitait.

— Je crois, dit-il au bout de quelques instants, que la chose la plus importante pour moi, c'est le rapport de l'homme à la beauté.

Il y eut un silence. Lucile croisa le regard du moine, elle lui sourit. Il reprit :

— Cela a toujours compté pour moi. J'ai toujours été attiré par la beauté. Mais avant, seule me touchait la surface des choses et des gens, leur apparence. Ici j'ai appris à voir la beauté qui se cache, celle qui est à l'intérieur. J'ai mis du temps à comprendre que tout était lié, l'intérieur et l'extérieur, le cœur et l'enveloppe...

Lucile et Claude ne disaient rien, ils écoutaient. Le moine, qui s'était arrêté, poursuivit.

— Lorsque je suis arrivé ici, j'ai voulu oublier ce que j'avais été avant, le nier, ne plus être touché par ce qui me plaisait, ne plus prendre plaisir à ressentir une émotion d'ordre esthétique... Je pensais que tout cela était futile et vain, je n'y voyais plus rien de pur. Je me trompais complètement, bien sûr.

— Que faisiez-vous avant d'entrer à la chartreuse ? demanda Claude.

— J'étais peintre. Oh ! je ne crois pas avoir eu beaucoup de talent, mais j'étais profondément peintre. Je ne sais comment vous dire... Je portais cela en moi, j'étais un artiste, c'était ma raison de vivre. La prière et la contemplation m'ont apporté quelque chose que je n'avais jamais connu en peignant, à savoir l'acceptation du monde tel qu'il est, sans nécessité de le transformer par une vision personnelle... Je cherchais toujours la perfection dans la représentation, alors que je ne faisais qu'abîmer la réalité en voulant la figer. Dieu a mis la beauté partout, mais les hommes ne la voient pas parce qu'ils ont une conscience esthétique pervertie, par la culture, par les règles établies, par le goût imposé. La vraie beauté n'est pas où la cherchent les hommes, elle se tient au-dedans de chaque créature, enfouie. Les moines travaillent à révéler cette beauté-là, celle qui est au-delà, c'est pour cette raison qu'il leur faut se dépouiller de tout.

— Cela ne vous manque pas de ne plus peindre ? demanda Claude.

— Mais je peins encore ! s'exclama le frère Didier. Notre prieur m'a chargé de réaliser une fresque pour la chapelle extérieure, et j'y travaille depuis huit mois.

Cela n'a plus rien à voir avec ce que je faisais avant, je peignais essentiellement des portraits, et souvent des nus... Au début, cette fresque m'a fait peur, car la peinture représentait une tentation dont il fallait que je me protège. Je ne voulais plus toucher un pinceau, j'avais l'impression que si je recommençais, la peinture allait me tirer en arrière, vers mon ancienne vie et l'aveuglement qu'elle comportait. Finalement, c'est l'inverse qui s'est produit, je me suis senti libéré. J'ai compris ce qu'il y avait de dérisoire et d'inoffensif dans la recherche d'une fidélité, d'un rendu de la réalité, et j'ai su que je n'avais jamais été un artiste. Je ne savais pas créer, je savais juste reproduire. Et comme je n'avais pas de modèles pour cette fresque, à part les frères avec qui je vis, j'ai dû inventer certains visages, et j'ai découvert la force incroyable qu'apportait à ma peinture la spiritualité que je portais en moi. Tout s'éclairait tout à coup, il n'y avait plus de difficulté, seul comptait l'amour que je mettais dans mon travail, le geste se transformait en action de grâces. Vous comprenez ? dit-il en se tournant vers Lucile.

La jeune fille acquiesça. Le moine la dévisageait. Son regard avait perdu sa transparence, il était devenu incisif, presque violent. Lucile baissa les yeux, puis les releva. Elle aurait voulu parler, mais elle ne trouvait pas les mots. Ce fut Claude qui brisa le silence.

— Comment concevez-vous votre rôle dans le monde moderne ?

Le frère Didier se détourna de Lucile.

— Pardon ? dit-il assez bas.

Claude répéta sa question et se sentit soudainement mal à l'aise. Quelque chose troublait le moine, mais ce n'était pas la question posée.

— Oh ! je ne conçois rien, lança-t-il en changeant de position sur sa chaise. Je prie, et c'est tout. Cela n'a rien à voir avec l'époque. De tout temps, il y a eu des hommes qui priaient. L'humanité ne peut se passer du divin, c'est indissociable de sa nature. Nous vivons avec cela en nous, même si nous ne l'exprimons pas. Lorsque j'étais peintre, c'était déjà cela que je cherchais à exprimer, mais je ne le savais pas. Je me suis contenté d'aller droit au but en devenant moine. C'est tout aussi difficile, croyez-moi, mais au moins sait-on vers quoi l'on tend.

— On dit parfois que les artistes sont des mystiques. Qu'en pensez-vous ?

— Je n'en sais rien. Peut-être... Je ne suis pas un artiste.

Le frère Didier se crispait, devenait réticent. Sans doute avait-il le sentiment d'avoir trop parlé, de s'être laissé aller au bavardage. Il n'avait plus envie de répondre aux questions de Claude. La façon dont il regardait Lucile était étrange, on aurait dit que la jeune fille, par sa seule présence, le perturbait. Mais il ne s'agissait pas d'un trouble vulgaire, plutôt d'une sorte de désarroi, de confusion intérieure qui tout à coup transparaissait, sans que l'on sût ce qui l'avait provoquée. « Elle doit lui rappeler quelqu'un », pensa Claude. Il jugea plus sûr d'abréger.

— Merci, mon frère, dit-il en se levant, merci de nous avoir consacré votre temps.

Lucile se leva à son tour, alla vers le moine et lui tendit la main. Il la prit dans les siennes et la garda quelques secondes. Lucile soutenait son regard.

— Que Dieu vous bénisse, mon enfant, dit-il enfin.

Lucile ne trouva rien à répondre. Elle regarda sortir

le chartreux, il lui parut soudain très grand dans sa robe blanche.

— Ces types sont fous, dit Claude au bout d'un instant.

— Pourquoi dites-vous cela ?

— Ils sont complètement hallucinés, c'est terrible ! Vous avez vu comment il vous regardait ?

— Oui, mais je n'ai pas l'impression d'avoir eu affaire à un fou. Il était touché par quelque chose, je ne sais pas quoi. Peut-être l'évocation de sa vie antérieure le troublait-elle... Cela ne vous arrive jamais ?

Lucile regardait Claude fixement.

— D'accord, admit-il. Mais c'est ce côté exacerbé, intense qui m'étonne le plus. Cela fait peur, non ?

La jeune fille eut un petit rire.

— Vous oubliez qu'ils ne voient jamais personne. Il doit leur falloir un peu de temps pour se réadapter, en plus ils ne parlent presque pas d'habitude. Oh ! et puis je ne sais pas, peut-être celui-là était-il un peu dérangé, après tout. Il ne serait pas le seul...

— Son discours sur la beauté, j'ai trouvé ça suspect..

— Je suppose que vous n'y êtes pas sensible, vous ! rétorqua Lucile.

— Qu'est-ce que vous voulez dire ? J'aime ce qui est beau, comme tout le monde, ni plus ni moins. — Claude haussait les épaules en ricanant. — Pas besoin de tout ce délire sur l'intérieur, l'extérieur, que sais-je encore.

— Bon, coupa Lucile, qu'est-ce qu'on fait maintenant ? On s'en va ?

— J'ai encore deux ou trois choses à noter, si vous

voulez bien, répondit-il d'un ton sec. Tenez, pendant ce temps, rendez-vous utile.

Il tira de sa sacoche quelques cartes qu'il tendit à Lucile.

— Que puis-je faire pour vous ? demanda-t-elle d'une voix faussement enjouée.

Claude fit mine de ne pas percevoir la moquerie du ton.

— Préparez-nous un itinéraire jusqu'à Ganagobie. Et plus d'autoroute, je déteste ça. Que des petites routes, si possible.

Lucile prit une des cartes et commença à l'ouvrir devant elle, sur un coin de la table. Elle la posa finalement à même le sol, entièrement dépliée et, agenouillée par terre, se mit à la parcourir des yeux. Claude l'entendait chantonner « Ganagobie, Gonagabi, Ganigoba, Ganogabi, Gonabiga, Ganagobi... ». Elle releva la tête brusquement :

— Où est-ce ?

— Dans les Basses-Alpes, vers Manosque.

— Excusez-moi, on ne dit plus les Basses-Alpes, mais les Alpes-de-Haute-Provence.

— Je sais, merci.

Ils quittèrent enfin la chartreuse et reprirent à pied la route dont ils connaissaient maintenant chaque virage. Les rayons du soleil traversaient la cime des arbres et pénétraient jusqu'au sol en de longs traits de lumière dorée, telles les gloires auréolant les personnages des tableaux religieux anciens. Lucile respirait l'air frais bruyamment. Claude la regardait marcher, surpris par sa légèreté. On aurait dit que ses pieds pesaient à peine sur la route.

5

Il était une heure de l'après-midi, ils roulaient depuis vingt minutes au cœur d'un paysage de vignes et d'oliviers. Sur la terre brune, les ceps prenaient une couleur d'anthracite et les feuilles des arbres se découpaient, presque blanches. Malgré le soleil, une lumière d'orage accentuait les contrastes et donnait à la route l'aspect d'une bande de mercure.

— Sommes-nous très pressés ? demanda Lucile.

— Non, pourquoi ? Vous trouvez que je conduis trop vite ?

— Je me demandais si nous avions le temps de nous arrêter au Thoronet.

— Mais... ce n'est pas sur la route !

— Presque. C'est tout près d'ici. Cela ne vous ennuie pas ? J'aimerais bien y aller, je crois que c'est très beau.

— Nous ne sommes pas là pour faire du tourisme, ma petite. Si vous voulez visiter la région, prenez des vacances.

— J'avais pensé que ce serait intéressant de voir un des plus beaux monastères de Provence... Cela ne sort pas vraiment du sujet. L'architecture des abbayes cisterciennes n'était pas faite au hasard, elle peut nous apprendre beaucoup sur l'esprit des moines. J'aurais bien aimé y aller, c'est tout.

Lucile conservait son calme, elle répondait à Claude sans manifester d'irritation. Il en fut décontenancé.

— Écoutez, je n'aime pas tellement que l'on décide pour moi, mais puisque vous y tenez, allons-y. La prochaine fois, vous serez gentille de me demander mon avis avant de me mettre devant le fait accompli.

— Nous ne sommes pas obligés de nous arrêter... C'est comme vous voulez, il s'agissait d'une simple proposition.

— Je vous ai dit que j'étais d'accord. Cela ne vous suffit pas ? Vous êtes vraiment insupportable... Je ne sais pas où Victor vous a dénichée, mais pour une trouvaille, c'en est une !

— Dans son lit.

— Quoi ?

— Il m'a dénichée dans son lit.

— J'en étais sûr ! Des petites pestes comme vous, on ne les trouve que là. Alors pourquoi diable Victor ne vous a-t-il pas embauchée à Paris ? Cela m'aurait évité d'avoir à vous traîner avec moi. Il aurait pu vous garder au chaud sous les draps et m'épargner ça... — Il ricana — Hein ? Pourquoi vous a-t-il envoyée ici ?

— Parce que je le lui ai demandé.

— Bien sûr ! Le printemps en Provence... Tout le monde préférerait être ici plutôt qu'à Paris, dans la grisaille.

— Vous le premier, n'est-ce pas ?

— Absolument !

— C'est là, prenez à droite, dit Lucile en montrant un panneau. Et puis arrêtez de râler, s'il vous plaît, c'est fatigant. Moi aussi j'aurais préféré être avec quelqu'un d'autre que vous, mais c'est ainsi et nous n'y pouvons rien. Je propose que l'on n'en parle plus.

Claude ne répondit pas tout de suite.

— Bien, finit-il par dire. On va essayer... Tiens, la voilà votre abbaye.

Il s'arrêta sur le parking.

— Vous ne descendez pas ? dit Lucile.

— Non, allez-y, je vous attends ici.

— Venez ! C'est très beau, vous savez, vous ne serez pas déçu.

Claude coupa le contact et sortit de l'auto. Il alluma une cigarette.

— D'accord, je m'incline. Je n'ai pas le courage de vous tenir tête.

La jeune fille éclata de rire, il sourit. Claude savait que Lucile allait l'irriter terriblement, mais il comprenait aussi qu'elle ne le pousserait pas à bout et qu'il lui serait possible de la maltraiter en retour sans qu'elle cherchât pour autant à aggraver le conflit. Le calme avec lequel elle recevait ses mots blessants montrait à quel point elle était peu sensible à l'insulte. Cela ne l'atteignait pas. Claude de son côté sortait soulagé de ses instants de colère et il eut soudain envers Lucile, alors qu'ils s'avançaient vers la vieille abbaye, une sorte de reconnaissance, de celles que l'on éprouve face aux gens qui nous ont vus en fâcheuse posture et qui font mine de ne s'être aperçus de rien. Il lui jeta un coup d'œil à la dérobée. Elle regardait devant elle, un fin sourire flottait sur ses lèvres.

L'abbaye du Thoronet, comme celle de Montrieux, ne se montrait qu'au dernier moment. On se savait tout près, mais on ne voyait rien. On cherchait à deviner à travers les arbres la masse des bâtiments, tout proches cependant, on marchait dans leur direction et tout à coup l'abbaye surgissait tout entière, trapue, ramassée sur elle-même, nichée au milieu des chênes verts. Claude suivait Lucile, elle alla droit au cloître et, sans même prendre la peine d'en faire le tour, s'assit entre deux colonnes. Claude s'éloigna, sans bruit, accompagné par la petite voix du filet d'eau qui coulait sans interruption dans la fontaine du lavabo de pierre. Lorsqu'il revint, quelques minutes plus tard, Lucile n'avait pas bougé.

— Ça va ? demanda-t-il.

— Oui. Mais je m'attendais à autre chose.

— À quoi ?

— Je ne sais pas.

— Vous êtes déçue ?

— Oh ! non... C'est encore plus humble que je ne croyais. Une grande beauté qui côtoie une grande humilité, c'est toujours troublant, vous ne trouvez pas ?

Claude ne répondit pas tout de suite.

— Vous savez pourquoi ? dit-il enfin.

— Non.

— Parce que vous confondez humilité et sobriété... Cet endroit n'est pas humble, il est parfaitement sobre. Et dans cette perfection il n'y a aucune humilité. Je ne vois ici que de la beauté, mais cette beauté ne me trouble pas, parce qu'elle est évidente. Ce qui vous touche, c'est autre chose, c'est la part personnelle que vous apportez dans ce lieu.

Lucile leva les yeux vers Claude, vers ses yeux gris, sans chaleur. Le soleil leur donnait soudain une teinte plus claire, en atténuait la dureté. Il détourna le regard.

— Et vous, vous n'y apportez rien ? demanda Lucile.

— Je vous accompagne, c'est tout. Ce n'est pas moi qui ai souhaité venir. Ne pas connaître Le Thoronet ne me manquait pas, l'avoir vu ne m'ôte rien. Ce sont des pierres, de très vieilles pierres... Et les hommes qui les ont si bien assemblées sont morts depuis des siècles, de très longs siècles.

Lucile se leva.

— Vous voyez ces pâquerettes qui viennent de sortir, reprit Claude en montrant l'herbe du cloître piquetée de blanc. C'est ce qui me plaît le plus ici. Elles sont peut-être insignifiantes, et pourtant elles sont plus présentes que les pierres. Car peu importe qu'elles poussent au Thoronet, dont elles ne savent rien, peu importe qu'elles ignorent tout de la beauté, de l'humilité, de la perfection, que sais-je ? l'essentiel est qu'elles soient vivantes. Et elles sont vivantes, Lucile, plus vivantes que n'importe quoi ici. Allez, venez ! quittons ce lieu de mort.

Du Thoronet, Lucile et Claude remontèrent vers le nord. Le long de la route, des carrières de bauxite ouvraient de larges cicatrices dans la terre rouge, et les chemins qui s'enfonçaient dans les bois de chênes verts avaient la couleur du sang. Plus loin, de minuscules villages s'accrochaient au sommet des coteaux recouverts de carrés de vignes. Les cyprès traçaient comme au pinceau des traits noirs dans un paysage blond et le ciel recouvrait tout cela, uniformément bleu.

Lucile ne se souvenait pas être déjà venue en Provence, pourtant cette région lui rappelait d'autres voyages à travers de pareilles campagnes, lorsque enfants ils traversaient la France de part en part, depuis les Alpes jusqu'aux Pyrénées, pour rejoindre un lieu de vacances. Tous assis à l'arrière, tandis que leurs parents parlaient sérieusement de choses incompréhensibles, ils s'occupaient tant bien que mal, cherchant à l'extérieur une source d'inspiration à quelque jeu qui vienne renouveler l'éternelle addition des autos de même couleur ou de même marque. Les arbres, les rochers leur servaient de balises, tandis que le relief parfois évocateur d'une colline provoquait des fous rires. Ses sœurs montraient du doigt, en se pinçant le nez, un bouc paisible dans un pré. De temps en temps, on s'arrêtait, et les petites filles se dispersaient en courant, puis disparaissaient brusquement derrière un de ces buissons secs qui parsemaient le paysage de leurs touffes jaunies. Un instant, on ne voyait plus que leurs têtes qui dépassaient. Toutes ensemble, elles se relevaient, se dandinaient en remontant leur culotte, puis couraient de nouveau vers la voiture en criant. On repartait, non sans qu'une fleur ou une poignée de graminées vînt s'ajouter à celles qui déjà se déshydrataient sur la plage arrière. La voiture sentait l'herbe et le thym. Lucile reprenait place entre son frère et sa sœur aînée, à l'arrière de la voiture. Les trois autres petites filles s'installaient sur la banquette du milieu.

La jeune fille ne se souvenait que de ces fugitives sensations, d'odeurs et de couleurs, mais elle n'aurait pu établir de comparaisons plus poussées. La route qui partait du Thoronet ne lui était pas familière, elle ne lui était pas non plus totalement inconnue. Des images, peut-être, qu'elle avait pu voir dans un livre de photos, à moins que ce fût dans les tableaux des peintres qui avaient arraché à la Provence ses teintes les plus vives.

Les villages portaient des noms de vierges, qui balisaient le territoire en une déclinaison fantasque de toutes les Notre-Dame imaginables, madones du Glaive, de Grâce, de Bellevue, de Liesse, des Œufs et des Anges, qui semblaient seules peupler le pays, vaste confrérie éparpillée dans la garrigue des églises dédiées à la mère éternelle. Les routes étroites zigzaguaient sans cesse, Claude roulait assez vite, la jeune fille regardait par la fenêtre. Il faisait très beau.

Aux abords du Verdon, Lucile voulut encore s'arrêter. Ils descendirent sur les berges, là où la rivière se tempère avant de se jeter dans la Durance. Le soleil se couchait presque, Lucile parlait de se baigner, Claude tenta de l'en dissuader par quelques cris autoritaires, « au moins les jambes », dit-elle. Il se serait fâché de nouveau, mais elle fut plus rapide, ôta ses chaussures, ses collants et se planta nu-pieds dans le courant, laissant les tourbillons monter jusqu'à ses cuisses. Elle tenait sa jupe relevée au ras des fesses et fermait les yeux, crispant les poings pour conserver son équilibre, serrant les dents pour résister à la morsure du froid qui saisissait ses chevilles dans un étau de fer. Claude se détourna en soupirant bruyamment. Quand elle sortit, ses jambes étaient rougies par l'eau glacée et ses joues avaient pris une douce couleur rose, inhabituelle à sa pâleur. Une branche de saule à la main, Claude la regarda sécher ses pieds avec un mouchoir. Il fouettait l'air rageusement, tandis qu'elle riait en laçant ses chaussures.

— Dépêchez-vous, espèce de sauvage, il va bientôt faire nuit, dit-il en lui tendant la main pour l'aider à se relever.

— Nous ne sommes plus très loin, ne vous en faites pas. À six heures nous y serons.

— Avec ces routes qui tournent, on met toujours plus de temps qu'on ne croit. Et puis je ne veux pas arriver à la nuit.

— Ça va, ça va, je suis prête.

Bientôt, ils virent les lumières en pointillés, allumées le long de la vallée de la Durance. Ils traversèrent la rivière à la hauteur d'un village nommé Oraison, ce qui fit rire Lucile, puis s'engagèrent sur une route qui montait à flanc de montagne en lacets très serrés. On s'élevait rapidement. La route prenait fin sur un plateau planté de chênes verts. Au bout d'un chemin défoncé, impraticable en voiture, se trouvait le prieuré bénédictin de Ganagobie, où s'étaient retirés les moines de l'abbaye savoyarde de Hautecombe.

6

Lucile et Claude furent reçus par le frère portier, qui les conduisit aux bâtiments de l'hôtellerie. Tout y était encore en chantier, on venait de refaire une aile, et des sacs de ciment ouverts étaient posés contre un mur, dans les gravats. Au milieu de l'allée, une bétonnière obligeait les passants à faire un détour. Le frère portier leur montra leurs chambres, ils posèrent leurs affaires et repartirent à sa suite. Dehors, le vent s'était levé et bruissait dans les arbres, il faisait froid et les abords de l'abbaye étaient plongés dans l'obscurité. Lucile eut un petit frisson, l'endroit lui paraissait sinistre. Le moine tourna la poignée de la grosse porte d'entrée et précéda les visiteurs à l'intérieur du monastère. Il passait d'une salle à l'autre tout en donnant à Claude les explications qu'il jugeait nécessaires. Il marchait vite et parlait gaiement, à la manière d'un hôte aimable et accueillant, mais un peu pressé. De temps en temps, il se tournait vers Lucile et lui adressait un large sourire.

— Je vais devoir vous laisser, dit-il bientôt, l'heure du dîner approche. Le frère Pierre vous retrouvera ici vers huit heures, et il vous dira comment votre séjour parmi nous va s'organiser. C'est lui qui est chargé de s'occuper de vous, si vous avez besoin de quoi que ce soit, n'hésitez pas à le demander. Vous pouvez bien sûr assister aux offices, nous disons les vêpres à neuf heures le soir. Habituellement, les repas sont servis à l'hôtellerie, mais sans doute pourrez-vous venir au réfectoire, si vous le souhaitez. Il suffira de voir ça avec le frère Pierre. Je vais vous raccompagner jusqu'à la porte, je pense que vous saurez vous retrouver ensuite. En entrant, vous laissez le cloître à gauche et vous prenez en face, sous le porche, d'accord ? Première salle sur votre droite dans le couloir.

Lucile jeta un coup d'œil derrière elle. Le portier leur tendit la main.

— Inutile de sonner tout à l'heure, la porte sera ouverte. Je vous dis bonsoir et à demain.

Ils longèrent la clôture pour rejoindre leur bâtiment. Lucile buta sur un caillou, trébucha, Claude tendit précipitamment la main vers elle et heurta son coude.

— Pardon, dit-elle, comme si elle l'avait cogné par mégarde.

— Ce n'est rien, répondit-il en se frottant le poignet. On n'y voit goutte par ici.

Elle eut le réflexe de chercher son bras pour s'y appuyer, mais se retint de justesse. Elle se contenta de ralentir et de garder les yeux rivés au sol.

Le frère Pierre regardait sa montre pour la troisième fois.

— Excusez-moi, mais c'est l'heure de notre

réunion de communauté. Je vais vous quitter, dit-il dans un sourire. Je crois vous avoir tout dit, n'est-ce pas ? Ah oui ! les vêpres sont à neuf heures. Mais vous le savez déjà, je suppose. Bonsoir et à demain.

Ils le regardèrent s'éloigner.

— C'est fou ce qu'ils sont pressés, dit Claude. Ils ont sans arrêt des choses à faire, c'est incroyable... On dirait qu'ils passent leur temps à courir, on se croirait dans une rédaction un jour de bouclage. Je ne m'attendais pas à ça...

— C'est vrai qu'ils ont l'air plus actifs que les chartreux. Et puis ils parlent plus. Vous avez remarqué ? En vingt minutes, il nous a raconté des quantités de choses.

— Je ne me souviens même plus de ce qu'il a dit.

— Ce qui prouve bien qu'il parle trop. En fait, ce qu'il a dit n'avait pas grand intérêt. Les détails pratiques, on s'en fiche !

— N'empêche qu'ils sont plus détendus que ceux de Montrieux. Moins coincés...

— C'est drôle que vous disiez ça, je les ai trouvés au contraire beaucoup plus tendus, sous leur apparence décontractée. Ce frère Pierre est très mal à l'aise, vous ne trouvez pas ? J'ai l'impression qu'il se cache derrière son sourire. L'autre, le portier, faisait la même chose.

— Je vois que vous avez déjà oublié le regard insensé du moine de ce matin...

— Le frère Pierre ne m'a pas regardée en face une seule fois !

— Vous exagérez. Ce qui est pénible avec vous, Lucile, ajouta-t-il, c'est que vous ne pouvez pas vous empêcher de contredire les gens.

— Pas du tout !
— Vous voyez... Vous recommencez.
— Écoutez, Claude, je vous donne mon sentiment. Ce n'est pas ma faute s'il est différent du vôtre.
Claude remarqua qu'elle l'avait, pour la première fois, appelé par son prénom. Cela lui fit absurdement plaisir.
— Cela n'a pas d'importance, s'empressa-t-il de dire. Nous verrons bien ce qu'il en est demain. En attendant, je vais aller me coucher, je suis épuisé.
Ils sortirent dans la nuit. Le vent continuait à souffler, des rafales venaient s'écraser contre le mur de clôture.
— Eh bien ! bonne nuit, dit Lucile.
— Vous ne rentrez pas ? demanda Claude, surpris.
— Non, je ne peux pas me coucher si tôt. Je vais aller faire un tour.
— Mais où cela ? Il n'y a rien par ici. Et avec ce temps !
— Je crois que je vais aller aux vêpres, en fait.
— Ah bon ? Amusez-vous bien alors !
Claude eut un sourire moqueur. Puis, pris de remords, il ajouta :
— Si vous voulez aller à Manosque, je peux vous prêter la voiture. Il doit bien y avoir une boîte de nuit, ou un bar avec de la musique... — Il fouillait déjà dans la poche de son veston pour en sortir les clefs.
— Non, non ! — Lucile l'interrompit d'un geste. — C'est inutile, je n'ai pas le permis.
— Ah ! Désolé...
— Bonsoir, dit-elle encore avant de s'éloigner en direction de l'église.
Elle trouva la porte fermée. Elle hésita un instant,

puis se mit à marcher en rond sur le parvis dallé. Lorsque son œil fut accoutumé à l'obscurité, elle revint vers la porte et détailla les sculptures de pierre qui ornaient les trois arches imbriquées du portail. Elles entouraient la porte en bois à la manière de trois bordures de dentelle dont les découpes régulières rappelaient les arceaux craquants des biscuits Lu. Hormis cela, la façade était presque vétuste, mais le portail et les minces colonnes de pierre qui soutenaient les voûtes donnaient la mesure de délicatesses révolues. Lucile leva les yeux vers le tympan. Il représentait les quatre évangélistes, sous les traits des animaux qui les caractérisent d'ordinaire, entourant le Christ.

La cloche tira la jeune fille de sa contemplation. Elle avait encore la tête levée vers les Apôtres lorsqu'une clef tourna dans la serrure de fer. La porte s'ouvrit, elle entra, et derrière elle un homme entre deux âges, mal rasé, qu'elle n'avait pas entendu venir. Lucile s'assit sur un banc, au deuxième rang de la partie réservée aux fidèles. Une grosse corde barrant l'allée centrale marquait la séparation d'avec le chœur, où se tenaient les moines. Les uns après les autres, ils venaient prendre place dans deux rangées de stalles qui se faisaient face, de part et d'autre du chœur. L'église n'était pas grande, elle ressemblait plutôt à une chapelle, et Lucile se trouvait à quelques mètres des frères, qu'elle voyait de profil. Elle les regardait s'installer, rentrer leurs mains dans les larges manches de leurs robes, s'incliner vers l'autel, puis se relever et prendre les livres de chants à l'intérieur de leur pupitre, s'incliner encore. Les voir faire ces gestes qui accompagnent le rituel de l'office, sans variation ni fantaisie, renouvelés jour après jour, symboliques et surannés, la troublait légèrement. Une sensation de vertige s'emparait d'elle, l'étourdissait. Les moines n'étaient pas nombreux, une vingtaine environ, et l'intimité du petit groupe s'en trouvait renforcée. Il ne s'agissait pas d'un ensemble indistinct, d'une communauté parfaitement homogène, mais d'individus réunis par un lien presque visible, bien plus subtil qu'un vulgaire ciment. Lucile les regardait l'un après l'autre, attentivement. Elle reconnut le portier, et le frère Pierre.

Les chants s'élevèrent, qui montaient clairs dans la nef. Les paroles, brouillées par la psalmodie du grégorien, demeuraient incompréhensibles, mais la mélodie suffisait à bercer Lucile. Quelque chose l'empêchait de se laisser aller tout à fait, des frissons parcouraient ses bras et elle sentait sa peau se hérisser sous la caresse des voix qui touchaient au vif ceux qui les entendaient. Il y avait dans ce chant quelque chose qui crispait les nerfs et les lissait à la fois. Lorsque l'office prit fin, au bout d'un quart d'heure, Lucile eut l'impression qu'il n'avait duré que quelques secondes. Un moine s'avança vers le devant du chœur et saisit par le bout une corde qui pendait depuis le plafond. Il tira dessus plusieurs fois avant que ne se fassent entendre les premières volées. Lorsque la cloche fut en branle, il ne donna plus à la corde que de petites secousses, qui suffisaient à maintenir le mouvement.

Les moines étaient sortis par l'arrière du chœur. Celui qui avait ouvert la porte de l'église attendait, la clef à la main, que Lucile quitte l'église. C'était un vieil homme aux cheveux blancs, un peu voûté. Quand Lucile passa près de lui, il lui souhaita bonne nuit avant de fermer la porte derrière elle. Ces deux mots, si inattendus, la touchèrent étrangement. Elle regagna l'hôtellerie à travers l'espèce de terrain vague qui s'étendait devant le monastère. Elle n'aurait su dire ce qui la rendait si triste, de l'isolement dans lequel elle se trouvait soudain ou de la pensée que ces hommes vivaient cela chaque jour. Leurs sourires lui parurent brusquement masquer un désarroi inavouable, une angoisse que la sérénité affichée sur leurs visages ne parvenait pas à cacher. Elle entra dans la chambre nue et sans âme. Sur le lit était posé son petit sac à dos, bien fermé. Elle s'assit à côté et fondit en larmes.

7

Lucile et Claude virent arriver le moine par la fenêtre. Ils l'attendaient dans une pièce carrée, aux angles arrondis, aux murs fraîchement enduits. Le sol était recouvert de tomettes rouges, brillantes de cire, des bancs courts servaient de sièges, il n'y avait pas de table. Le père Isidore entra et leur serra la main. Sa robe noire lui donnait un air imposant, plus intense dans sa présence, moins aérien sans doute que les chartreux vêtus de blanc. Il n'était plus très jeune, mais ses yeux d'un brun foncé ardent lançaient des éclairs et la vivacité de son expression le rajeunissait certainement, malgré les centaines de très fines rides qui sillonnaient son visage en un réseau serré. Il avait un nez bien dessiné, petit, une bouche charnue, ce qui est rare chez les moines, qui éclatait comme une fleur sur sa figure et de beaux sourcils broussailleux qui renforçaient la flamme brûlante de son regard. Ses yeux se déplaçaient à toute vitesse, allant de Lucile à Claude et de Claude à Lucile. Il ne faisait que les effleurer du regard, mais on pouvait penser qu'il voyait en eux bien plus profondément que s'il les eût fréquentés des années durant. Un léger sourire éclairait ses yeux sombres, étirant à peine les coins de sa bouche. Il s'assit, arrangea sa robe sur ses genoux, croisa ses mains devant lui et, avant même que Claude ait pu dire quoi que ce soit, commença de parler.

— Voilà comment c'est arrivé. J'avais seize ans, je vivais à Lille, dans une famille de la grande bourgeoisie catholique du Nord.

Lucile mit précipitamment le magnétophone en route. Le frère Isidore fit une pause, le temps de la laisser vérifier l'enroulement de la bande et lui sourit lorsqu'elle se tourna de nouveau vers lui.

— J'avais un ami de mon âge que je ne quittais jamais. Nous faisions tout ensemble, nous partagions tout, nos devoirs de classe, nos jeux, nos lectures, nos vacances, nous pratiquions les mêmes sports, nous avions les mêmes passions. Un jour cet ami est mort, très brutalement, il a été tué dans un accident de la route.

Claude tressaillit, changea de position sur son banc.

— Ce fut un choc épouvantable pour moi. J'ai pleuré pendant trois jours et le matin de son enterrement, dans l'église remplie de monde et de fleurs, j'ai ressenti une sorte de bouleversement intérieur prodigieux, et je me suis trouvé, alors que j'étais épuisé de fatigue et de chagrin, dans une sorte d'état extatique qui n'avait plus rien à voir avec la tristesse de savoir mon ami disparu. Tandis que les gens dans l'église chantaient, que le prêtre, revêtu des ornements du deuil, parlait de la communion des saints, des élus du paradis, j'ai eu un instant de pure félicité mystique. Je suis retourné dans cette église le lendemain et, comme j'avançais vers le chœur, un jeune prêtre qui se trouvait là, pensant que j'étais venu me confesser, m'a emmené dans son confessionnal et au bout de quelques minutes j'en suis ressorti avec, en matière de pénitence, une petite prière à dire. Je suis allé m'agenouiller pour dire cette prière et tout à coup je me suis mis à penser au sens de ces paroles : « Mon Dieu, aie pitié de moi dans ta bonté. » Et je suis resté à genoux très longtemps, plongé dans un abîme de perplexité à l'idée que Dieu pouvait m'entendre et qu'il pouvait m'aider. Un an plus tard, j'entrais au séminaire.

— C'est cela qu'on appelle être touché par la grâce ? demanda Lucile.

C'était la première fois qu'elle intervenait au cours d'un entretien.

— La grâce est en nous, mais nous ne le savons pas. J'ai mis du temps avant de comprendre ce qui m'était arrivé. J'avais l'impression d'être emporté par un cheval lancé au galop, qui m'aurait désarçonné et sur lequel je n'arrivais pas à me remettre en selle. J'ai d'ailleurs conservé toute ma vie cette impression de n'être jamais à ma place, mais à côté. C'est peut-être cela que Dieu a voulu pour moi, être déplacé, en dehors. Mais l'histoire n'est pas terminée... Au bout de deux ans, entre au séminaire un jeune homme d'origine étrangère qui vient d'arriver en France. On me charge de l'aider à apprendre le français et très vite nous nous lions d'amitié. Il est très beau, il ressemble à un ange, il a des yeux couleur d'océan et il est habité d'une foi extraordinaire. Et au bout de quelques semaines je comprends, à l'exaltation que je ressens chaque jour à le voir, que ce que je recherche dans ce garçon ce n'est pas seulement une complicité intellectuelle ou spirituelle, ce n'est pas même son amitié, mais bien son amour. Je n'avais pas d'expérience dans ce domaine, mais je n'en ai pas eu besoin pour prendre conscience de cela. J'avais lu assez pour comprendre.

— Qu'avez-vous fait ? dit Lucile dans un souffle.

Elle était suspendue aux lèvres du moine, absorbée par son récit.

— Je lui en ai parlé, il a compris et nous avons décidé de ne plus nous voir, de nous éloigner l'un de l'autre le plus possible, de nous éviter. Autant la révélation de cet amour avait été terrible pour moi, autant les semaines qui ont suivi ont été épouvantables. J'étais en enfer, j'ai eu la sensation de mourir à moi-même.

— Et vous n'avez pas eu l'idée de quitter le séminaire ?

Claude jeta à Lucile un regard stupéfait.

— Pas un instant. Je n'y ai pas pensé un seul instant. Mais j'ai commencé à souffrir du manque de tendresse, de contact physique, alors qu'en tant que prêtre j'étais censé apporter réconfort et consolation aux autres. Je me sentais parfois terriblement seul et la chasteté m'a été longtemps très pénible. Et pourtant c'est ainsi que je souhaitais vivre, pas autrement. Je n'ai jamais eu envie de quitter le Christ, même si par moments je me suis demandé où j'allais et pourquoi. Après la guerre, j'ai ressenti le besoin d'avancer plus loin encore dans ma quête de Dieu. J'ai visité la plupart des abbayes bénédictines pour finalement choisir Hautecombe. Le hasard a voulu que le monastère que j'avais choisi pour passer le reste de ma vie, puisque les bénédictins font vœu de stabilité, soit transféré ici, dans ce site exceptionnel. Maintenant, savoir que je vais mourir à Ganagobie me réjouit.

Le moine se tut. Il regardait Lucile et Claude tour

à tour. De ses yeux jaillissaient une intelligence pétillante, une étrange sagacité. Il souriait malicieusement. Claude, après un instant, se jeta à l'eau.

— On parle d'homosexualité dans les monastères. Qu'en est-il ?

Le père Isidore rit.

— Vous savez, je n'ai jamais été quelqu'un de convenable, les extrêmes m'ont toujours attiré, les marginaux, les gens étranges, ceux qui sont différents me plaisent plus que les autres. Je n'aurais certainement pas supporté une vie bourgeoise, installée, comme celle de ma famille, du milieu où j'ai grandi. J'aime le risque et l'aventure, je porte en moi toutes les faiblesses, tous les travers, mais ce sont précisément ces défauts, ces failles qui m'ont poussé à chercher l'absolu de Dieu et qui m'ont tenu éveillé au malheur des autres. On ne rentre pas au monastère pour satisfaire des penchants homosexuels. Comme ailleurs, il y a parmi nous des frères qui peuvent être tentés, comme je l'ai été moi-même, mais la prière et le choix que nous avons fait de vivre en Dieu nous protègent et nous aident à lutter. Le Christ est à nos côtés, il nous soutient plus que nous ne le croyons. Ce qui compte en réalité, c'est de donner ce que l'on a de meilleur en soi. Nous avons tous les défauts du genre humain, mais peu importent ces faiblesses. Le Christ n'est pas venu pour nous juger, au contraire, il s'est fait homme pour nous pardonner... Même dans l'homme le plus noir, il y a une minuscule lumière qui reste allumée. Même au cœur de la pire abjection, il y a une petite parcelle de merveilleux. C'est cela qui est important, et cela seulement. Mais voir cette étoile au cœur des ténèbres demande parfois de souffrir et de lutter contre notre propre aveuglement. Seules la foi et la confiance que nous mettons dans notre prière nous permettent de poursuivre cette recherche du merveilleux, dans lequel Dieu s'exprime. Au terme de ma vie, je me rends compte que je n'ai pas fait assez confiance à l'aventure que le Christ nous propose. J'aurais pu aller encore plus loin, mais j'ai mis des années à comprendre à quel point j'étais protégé par Dieu, par son amour, et les risques que je craignais de prendre — car il arrive que l'on se sente faible ou impuissant — étaient en fait des perches qui m'étaient tendues, quand je croyais marcher sur un fil de funambule. De même que mon besoin de tendresse, en me faisant toucher du doigt la misère et la solitude des êtres, m'a permis de m'apitoyer sur mes semblables et de mesurer leur désarroi face à l'autre. Les dangers de la vie monastique, les risques que l'on prend à se tromper de route, à égarer son esprit, m'auront permis de mieux comprendre la miséricorde de Dieu.

— Qu'y a-t-il de risqué dans la vie d'un moine ? demanda Claude.

— La vie en communauté n'est pas toujours facile... Nous sommes un groupe, une famille au sein de laquelle il y a des tensions, des incompatibilités, des conflits parfois. C'est un effort constant qu'il nous faut accomplir pour vivre ensemble et faire vivre à travers nous la parole de Dieu. Reconnaître le souffle de Dieu dans le frère qui est en face de nous, considérer ce frère comme une image vivante du Christ, c'est cela qui nous est demandé. Mais nous restons des hommes et on aurait tort de penser que les monastères sont des havres de paix et de sérénité. Vivre dans la passion de Dieu n'est pas de tout repos.

Une cloche tinta.

— Je vais devoir vous laisser, dit le moine.

Il s'avança vers Lucile, tendit la main dans la direction de Claude, qui s'approcha. Il prit à chacun une main et les serra ensemble, entre les siennes. En touchant les doigts de Lucile, Claude reçut une petite décharge électrique.

— Que Dieu vous garde, mes enfants, dit le moine avant de sortir.

Lucile et Claude traversaient le cloître à pas lents. La jeune fille gardait les yeux fixés sur ses chaussures.

— Ce père Isidore est épatant, dit-elle sans lever la tête.

— Il vous a plu ?

— Il est étonnant, vous ne trouvez pas ? On ne s'attend pas à rencontrer un moine comme ça. Quelle énergie

— Je ne sais pas. J'ai trouvé qu'il en faisait un peu trop.

— C'est vous qui n'en faites pas assez, dans ce cas.

Claude encaissa le coup. Arrivé à la porte, il prit la direction de l'hôtellerie. Vaguement désœuvré, il sentait naître en lui la sensation qu'il connaissait si bien de léger écœurement, signe avant-coureur de l'ennui. Comme tous les autres, ce reportage menaçait de ne plus l'intéresser d'ici peu. Au bout de trois jours, il se trouvait déjà fatigué, lassé de voir ces gens qui ne le touchaient pas, qui ne lui étaient rien. Il soupira.

— Vous m'accompagnez ? demanda Lucile, je vais faire un tour.

— Où ça ? répondit Claude en montrant les

environs d'un large geste du bras, comme s'il était impensable de se promener dans ce type de nature, à la fois désordonnée et trop touffue.

— Là-bas, derrière l'église, il y a un point de vue inouï. J'y suis déjà allée ce matin.

— Quelle parfaite touriste vous faites ! Vous avez un guide avec vous, ou quoi ?

— Non, j'ai des yeux !

— Je me demandais aussi où vous aviez passé la matinée...

— Ces chambres, ça me déprime trop. Je ne peux pas rester là-dedans. On dirait que c'est conçu exprès pour angoisser les gens. Il n'y a rien, pas la moindre petite trace de vie. Je ne sais pas comment est la vôtre, mais la mienne... c'est terrible.

— Je suis venu vous chercher ce matin avant de descendre dans la vallée, mais vous étiez déjà partie.

— Vous êtes allé en ville ?

— En ville, c'est un bien grand mot. Je suis allé à Manosque acheter les journaux. Je ne peux pas me passer de journal, c'est ma drogue quotidienne. Bon, allons voir votre point de vue inouï. — Claude imita la voix de Lucile.

Ils passèrent devant l'église et s'engagèrent dans une allée bordée de chênes verts qui conduisait au bord de la falaise. Une grande croix peinte en blanc se dressait au bout du chemin et, de là, le paysage s'étendait à perte de vue. Sur la gauche, la Provence montait à l'assaut des Alpes dans un heurt de relief qui trahissait l'affrontement. Au loin, les premiers sommets étaient couverts de neige, que l'on distinguait à travers la brume légère. En contrebas, au fond de la vallée, la Durance brillait dans la lumière de la fin d'après-midi, large et majestueuse, s'étalant ostensiblement. Parallèles à son cours, la route, l'autoroute et la voie ferrée se touchaient presque, aussi minuscules que dans un circuit pour enfants. Des trains miniatures roulaient, des petites voitures se doublaient sur l'autoroute toute neuve, des camionnettes circulaient.

— C'est magnifique, non ? murmura Lucile.

Ils s'étaient assis sur le socle de la croix et restèrent en silence à contempler le paysage. Claude alluma une cigarette. Lucile torturait entre ses doigts la tige jaunie d'une herbe qu'elle avait arrachée sur le bord du chemin. Les paroles du moine résonnaient encore à ses oreilles et surtout le ton de sa voix, si chaleureux, si vivant. Rien de posé dans cet homme pourtant âgé... On le sentait encore tout vibrant de passion et d'énergie. Le temps n'avait pas altéré l'enthousiasme de ses jeunes années. Lucile se demanda si Raphaël avait aussi bien préservé son intrépidité, s'il avait porté hors de l'eau, à bout de bras, une personnalité si brillante qu'elle éclaboussait de sa lumière ceux qui le rencontraient. Elle le revoyait debout devant la maison accueillir les malades qui montaient les marches du perron, les conduire jusqu'au petit salon d'attente et les y installer. Il n'était encore qu'un jeune garçon, mais tous semblaient devenir à sa vue aussi dociles que des agneaux, aussi admiratifs que des petits enfants. Le regard que portaient sur lui les gens avait cette écœurante soumission qui mettait Lucile en rage. Quand elle en parlait à Raphaël, il riait et la traitait d'impitoyable jalouse. « Pourquoi veux-tu leur refuser cela ? Par pur égoïsme ! Il ne faut pas être égoïste, Lucile », ajoutait-il. Elle avait alors envie de lui donner des gifles, mais jamais elle n'aurait osé lever la main sur lui. Se pouvait-il qu'il ait choisi cette vie, lui si beau, si éclatant, si passionné ? Cela paraissait à Lucile invraisemblable, tout à fait invraisemblable.

Le vent, qui soufflait depuis la montagne, la fit frissonner. Claude se leva. Ils retournèrent à l'hôtellerie et entrèrent dans le bâtiment des hommes. Claude précédait Lucile dans l'escalier. Elle ne disait rien. Arrivé devant sa chambre, il ouvrit la porte et fit signe à la jeune fille d'entrer. Elle eut une minuscule seconde d'hésitation avant de franchir le seuil.

— J'aimerais bien revoir le père Isidore demain. Je voudrais l'entendre encore une fois, dit-elle. C'est possible ?

— Si vous voulez, je demanderai à l'abbé. De toute façon, j'avais prévu de passer deux jours ici. C'est la seule étape bénédictine de notre voyage. J'avais pensé que nous pourrions assister à la messe demain matin, puisque vous avez l'air d'aimer ça. J'avais l'intention ensuite de visiter les ateliers, mais je pourrai le faire seul, éventuellement. Je prendrai le petit magnétophone.

Lucile se leva de la chaise où elle avait posé le bout de ses fesses.

— Qu'allez-vous faire maintenant ? demanda-t-elle à Claude. Il est à peine six heures.

— Est-ce que vous jouez aux échecs ?

— Non.

— Vous n'avez jamais joué ?

— Il y a très longtemps, avec mon frère, il avait voulu m'apprendre.

— Cela vous tente d'essayer ?

— Pourquoi pas ?

Claude se leva et alla prendre dans sa valise une

boîte plate recouverte de cuir noir. Il ouvrit le jeu d'échecs, le posa sur la table et s'assit sur le lit.

— Prenez la chaise et asseyez-vous. Je vous laisse choisir votre couleur, dit-il à Lucile.

— Blanc.

— Bon ! Vous savez comment les placer ?

— Oui, je crois. Cela vous ennuie si je me mets sur le lit ? Je préfère être plus haut.

Claude se leva, prit place sur la chaise et laissa Lucile s'installer. Elle ôta ses tennis et se cala contre le mur en repliant ses jambes sous elle.

— Je ne savais pas que vous aviez des frères et sœurs, dit Claude qui aussitôt regretta sa phrase.

La réplique de Lucile ne se fit pas attendre.

— Vous ne risquiez pas de l'apprendre, puisque vous ne me l'avez pas demandé. J'en ai cinq, si vous voulez tout savoir.

— C'est vrai ?

— Oui. Cécile, Mathilde, Bertille et Clotilde, dit-elle d'une traite.

— Un seul frère, donc.

Lucile acquiesça d'un signe de tête condescendant. Et elle sourit, malicieusement. Claude remarqua qu'elle avait de très jolies dents, petites et serrées.

— Bon... Alors, voyons ce que vous avez retenu de ses leçons. Le mieux, c'est de jouer. Je vous expliquerai au fur et à mesure. C'est vous qui commencez. Au fait, vous êtes où dans la chronologie ?

Lucile releva la tête et le regarda d'un air surpris, pas tout à fait certaine d'avoir compris.

— Je suis la cinquième. L'avant-dernière, ajouta-t-elle en avançant un pion.

— Et vos parents, que font-ils ?

— Écoutez, mon vieux, rétorqua Lucile vivement, on joue aux échecs ou quoi ? Qu'est-ce que ça peut vous faire, après tout ? Je ne vais pas vous raconter ma vie !

— Oh ! mais calmez-vous ! Vous prenez la mouche pour un rien... Excusez-moi, je ne voulais pas vous ennuyer. N'en parlons plus.

— C'est cela, n'en parlons plus, s'il vous plaît. Et arrêtez de rôder autour de mon cheval comme un rapace, je vous ai dit que je ne savais pas jouer. N'en profitez pas ! Je ne vous laisserai pas me le souffler si vite, de toute façon.

— Je vous fais confiance pour vous défendre, espèce de chipie.

Claude renifla bruyamment, puis alluma une cigarette en riant. Ils continuèrent de jouer en silence. De temps en temps, Claude avertissait Lucile, l'incitait à réfléchir ou à mieux regarder, lui donnait un conseil avant qu'elle n'avance son pion. Ils s'interrompirent au cours d'une partie pour descendre dîner, puis recommencèrent à jouer aussitôt le repas fini.

Claude se retournait dans son lit en soupirant. Bien qu'il tombât de fatigue, il ne pouvait trouver le sommeil. Il ralluma et se leva pour prendre sur la table son paquet de cigarettes. Il se recoucha et en alluma une. Puis, calé contre l'oreiller, il jeta un coup d'œil circulaire sur la chambre en envoyant vers les murs de longs jets de fumée. Qu'avait dit Lucile ? Qu'elle trouvait ça sinistre ? C'était austère, sans plus... La lumière était un peu crue, certes, mais pour le reste, il n'y avait rien à dire. Que pouvait-on attendre d'autre d'une chambre de monastère ? Il eut une pensée pour son appartement. C'était un grand studio qui manquait certainement de charme, mais tout y était confortable. Claude ne s'intéressait pas à la décoration, il jugeait cette activité futile. Ce qu'il voulait, c'étaient de bons fauteuils de cuir, un canapé un peu mou où il puisse s'allonger pour lire le journal, une cuisine fonctionnelle et une salle de bains spacieuse, car il aimait avoir ses aises. Personne n'était venu accrocher d'affreuses gravures aux murs, installer dans les coins des plantes vertes envahissantes, engorger la cuisine de robots inutiles, mettre son nez dans ses affaires et déranger le fouillis de son bureau. C'était un intérieur d'homme et il s'y plaisait. Il se fichait pas mal de ce qu'en pensaient les autres. D'ailleurs, il recevait le moins possible.

À côté du sien, l'appartement de Victor affichait un luxe incomparable. Immense, entièrement blanc, presque vide, il avait l'allure d'un de ces lofts dont on voit les images dans les magazines et qui semblent impraticables à toute personne normalement constituée. Tout y a sa place exacte, dans un équilibre subtil que le moindre geste vient détruire. On ose à peine écraser sa cigarette dans les cendriers... Pour rien au monde Claude n'aurait voulu y vivre. Il se demanda ce qu'en pensait Lucile. Cet appartement trop rangé ne lui paraissait-il pas « sinistre » ? Il était presque aussi dénudé que les chambres de l'hôtellerie, et pas beaucoup plus accueillant.

Tout à coup, Claude fut convaincu que Lucile lui avait menti en prétendant être la maîtresse de Victor. C'était impossible qu'une fille comme elle plaise au patron des *Cahiers d'Aujourd'hui.* Il les aimait idiotes, et beaucoup plus en chair. Lucile était trop fine pour lui, et surtout bien trop irritante. Car Victor adorait les femmes, mais détestait les « emmerdeuses », comme il appelait toutes celles qui manifestaient un soupçon d'intelligence. Il n'aurait pas supporté Lucile plus d'une nuit. À moins qu'il n'ait voulu s'en débarrasser en l'envoyant loin de Paris ? Peut-être ne l'avait-il embauchée que pour couper court à ses ardeurs... Claude sourit à la pensée de Lucile accrochée au cou de Victor, le suppliant de ne pas la jeter dehors... Non, ça ne collait pas. Elle n'avait jamais été sa maîtresse ! Et puis, il l'aurait su, Victor n'aimait rien tant que lui raconter ses conquêtes. Alors pourquoi lui avait-elle dit cela ? Pour plaisanter ? Par pure provocation ? Quelle étrange fille c'était... Il s'habituait peu à peu à ses manières, mais elle restait pour lui insaisissable. Un monde les séparait, ils ne se comprendraient jamais. Il hocha la tête, pensif, et alluma une autre cigarette qu'il fuma lentement. Puis il éteignit la lumière et se glissa sous les draps.

8

Lucile avait repris la place qu'elle occupait la veille dans le petit parloir. Elle jeta un coup d'œil à sa montre.

— Il n'est pas encore l'heure, dit Claude. Nous sommes en avance.

— N'avait-il pas dit dix heures et demie ?

— Ne soyez pas si impatiente, il va venir. La messe vient de se terminer.

— Je sais, mais je suis pressée.

Ses yeux noirs brillaient. Claude baissa la tête et regarda ses chaussures. Il avait l'impression d'être avec une petite fille, imprévisible et fantasque. Lucile n'était jamais la même, Claude la cernait de moins en moins. Peut-être était-elle à cet âge où de l'enfance on passe à l'état adulte, avec de brusques incursions vers l'avant et d'aussi brusques retours en arrière, dans les moments où l'on prend conscience de la difficulté d'être entièrement responsable de soi. Ces aller-retour incessants laissaient Claude perplexe, dans une sorte d'incertitude quant à l'attitude à adopter et de vague malaise. De nature pragmatique, il se résignait facilement à n'être que le spectateur de l'agitation de Lucile et ne cherchait pas à forcer ses défenses. Il la voyait évoluer comme un jeune animal fougueux, plein de vie et de déraison. Sans la regarder, il l'entendait se trémousser sur sa chaise, gratter les irrégularités du carrelage du bout de sa semelle. Enfin, la porte s'ouvrit et le père Isidore entra, majestueux dans sa robe noire.

— Bonjour. Avez-vous passé une bonne nuit ? demanda-t-il.

— Oui, merci. Très bonne, dit Claude.

— Nous avons joué aux échecs jusqu'à deux heures du matin, ne put s'empêcher d'ajouter Lucile en souriant.

— Oh ! j'ai beaucoup joué à une époque. J'étais encore à Lille, dans une banlieue populaire, c'était mon premier ministère. J'avais fait la connaissance d'un groupe de jeunes gens, il y avait des musiciens, des peintres, des poètes, certains étaient étudiants. Ils étaient tout à fait dissipés, et cherchaient l'inspiration dans toutes les directions. Ils se retrouvaient le soir dans un café, ils fumaient et buvaient beaucoup. Nous jouions aux échecs ensemble. J'ai passé des nuits entières avec eux, nous parlions de tout.

Le moine poursuivait, il ne s'était même pas assis. Claude regarda Lucile. Elle se tenait ramassée sur sa chaise, les pieds joints sur le barreau de devant, les genoux presque collés au torse, les mains agrippées aux côtés du siège. Elle ne quittait pas le père Isidore des yeux, et souriait.

— Excusez-moi, dit Claude, je vous laisse avec mon assistante, j'ai rendez-vous avec le frère Matthieu dans l'atelier. Je vous retrouve tout à l'heure, avant le déjeuner.

Claude sorti, Lucile mit le magnétophone en marche et se tourna vers le moine.

— Je vous écoute...

— Non, dit-il, aujourd'hui, c'est moi qui vous écoute. Car vous avez quelque chose à me dire, n'est-ce pas ?

Lucile hocha la tête, comme pour s'excuser. Le moine sourit. Il y avait dans ses yeux et dans son sourire une bienveillance totale, qui touchait à l'absolution. Lucile se tortilla sur sa chaise. On sentait qu'elle cherchait ses mots. Elle avança la main vers le magnétophone, tourna un bouton pour arrêter l'appareil.

— Voilà ! se lança-t-elle. Je connais un jeune homme qui s'est fait moine. Et je me demande comment faire pour le retrouver.

Il y eut un silence.

— Expliquez-moi un peu mieux, dit le père Isidore.

— C'est très simple. Il s'appelle Raphaël. Je sais qu'il est moine, mais je ne sais pas dans quel monastère, ni dans quel ordre.

— Hum... Mais comment se fait-il que vous ne sachiez pas où il est, si vous savez qu'il est moine ?

— Parce qu'il ne me l'a pas dit.

— C'est quelqu'un de proche ?

— Oui. Très proche.

— Et très cher aussi, je suppose.

— Oui, très cher.

— C'est étrange qu'il ne vous ait rien dit. Comment l'avez-vous appris ?

— Quoi ?

— Eh bien qu'il était moine !

— Il me l'a écrit.

— Sans vous dire où il était ? Comme c'est curieux... Et pourquoi voulez-vous le retrouver s'il n'a pas jugé bon de vous dire où il se trouve ?

— Pour le savoir. Je crois que cela me soulagerait de savoir où il est.

Le moine ne répondit pas tout de suite. Il regardait Lucile droit dans les yeux.

— Vous êtes sûre que vous ne cherchez pas à le revoir, lui, plutôt qu'à connaître l'endroit où il vit ?

— Non, je n'en suis pas sûre. Je veux dire, je ne suis pas sûre de vouloir le voir, mais je ne sais pas. Peut-être que si je l'avais devant moi...

Lucile se troubla.

— Je crois que vous vous trompez sur vous-même, dit le frère Isidore.

— Non, je sais ce que je dis, reprit-elle d'une voix mal assurée. J'ai l'impression qu'il me suffirait de savoir où il est. J'y ai suffisamment réfléchi. Et puis je crois que ça ne lui plairait pas.

— Qu'est-ce qui ne lui plairait pas ?

— Que je cherche à le voir.

— Et pourquoi ça ?

— Parce qu'il veut être tranquille.

— Qu'en savez-vous ?

— Il me l'a écrit.

— Il vous a écrit qu'il voulait que vous le laissiez tranquille ?

— Mais non !

Elle eut un geste d'impatience.

— Je ne veux pas le déranger, reprit-elle, vous pouvez comprendre ça.

Elle était au bord des larmes.

— Ma chère enfant... commença le père Isidore,

puis il s'interrompit. Avez-vous l'intention de visiter tous les monastères de France ? reprit-il d'une voix où perçait une pointe de sévérité.

— Non ! enfin oui ! Justement je me disais que c'était absurde. Que croyez-vous que je doive faire ?

— Ce que votre conscience vous dicte.

— Mais ma conscience n'arrête pas de me dire de mettre un terme à cette situation d'ignorance, d'attente, d'angoisse. C'est insupportable, à la fin !

— Qu'attendez-vous exactement de cette quête ?

— La paix...

— Ce jeune homme est-il entré au monastère à cause de vous ?

— Pas du tout. — Elle parut choquée. — Je ne comprends pas d'ailleurs pourquoi il a fait ça. Cela m'échappe complètement.

Le père Isidore eut un sourire plein d'ironie.

— Vous ne trouvez pas cette vie assez belle pour lui, n'est-ce pas ? Vous auriez préféré qu'il fût un grand avocat, ou un homme en vue, ou encore un de ces génies obscurs dont vous auriez soutenu les recherches.

Lucile rougit violemment. Comment cet homme pouvait-il lire ainsi en elle ?

— Mais n...on, balbutia-t-elle.

— Vous auriez voulu qu'il ne s'intéresse qu'à vous, qu'il vous soutienne mais à la fois qu'il vous écoute et vous obéisse, vous auriez voulu l'avoir pour vous toute seule, continua-t-il.

— Non, cria Lucile, ce n'est pas vrai. Vous n'avez pas le droit de dire ça.

Elle se leva brutalement et courut vers la porte.

— Ne partez pas, dit le moine très calmement.

Jugeant qu'il l'avait suffisamment éprouvée, le vieil

homme avait changé de ton. Lucile s'arrêta au milieu de la pièce. Elle tremblait d'émotion, et elle était devenue très pâle.

— Qu'est-ce qui vous a fait penser qu'il était ici ? reprit le moine lorsqu'elle se fut assise.

— Je n'en savais rien. Ce n'est pas moi qui ai choisi de venir ici. C'était une occasion, je l'ai saisie. J'ai tout de suite vu qu'il n'était pas chez vous, dès le premier office auquel j'ai assisté.

— Qu'attendez-vous de moi ? dit le père Isidore brutalement.

— Je veux que vous me disiez si j'ai raison ou tort de le chercher.

— Cela, je ne vous le dirai pas, car vous êtes la seule à le savoir. Mais je vais vous dire pourquoi votre ami a eu raison de faire...

— Ce n'est pas... coupa Lucile, mais le moine ne lui laissa pas le temps de l'interrompre.

— ... ce qu'il a fait. Vous croyez qu'il a choisi l'existence la plus inutile et la plus stupide qui soit. Je les vois bien, tous les visiteurs, les parents, les soi-disant amis qui passent quelques jours ici. On dirait qu'ils viennent rendre visite à un malade à l'hôpital, au mieux à un convalescent. Je lis sur leur visage la pitié et la fausse compréhension, la résignation, parfois même l'exaspération, cachée derrière le masque de la politesse. Je vois les mères, cherchant à reprendre leur fils, à l'arracher à Dieu qui le leur a volé, pensent-elles, à geindre et à se plaindre quand elles devraient remercier le Seigneur de sa grâce. Je sais ce qu'ils pensent, tous, je lis en eux comme dans un livre. Cette commisération me mettait en rage quand j'étais jeune, malgré l'avertissement du Christ. Car Jésus a dit : « Mon Père, pardonnez-leur, ils ne savent pas ce qu'ils font. » Maintenant je leur pardonne, car je n'ai nulle envie ni besoin de les mépriser. Ils ne savent pas, tout comme vous ignorez, ce que peut trouver d'exaltant une âme noble dans ce combat pour la louange de Dieu. Car c'est un combat, un chemin semé d'embûches et d'obstacles, mais c'est un objectif des plus élevés, et il faut bien du courage à ceux qui s'engagent dans cette voie. Du courage et des faiblesses. Je vous l'ai dit hier, on n'échappe pas à ses défauts, et c'est contre eux qu'il faut se battre sans cesse, en les sublimant. Peu importent les failles de celui qui fait le choix de la pureté. Seule compte l'intention, soutenue par l'amour de Dieu. Votre ami est certainement un cœur pur, et c'est la chose essentielle.

Lucile soupira. Des larmes brillaient dans ses yeux.

— Pourquoi ne pas le laisser tranquille, où qu'il soit ? dit doucement le père Isidore. Acceptez son choix et cessez de souffrir. Et si vous n'y parvenez pas toute seule, adressez-vous à Dieu, il vous aidera.

— Non, ça ne marche pas, dit Lucile dans un reniflement.

— Qu'est-ce qui ne marche pas ?

— Je ne sais pas prier.

— Tout le monde sait prier, il suffit de parler à Dieu en lui disant ce qu'on a à lui dire. Ce n'est pas plus difficile que ça.

— Tout le monde n'a pas la chance d'avoir été touché par la grâce, comme vous. Moi je n'y crois pas, et quand j'essaye de prier je me sens tellement ridicule que je ne peux même pas continuer. Si je parle à Dieu, je ne peux pas me prendre au sérieux, cela me fait rire et j'arrête tout de suite.

— Mais vous avez ri et cela vous a soulagée. Vous voyez !

Lucile lui jeta un regard en dessous, pour vérifier qu'il ne plaisantait pas. Il paraissait tout à fait sérieux, malgré son sourire. Toute trace de sévérité avait disparu de ses yeux.

— Alors, vous pensez que je fais fausse route ? insista-t-elle.

— Je pense que le jeune homme qui a choisi d'entrer au monastère plutôt que de conserver une amie comme vous devait avoir d'impérieuses raisons d'agir. Je ne crois pas que vous puissiez vous sentir blessée par son geste, et...

— Mais je ne me sens pas blessée, intervint Lucile.

— Ne dites pas le contraire, je le sais, et donc, vous devriez être tout à fait sereine et penser à lui comme certainement il pense à vous, sans vous soucier de ces contingences matérielles. Qu'importent les lieux, tout cela n'a aucune importance.

Lucile se taisait, la tête baissée. Le moine reprit.

— Vous m'avez demandé conseil, je vous ai dit ce que j'en pensais. Mais je vous le répète, la réponse est en vous.

— Je vous remercie beaucoup, dit-elle en lui tendant la main.

Il la prit dans la sienne.

— Je suis désolé de ne pouvoir vous être d'un plus grand secours. Je comprends votre désarroi, je sais ce que c'est, murmura-t-il comme pour un aveu. Je prierai pour vous.

Ils sortirent ensemble de la pièce. Dehors le soleil brillait, qui les aveugla et leur fit plisser les yeux. Le moine prit une dernière fois la main de Lucile qu'il garda un instant dans la sienne sans la serrer. La jeune fille se dirigea vers le cloître. Là, elle s'assit sur un banc de pierre. Elle ne ressentait qu'une terrible confusion, l'impression d'avoir tourné sur elle-même pendant trop longtemps, elle avait le vertige et mal au cœur, envie de ne plus penser à rien, de s'anéantir dans l'instant au milieu du gazon tout neuf dont les minuscules feuilles brillaient dans le soleil. Elle détesta brusquement cet endroit, ces murs trop lisses, ces démarches trop souples et cette écœurante douceur, sirupeuse et tiède. Elle haïssait les moines, tous les moines ! Elle releva la tête pour voir Claude arriver droit sur elle, d'un pas sautillant qui le faisait ressembler à un ours ivre. « Quel ridicule petit homme ! » grinça-t-elle entre ses dents, et elle le détesta lui aussi, avec les autres. Il souriait d'un air stupide et lorsqu'il fut près d'elle, il se laissa tomber lourdement sur le banc. La jeune fille lui jeta un regard furieux, mais Claude ne parut pas s'en soucier.

— Ah ! je crois que je pourrais être moine, dit-il dans un soupir de satisfaction.

Lucile s'engouffra dans la brèche.

— Pas moi ! s'exclama-t-elle. Quelle horreur ! Vous ne vous rendez pas compte... Comment peuvent-ils renoncer à tout ce qui fait la vie ? Les émotions, les sentiments, les passions, les bonheurs, les souffrances, l'amour...

— Oh ! mais ils connaissent cela aussi bien que n'importe qui, rétorqua Claude d'un ton badin.

— Mais non ! Ou alors de façon fictive... — Lucile s'échauffait. — Ils vivent en retrait de tout et ne sont plus que les spectateurs d'eux-mêmes. Ce ne sont plus des hommes de chair, puisqu'ils vont jusqu'à nier leur corps, ils s'imposent d'insupportables privations, ils ne font jamais l'amour, ils refusent le confort, ils ont froid l'hiver et trop chaud l'été, ils ne boivent pas, ne fument pas, ne s'amusent jamais...

— Et alors ? en quoi est-ce que tout cela les prive de sensibilité et d'émotion ?

— Comment cela ? en quoi ? Mais ils font tout pour ne plus rien sentir.

Elle bouillait de colère.

— D'après ce que j'ai entendu jusqu'à présent, dit Claude, il ne me semble pas que la chasteté et l'ascèse soient des renoncements gratuits. C'est même tout le contraire, ce ne sont que des moyens d'accéder à une autre forme d'amour qui prend une dimension universelle. Cela ne relève plus du sentiment individuel, on passe à un niveau supérieur... Voilà pourquoi les moines sont obligés de changer de mode d'expression. On ne peut pas coucher avec la terre entière !

— Sincèrement, Claude, pensez-vous qu'aimer tous les hommes de façon abstraite soit comparable au fait de n'en aimer qu'un seul, mais intégralement ?

— Cela n'a rien à voir. La vocation des moines n'est pas d'aimer tous les hommes, mais de chercher Dieu. Enfin, Lucile qu'est-ce qui vous prend ? Hier vous les trouviez épatants, aujourd'hui, ils sont monstrueux.

— Je les trouve odieux, horriblement orgueilleux. N'est-ce pas de la plus grande prétention, et même d'une arrogance démesurée que de vouloir s'affranchir de notre condition humaine, de vouloir accéder par l'ascèse à un état dénaturé qui nous éloigne de notre être profond fait de désirs et de pulsions, dans le but de nous rapprocher de Dieu, dites-vous, Dieu que nous croyons supérieur, parfait, et détaché de ces contingences animales ? N'est-ce pas d'un orgueil suprême que de prétendre accéder à un état proche du divin ? Comment peut-on se sentir proche de ses frères humains quand on s'en éloigne à ce point ?

Lucile avait haussé le ton, l'excitation lui rougissait les joues. Elle regardait à peine Claude, on aurait dit qu'elle bataillait avec l'air ambiant. Claude jeta un coup d'œil autour de lui, pour s'assurer qu'il n'y avait personne alentour. Lucile criait presque.

— Eh bien, dites quelque chose ! poursuivit-elle. Je vous ai posé une question, répondez-moi, lança-t-elle en se tournant vers lui. Et puis cessez de regarder partout comme un voleur, ils peuvent bien m'entendre, je m'en fiche, tout le monde les ménage, personne n'ose leur dire en face à quel point ils sont présomptueux sous leur apparence de modestie stupide.

Claude s'efforçait de rester calme et se retenait d'empoigner Lucile par le bras, pour l'entraîner hors du cloître et la tirer vers la sortie. Il se rendait compte qu'il ne l'arrêterait pas si facilement et qu'il valait mieux négocier sur place.

— Lucile, je crois que vous vous méprenez. Certains considèrent la vie monastique comme le dernier refuge des lâches et des faibles. De ceux qui meurent au monde et à eux-mêmes sans oser se donner la mort.

Sans le savoir, il avait touché juste.

— Qui dit cela ?

— Des gens qui ont réfléchi à la question, des essayistes, des philosophes, des penseurs de tout poil, que sais-je ? J'ai entendu déjà ce genre d'analyse.

— Et vous êtes d'accord ?

— Je vous ai déjà répondu, j'ai dit qu'il me semblait que j'aurais pu être moine.

— Et pourquoi ne pas l'avoir fait, alors ?

— J'ai choisi une autre vie. Peut-être me suis-je trompé.

Il avait terminé sa phrase sur un ton de moquerie.

— Il n'est jamais trop tard pour bien faire, rétorqua-t-elle.

— Absolument...

— Je me demande si vous vous rendez bien compte de ce qu'est cette existence, mon vieux. Connaissez-vous pareil enfermement ? Et la solitude et la chasteté, je voudrais bien vous y voir.

« Vous m'y voyez », faillit répondre Claude, mais il ne dit rien. Lucile continuait, plus calme cependant.

— On a l'impression, comme ça, que l'on pourrait supporter. Mais il faut être affreusement égoïste, et dénué de tout sentiment réel pour faire ce sale boulot. C'est facile d'avoir la foi à ce compte-là ! Et vous, si vous croyez que vous pourriez tenir à ce régime, vous rêvez complètement. Quand je pense que vous marchez dans la combine...

— Non, pas plus que dans la vôtre, dit-il en riant. Je me contente pour l'instant d'observer. À chacun sa nature... La façon dont vous prenez les choses à cœur est extraordinaire.

Lucile ne répondit pas. Il y eut un moment de silence.

— Vous venez ? dit Claude qui s'était levé.

Elle s'exécuta dans un soupir, s'arrachant du banc comme un pantin. Ses cheveux, qu'elle avait attachés en chignon, se déroulèrent brusquement en un long ruban noir qui tomba sur son épaule. Elle ne les releva pas et prit sa tête entre ses mains.

— J'ai l'impression que cette journée dure depuis des siècles et nous n'en sommes qu'au matin, gémit-elle. Il fait trop beau, ces gens sont affreux, et j'ai faim.

— Nous allons déjeuner bientôt. Et ensuite, nous partirons pour Sénanque.

Lucile leva sur lui un œil de chien battu, mais où vibrait une petite lueur de dérision. Sa colère l'avait réconfortée. Elle marchait en traînant les pieds sur les dalles du cloître, mais un vague sourire flottait sur ses lèvres.

— On déjeune ici ? demanda-t-elle.

— Oui, c'est plus simple. J'ai prévenu que nous partirions en début d'après-midi. Nous passerons par Manosque, je dois aller à la banque et je voudrais envoyer un fax à Victor.

— Un fax ? Pour quoi faire ?

— Pour lui dire que vous êtes insupportable, répondit-il en riant.

9

L'après-midi était bien avancé. Lucile avait rejoint Claude devant la poste. Elle tenait à la main un sachet de papier, rempli de biscuits à l'anis qu'elle venait d'acheter.

— On peut prendre un café ? dit-elle en désignant de la tête une terrasse.

— Si vous voulez. Mais j'ai l'impression que le soleil nous a abandonnés, rentrons plutôt à l'intérieur.

Lorsqu'ils quittèrent Manosque, le temps avait tout à fait changé et ne subsistaient du beau ciel de la matinée que de minces bribes de bleu que l'on apercevait entre les nuages. Au relief montagneux et boisé succédaient des vallons plus doux et des vergers. La roche perdait de ses teintes ocre jaune, devenait grise et blanche, les pins sylvestres laissaient place à leurs cousins parasols. Les petits villages qu'ils traversaient étaient plongés dans le silence des tranquillités éternelles que jamais rien ne vient troubler. De grands cafés presque vides, autrefois quartiers généraux, ouvraient sur des placettes, laissant entrevoir à travers leurs portes ouvertes les reflets métalliques des rangées de coupes gagnées aux concours de pétanque. Le long des routes, les platanes s'alignaient régulièrement des deux côtés, comme des soldats au garde-à-vous. Lucile croquait des biscuits et de temps en temps, la bouche pleine, donnait à Claude une indication sur la route à suivre.

Il sentait, à certains gigotements, à la façon qu'elle avait de froisser le sac de papier, à de petits tressaillements qui lui parvenaient sans qu'il eût besoin de la regarder, que quelque chose agitait la jeune fille. Il lui sembla un instant qu'elle s'apprêtait à parler, mais pas un son ne sortit de sa gorge autre qu'un raclement sourd.

— Vous vouliez dire quelque chose ? ne put-il s'empêcher de demander.

— Euh... non. Enfin, oui, mais c'est sans importance. Je vous en parlerai une autre fois, plus tard.

Claude n'insista pas. Lucile replongea dans son mutisme. De grosses gouttes s'écrasèrent sur le pare-brise. Le vent agitait les branches des arbres. Au loin d'épais nuages couleur de fer s'entassaient, on aurait dit des armées se préparant à l'attaque.

— Cela ne s'arrange pas, dit Claude qui avait ralenti.

Lucile ne répondit pas, mais elle abandonna un instant ses gâteaux à l'anis pour regarder l'horizon. La montagne du Lubéron se noyait dans la brume et l'on n'en voyait même plus les contreforts.

— Je n'aime pas ça, dit-elle. Il va y avoir un orage.

— Non, ce n'est qu'une averse.

— Je crois qu'il vaudrait mieux s'arrêter à Apt. Nous y serons bientôt. Autant attendre à l'abri que ça passe...

— Ma petite Lucile, ce ne sont pas trois gouttes d'eau qui vont nous empêcher d'avancer. S'il vous plaît, regardez dans la boîte à gants, il doit y avoir quelques cassettes.

La jeune fille s'exécuta, jeta un œil aux cassettes avant de les remettre à leur place. Puis elle attrapa son sac à dos sur la banquette arrière et y plongea le bras.

— Si vous voulez écouter de la musique, j'ai mieux que ça. Vous préférez les Doors ou Mahler ?

— Wagner.

— Ah ! ça ne m'étonne pas ! Vous avez la tête à aimer Wagner, je l'aurais parié... Ce sera donc les Doors, ça fait presque autant de bruit.

Claude haussa les épaules. Lucile mit la cassette dans la fente et fronça les sourcils en regardant le ciel au-dessus d'eux. La pluie tombait dru maintenant et le vent soufflait plus fort. Ils traversèrent Apt sous des trombes d'eau. Des ruisseaux coulaient sur la route. C'est alors que la jeune fille eut une surprenante inspiration. À la sortie de la ville, elle fit prendre à Claude la route qui descendait vers le sud. Non seulement ce n'était pas la direction pour aller à Sénanque, mais on quittait la nationale pour une départementale sinueuse qui s'enfonçait dans une combe. Claude, concentré sur la conduite, ne prit pas garde au changement de cap. Le vent avait forci et la pluie se faisait de plus en plus violente. Bientôt, on entendit des coups de tonnerre. Le ciel prenait une teinte noirâtre du plus vilain effet. Claude avait ralenti singulièrement l'allure, il s'efforçait de suivre la bordure de la route, mais les essuie-glaces n'allaient pas assez vite pour dégager le pare-brise noyé d'eau. Tout à coup, Lucile poussa un cri.

— La grêle, dit-elle d'une voix étouffée.

Des petites billes de glace blanche se mêlaient à la pluie.

— Arrêtez-vous, mon vieux, c'est dangereux.

— Où voulez-vous que je m'arrête ? aboya Claude.

Soudain, ce fut un déluge de glace et d'eau. Les grêlons étaient devenus énormes et des rafales de vent d'une puissance inhabituelle secouaient la voiture, la pluie ne tombait plus, elle était projetée, déversée dans tous les sens, les arbres pliaient sous les bourrasques, les feuilles arrachées s'envolaient en tournant.

— Quelle tempête ! dit Claude.

Il tendit la main vers l'autoradio pour baisser la musique, mais se trompa de sens et monta le son. La musique des Doors couvrit un instant le bruit de la grêle sur la tôle.

— Riders on the storm, murmura Lucile.

La tempête redoublait.

— Où est-ce qu'on est exactement ? dit soudain Claude.

Lucile saisit la carte précipitamment. Puis elle la laissa retomber et fixa sur Claude un regard stupide.

— Je suis désolée, lâcha-t-elle.

— Qu'est-ce que vous racontez ? Faites un effort et dites-moi où nous sommes. Je ne peux pas m'arrêter ici, c'est trop dangereux, si une voiture arrive derrière nous, elle va nous emboutir.

— Attention ! hurla Lucile.

Une grande branche qui venait de tomber d'un pin s'abattit en travers de la route, manquant l'auto de peu. Claude freina, les roues glissèrent sur le bitume, la voiture fit une embardée et vint mordre sur le talus, contre lequel elle s'arrêta, à quelques centimètres de la pente. Claude arracha la carte des mains de Lucile.

— Où diable peut-on s'abriter dans ce fichu ravin ?

Lucile se pencha vers la carte et montra la route du doigt. Claude soupira, boutonna sa veste, ouvrit la portière et courut vers la branche qu'il tira vers le bas-côté. Lorsqu'il rentra dans la voiture, il était trempé. Il faisait presque nuit tant le ciel était sombre et la tempête ne se calmait pas. Claude alluma une cigarette.

— Pouvez-vous m'expliquer ce que nous faisons ici ? dit-il tranquillement.

— J'ai dû me tromper de route, bredouilla Lucile.

— Vous vous fichez de moi, ou quoi ? Vous ne vous êtes pas trompée, vous l'avez fait exprès !

— Non ! C'est vous qui ne vouliez pas vous arrêter, je vous avais prévenu qu'il y aurait un orage.

— Et cela vous amuse de nous faire passer par des routes pareilles ? Mais vous êtes folle, ma pauvre petite ! Vous voulez des sensations fortes ? Eh bien ! vous allez en avoir.

Claude démarra et oublia la pluie. Il accéléra et lança la voiture dans la tempête aussi vite qu'il le pouvait. Il prenait les virages si serrés que de grandes gerbes d'eau montaient le long des ailes jusqu'au toit. Lucile ne savait plus où regarder. Devant elle, la portion de route qu'éclairait la lumière des phares était horrible à voir, et le spectacle des éléments déchaînés, brisant et tordant tout, l'épouvantait. Claude, crispé sur le volant, la cigarette rivée au coin des lèvres, conduisait comme un fou avec une détermination calme et glacée. Effarée, Lucile voyait dans ses yeux gris luire la folle excitation des joueurs, le plaisir effrayant de ceux que le risque attire trop. Elle ferma les yeux, mais elle était si secouée qu'elle préféra les rouvrir, aussi effrayante que fût la vision de leur fin proche. À chaque instant, au sortir de chaque virage, des branches surgissaient devant eux, qui jonchaient la route. Claude les écrasait ou lorsqu'il les jugeait trop grosses, donnait un coup de volant sec pour les éviter. Il semblait à Lucile que la voiture ne touchait plus le sol, mais qu'elle planait au-dessus d'une nappe liquide.

Au cœur de l'ouragan qui les entourait, Claude fit encore une chose épouvantable. Profitant d'un tronçon de ligne droite, il alluma une nouvelle cigarette. Il ne tenait plus le volant que d'une main, et Lucile crut qu'il allait le lâcher tout à fait. Mais à peine sa cigarette fut-elle allumée qu'il s'y cramponna de nouveau et accéléra de plus belle. Lucile voulut crier mais elle n'avait plus de voix. Des éclairs fendaient le ciel et faisaient briller les paquets de grêlons qui s'abattaient sur les bois, le vent secouait à les rompre les arbres aux jeunes feuilles déjà déchiquetées, et il montait de la route une sorte de bouillonnement d'eau et de glace. Les virages se succédaient, de plus en plus serrés, terriblement dangereux, et des gouffres noirs s'ouvraient du côté de Lucile dans lesquels il lui semblait plonger à chaque instant. Le bruit que faisait la tempête était assourdissant, la foudre explosait çà et là, la nature craquait et gémissait, la pluie tambourinait dans un vacarme énorme. Combien de temps dura cette course démente, Lucile n'aurait pu le dire tant elle était secouée, mais cela lui parut atrocement long.

Soudain, Claude poussa une sorte de grognement.

Une lumière était apparue au bout de la route, on ne distinguait pas encore les maisons, mais le village de Lourmarin était proche. Claude passa une vitesse et le moteur grinça, il lança la voiture dans le dernier virage et s'engagea dans la descente à toute allure. À l'entrée du village surgirent tout à coup dans les phares des panneaux de chantier. Claude donna un coup de volant, mais ne put éviter le poteau qui soutenait un feu provisoire. Il y eut un bruit de fracas à l'avant, Lucile, malgré la ceinture qui la retenait, fit un bond vers le pare-brise, mais Claude ralentit à peine et poursuivit sa route jusqu'aux premières maisons. Il y avait un peu plus loin une sorte de parking le long d'une promenade. Il s'y arrêta. Quelques lumières brillaient qui semblaient venir d'un restaurant. Il coupa le moteur. Lucile ouvrit sa portière, se pencha vers l'avant et se mit à vomir. Elle hoquetait sous la pluie, encore attachée par sa ceinture, le corps tordu et secoué par les spasmes. Claude attendit un peu, puis sortit de l'auto, la contourna et vint du côté de Lucile, qui tentait de reprendre sa respiration. Il s'approcha d'elle pour la relever, mais en l'apercevant la jeune fille se remit à vomir. Elle n'avait plus rien dans l'estomac et ne rendit qu'une bile verdâtre. Claude courut vers le coffre, en revint avec à la main une serviette éponge dont il tamponna le visage de Lucile. La grêle avait faibli mais la pluie tombait encore à verse et ruisselait sur ses cheveux, son cou et ses épaules. Elle n'eut pas la force de résister lorsque Claude la rassit dans la voiture, mais dès qu'il la lâcha pour aller reprendre sa place elle s'affaissa de nouveau contre la portière, en parfait état de choc. Sans perdre son calme, il détacha la ceinture, attrapa Lucile par le bras et lui donna une petite gifle. Comme elle ne réagissait pas, il la gifla plus fort, sur les deux joues, tout en la secouant.

— Lucile, c'est fini, reprenez-vous, disait-il entre deux claques. Lucile, oh ! ça y est, nous sommes arrivés, Lucile, nom d'un chien ! arrêtez ce cinéma.

Elle ouvrit les yeux, porta la main à son visage et eut un dernier hoquet, mais rien ne sortit de sa bouche. Elle se tourna vers Claude et il lut dans ses yeux hagards où persistaient les traces de sa frayeur quelque chose qui ressemblait à de la haine. Il l'aida à sortir de la voiture et enroula sa tête dans la serviette éponge Puis il la soutint jusqu'à la porte du restaurant.

Lorsqu'on les vit entrer, il y eut quelques exclamations de surprise. Il était encore tôt, à peine un peu plus de sept heures, et les serveurs prenaient leur dîner. Lucile et Claude étaient dans un état si pitoyable, elle pâle comme une morte et lui trempé des pieds à la tête, qu'on aurait pu croire qu'ils avaient fait la route à pied. La patronne s'empressa, on les installa à une table et on leur prépara des grogs. Lucile revenait à elle peu à peu, et seule sa fierté l'empêchait de s'évanouir devant des inconnus. Elle tremblait de froid et d'émotion. L'alcool brûlant lui redonna des forces. Ce n'est qu'en reprenant tout à fait ses esprits qu'elle mesura l'étendue de son ridicule. S'être laissé ainsi aller à la panique la révolta, elle jeta à Claude un regard méprisant, mais ne trouva dans le sien qu'attendrissement. Elle baissa les yeux, furieuse et épuisée. Dehors, l'orage se déplaçait et le vacarme des coups de tonnerre s'éloignait. La tempête allait se calmer. Les serveurs poursuivaient leur repas. Lucile demanda un deuxième grog.

Lorsque la pluie se fut presque arrêtée, Claude se leva.

— Je reviens tout de suite, dit-il.

Et il sortit. Quelques secondes plus tard, Lucile entendit claquer la portière de l'auto, puis Claude reparut. Il se rassit.

— Le phare avant est cassé. Mais la roue n'a pas l'air d'avoir été touchée. Il va falloir faire réparer, de toute façon. Vous vous sentez mieux ?

— Ça va, répondit Lucile bravement.

— J'avais réservé un hôtel à Gordes. Autant y aller maintenant. Nous arriverons pour le dîner.

Elle eut un mouvement de recul.

— Il ne pleut presque plus, dit Claude, l'orage est passé. N'ayez pas peur, nous n'irons pas vite.

Ils quittèrent le restaurant et Lucile monta sans un mot dans la voiture.

— On va rouler sans phares ? articula-t-elle.

— Il en reste un. Cela suffira. Je connais bien cette route, je venais ici souvent il y a quelques années. J'aurais pu prendre la route de Bonnieux tout à l'heure, mais j'allais un peu vite. Quand j'ai vu l'embranchement, il était déjà trop tard pour tourner. Je me demande encore pourquoi vous nous avez fait passer par là...

Elle ne répondit pas. Elle n'en savait rien elle-même. Quelques minutes plus tard, elle s'endormit. Claude alluma l'autoradio et régla le son au plus bas. Une radio locale diffusait de la musique. Pour la première fois depuis longtemps, il pensa à Irène, aux étés passés dans la maison où il n'était plus retourné, et à l'insouciance de ces années heureuses. Il roulait doucement, bercé par ses souvenirs, porté par les réflexes brusquement retrouvés d'une route cent fois empruntée. Tout lui paraissait familier, malgré la nuit et les ravages de l'orage. Il entra dans Gordes en proie à une étrange nostalgie. Il réveilla Lucile, qui sursauta sous la pression de sa main sur son bras. Elle était encore pâle et de grands cernes bleus marquaient ses yeux. Il se sentit honteux de lui avoir fait peur, mais quelque secrète fierté revivait en lui, d'avoir forcé la jeune fille à s'incliner, d'avoir vaincu l'arrogance de sa jeunesse et la morgue de son sourire. Le plaisir d'être le plus fort dépassait la surprise que lui causait la réaction de Lucile. Il n'avait pas voulu la terroriser et ne parvenait pas à se sentir coupable. Il ne faisait que rétablir entre eux un équilibre, pensait-il.

10

Le soleil apparaissait quand Lucile se réveilla. Elle se leva, alla à la fenêtre et tira le rideau. Le vent de l'orage avait chassé les nuages et le ciel avait repris sa couleur uniforme. Il y avait un petit balcon, elle ouvrit la fenêtre, fit un pas au dehors et prit une large inspiration. L'air avait perdu sa fraîcheur de la veille, il faisait presque doux. Sur la gauche, au loin, on distinguait les falaises écarlates de Roussillon. Çà et là, d'autres villages se tenaient ramassés au sommet des collines. Dans les vergers, les amandiers perdaient leurs dernières fleurs et les troncs des cerisiers, badigeonnés de sulfate, se dressaient comme des poteaux bleus sur la terre brune. La campagne était encore calme et silencieuse, mais l'on entendait, bruissant discrètement dans l'air, les palpitations muettes de la nature en gestation. Alors qu'à Paris c'était encore l'hiver, tout ici frémissait déjà et prenait le départ pour la course annuelle qui allait conduire la végétation à maturité. La pluie avait ravivé les couleurs et tonifié les plantes. Lucile fut saisie d'un élan de tendresse pour ce paysage, elle se sentit fondre devant la grâce exquise des arbrisseaux en fleurs et la pensée qu'elle eut alors pour Raphaël se teinta de mélancolie. Mais la sensation était douce, et si enivrante la satisfaction de goûter à cette poésie que ce qui pouvait en ternir l'agrément s'évanouit. Même le souvenir de Claude ne parvint pas à altérer sa bonne humeur.

Lorsqu'il descendit prendre son petit déjeuner, Lucile était déjà en bas. Elle avait changé de tenue et portait un pantalon à carreaux noirs et blancs que Claude ne lui avait encore jamais vu, avec un chandail gris clair aussi moulant que le rouge. Ses cheveux étaient peignés en chignon sur le haut de son crâne. Il s'avança vers elle.

— Bonjour, dit-elle d'une voix gaie. Vous allez bien ?

Claude, surpris, lui rendit son sourire, se demandant ce que cachait cette bonne humeur inattendue.

— Oui, et vous ? grogna-t-il. Vous vous êtes bien reposée ?

— J'ai très bien dormi.

— Vous venez déjeuner ?

— C'est déjà fait ! Mais je vais vous tenir compagnie, je reprendrai un café.

Claude s'assit. Que lui valait cette délicate attention ?

— J'ai téléphoné au garage, dit-il, je vais leur apporter la voiture tout à l'heure. Vous pourrez demander les horaires des cars pendant ce temps ? Je pense qu'il y en a qui vont à Sénanque.

— D'accord. Vous voulez que je le fasse tout de suite ?

Claude consulta sa montre.

— Non, il n'est pas tard, nous avons le temps.

En rentrant du garage, une demi-heure plus tard, Claude trouva Lucile assise au soleil sur la terrasse de l'hôtel. Elle agita un petit prospectus qu'elle avait à la main.

— Il n'y en a pas. Ou alors cet après-midi.

— Zut ! dit Claude. Vous êtes sûre ?

— Regardez vous-même, répliqua-t-elle en lui tendant la feuille.

Il l'écarta d'un geste.

— Ah ! c'est bien embêtant...

— Allons-y à pied, proposa la jeune fille. C'est tout près.

— Vous rigolez ou quoi ? C'est à quatre kilomètres.

— En une heure nous y serons.

Claude secouait la tête en signe de refus. Il s'assit en soupirant.

— À quelle heure est le prochain car ?

— À six heures.

— Non, ça ne va pas...

— Vous ne pouvez vraiment pas marcher quatre kilomètres ? insista Lucile.

— Bien sûr que je peux ! Sauf que je n'en ai aucune envie... Mais c'est pourtant ce que nous allons faire. Nous n'avons pas le choix.

Lucile eut un petit sourire de satisfaction.

— Je vais chercher mon sac, dit-elle en se levant.

— Ne vous chargez pas du magnétophone, lui cria Claude alors qu'elle était déjà à l'intérieur. Le petit fera l'affaire.

Ils se mirent en marche, tranquillement, sans précipitation. Le soleil les chauffait doucement et de légers courants d'air venaient les lécher par instants. On entendait de petits craquements, crissements, sons secs de la Provence et des régions arides, où rien de mou ni d'aqueux n'a sa place : grillons, cigales encore timides, buissons cassants, cailloux éboulés sous le pied d'un animal invisible. Jusqu'au bleu du ciel, qui avait pris une densité plus profonde, un éclat presque dur. Mais de l'atmosphère calme du matin se dégageait une sensation de discrète volupté.

Claude et Lucile ne parlaient pas, ils se contentaient de marcher, sur le côté droit de la route, bien qu'ordinairement l'on préfère le gauche. Lucile siffla, quatre ou cinq notes flûtées. Claude aurait aimé qu'elle dise quelque chose, mais elle se taisait toujours. Il regarda la route à ses pieds et les petits graviers brillants encastrés dans le bitume qui lançaient des éclats pour peu qu'on les fixe un instant. Lucile avançait plus vite que lui et de temps en temps elle s'arrêtait pour l'attendre. Cela irritait Claude mais il n'y pouvait rien. Il ne faisait jamais de sport : accélérer lui était impossible. Il laissa son esprit divaguer sur sa vie parisienne, si casanière et sans surprise.

— Si ce n'était pas si long, on pourrait tout faire à pied, hein ? dit Lucile tout à coup. Vous ne trouvez pas que c'est plus agréable ?

— Franchement, non !

La jeune fille fit mine de ne pas avoir entendu.

— Je me sens comme un animal qui se déplace dans son milieu naturel, aussi simplement qu'un oiseau va d'un arbre à l'autre, une fourmi d'un caillou à l'autre. Lorsqu'on marche, on est en parfaite harmonie avec la nature. J'adore cette idée.

— D'être un animal ?

— Non. D'être en phase, en rythme. Cela ne vous vient jamais à l'esprit ?

— Je vis au XXᵉ siècle et pas au néolithique, c'est tout. C'est complètement hors de propos à notre époque de se déplacer à pied. Il me semble qu'être en phase avec son temps est la forme d'adéquation la plus simple et la plus efficace.

— Mais qui vous parle de ne se déplacer qu'à pied ? Ce que je vous explique, c'est que lorsqu'on marche, on retrouve une sensation qu'ont dû éprouver les hommes à toutes les époques, aux temps préhistoriques mais aussi tout au long de l'histoire humaine, sur tous les continents, une sensation que provoque le fait de parcourir un espace qui est le nôtre, en saisissant tout ce qu'il nous apporte d'odeurs, de bruits, de visions. Vous comprenez ?

— Oui, mais cela ne m'intéresse pas. C'est une théorie désuète et rétrograde que celle du retour à la terre et de toutes ces prétendues proximités avec le milieu, la nature, etc. Nous sommes à l'ère des fusées, des ordinateurs et des fax. Voilà notre environnement !

— Claude, vous êtes idiot ! répliqua Lucile sur un ton péremptoire. Ah ! mais j'oubliais que vous étiez un adepte de la formule 1... Et de la conduite sportive !

« Nous y voilà », pensa Claude, mais il préféra ne pas s'engager dans un combat perdu d'avance. Il avait eu raison d'elle la veille, mais ne tenait pas à lui redonner l'avantage.

— Ma petite Lucile, répondit-il, ce n'est pas parce que je n'ai pas les mêmes idées que vous qu'il faut me traiter d'idiot. Un peu de tolérance, s'il vous plaît !

Elle comprit l'allusion, mais ne lâcha pas prise pour autant.

— Mais alors, reprit-elle, si vous pensez comme ça, vous devez trouver les moines ridicules. Vous avez vu comment ils vivent ? C'est on ne peut plus suranné.

— Cela n'a rien à voir. Ils se sont détachés de tout dans un but précis, cela ne signifie pas qu'ils refusent le progrès. Ils ont choisi la plus grande simplicité de vie pour se libérer l'esprit des contraintes matérielles. C'est nécessaire à leur ascèse, voilà tout.

— Si c'était le cas, il serait beaucoup plus libérateur de se chauffer à l'électricité qu'au feu de bois. Ils ne perdraient pas de temps à le couper.

— Là on rejoint la tradition, c'est encore un autre niveau de réduction, dans la conformation à une règle séculaire. Et puis ça leur fait faire un peu d'exercice.

— Ce que vous êtes énervant, vous avez réponse à tout.

Claude rit.

— À votre avis, reprit-il, les moines refusent-ils le monde dans lequel ils sont nés ? Est-ce une réaction de rejet de leur part, de révolte que de se retirer ainsi ?

— Cela me paraît clair. Sinon, ils resteraient dedans et agiraient de l'intérieur. Regardez la mère Thérésa ou l'abbé Pierre, par exemple. Évidemment, ceux-là sont très médiatisés, tout le monde les connaît, mais il y a des quantités de gens qui se dévouent comme eux, sans que personne le sache.

— Les moines ne se dévouent pas, ils se vouent à Dieu. Leur action n'est pas directe, elle transite par la divinité. Le résultat n'est pas aussi visible, bien sûr, mais l'objectif est le même. Enfin, c'est ce que j'ai compris...

— Avouez que c'est plutôt hasardeux.

— C'est une question de foi. On ne peut pas savoir.

— Mais quelle certitude ont-ils ?

Claude rit.

— Écoutez, Lucile, vous n'avez qu'à leur demander. Certains ont déjà répondu, d'ailleurs : ils prennent le risque de se tromper, voilà tout.

— Quelle horreur ! C'est bien cela qui est affreux... Je ne pourrais jamais supporter de mener une vie pareille sans savoir que j'ai raison de le faire.

— Personne ne vous y oblige... Vous avez une façon de tout prendre à cœur qui est incroyable.

— Vous me l'avez déjà dit.

— Mais c'est vrai ! Vous voulez toujours vous mettre à la place des gens, comme s'ils étaient tous faits comme vous. Vous manquez terriblement de distance et...

— Ce n'est pas parce que vous n'aimez pas la marche à pied qu'il faut me faire la morale comme si...

— Quelle mauvaise foi ! rugit Claude. Vous ai-je reproché quoi que ce soit ?

— Non, mais vous alliez le faire.

Elle avait parlé sur un petit ton enjoué et déterminé. Claude lui jeta un bref coup d'œil. Lucile manifestait depuis le matin une nouvelle forme de désinvolture, une sorte de liberté dans ses gestes et dans son discours, d'esprit primesautier qui la rendait encore plus enfant. La leçon de l'orage n'avait servi à rien...

— C'est faux, dit-il.

Lucile ne répondit pas. Sur la route étroite et déserte, elle se déplaçait en zigzag, marchant sur des lignes imaginaires qui formaient de vastes arrondis, frôlant les talus, faisant de brusques écarts dans ses itinéraires comme pour franchir un invisible obstacle. Pourtant rien n'était moins accueillant que la nature sévère dans laquelle ils circulaient, écrasante d'une solitude que la beauté du paysage avait rendue tout d'abord insensible. L'allure grandiose des montagnes, la force des lignes de découpe des pierres au sommet des crêtes, la ténacité des végétaux torturés par le vent et le soleil, la douceur de certains vallons dont les cailloux se recouvraient de fins tapis de graminées légères auxquels la lumière donnait des reflets dorés, tout cela était admirable. Mais la grandeur même du décor, l'impression de puissance qui en surgissait lorsque l'on s'attardait à le contempler terrassaient l'être humain soudain humilié, amoindri dans son orgueil et ses certitudes.

Au fur et à mesure que Claude sentait plus fortement l'influence du paysage, Lucile paraissait au contraire en retirer une force qui restituait à sa nature fantasque la composante radieuse qu'elle avait cachée jusque-là. Son visage s'éclairait d'une beauté piquante et de son corps, plus délié, se dégageait un charme nouveau, fait d'élégance et de naïveté, de féminité et de grâce.

— Il commence à faire chaud, dit-elle au bout d'un moment.

— Pardon ?

— Je dis qu'il fait chaud. Vous n'avez pas chaud, vous ?

— Euh... non, ça va.

La route devant eux montait en pente régulière. La jeune fille jeta un coup d'œil circulaire au paysage, comme si elle voulait évaluer l'effort à fournir à la mesure du relief qu'elle avait devant elle, et après quelques pas hésitants, s'arrêta. Claude en fit autant, trop heureux de pouvoir se reposer un instant. Lucile se débarrassa de son sac à dos, qu'elle posa à terre, ôta son blouson, puis son pull gris. Elle ne portait plus qu'un petit débardeur de coton blanc qui avait dû être un T-shirt auquel on avait coupé les manches, car la bordure du tissu s'effilochait aux épaules. Tandis qu'elle pliait son blouson pour le faire entrer dans son sac, le regard de Claude s'arrêta sur ses seins, qui pointaient sous son maillot.

— Je vais porter votre sac, proposa-t-il en s'approchant d'elle.

— Non, non ! je vous remercie, répondit Lucile en l'attrapant par une bride avant de l'expédier sur son dos précipitamment.

Claude ramassa le tricot gris, affalé sur la route. Elle le lui prit des mains et le noua autour de sa taille. Ils reprirent leur marche.

— Regardez, s'écria Lucile tout à coup.

Par-delà le muret de pierre qui bordait la route à gauche, on avait une vue plongeante sur l'abbaye, dont on distinguait chaque détail, aussi précisément que si elle se fût trouvée sous une loupe. La beauté de l'architecture sautait aux yeux et les vieux murs gris se détachaient sur le sol clair, strié de rangées de lavandes qui formaient de petits massifs vert argent. Lucile se pencha par-dessus le mur, se renversant vers l'avant dans un mouvement de plongeon.

— N'allez pas tomber, dit Claude en lui prenant le bras.

Il reçut sur les doigts la fugace brûlure d'une

décharge électrique et retira sa main prestement, les yeux rivés sur le coude de Lucile qui se tendait vers l'arrière, innocent et rond, recouvert à la naissance de l'avant-bras d'un duvet brun sur lequel il garda les yeux posés un instant. Elle s'écarta du mur et se retourna vers lui, un sourire aux lèvres.

— Cet endroit me plaît déjà, dit-elle en guise de commentaire.

— Tant mieux ! soupira-t-il.

11

On les confia au frère Marc, qui devait rester leur unique interlocuteur. C'était un moine entre deux âges, de petite taille, à l'allure frêle et au teint rouge. On lisait sur ses traits qu'il n'était pas très vieux, mais ses cheveux ras avaient déjà blanchi. Des lunettes à monture trop grande encombraient son visage, mais par instants il les ôtait, par une sorte de tic qui les lui faisait essuyer trop souvent à sa robe, et l'on découvrait alors le regard chaud de ses yeux bruns. Il souriait peu, mais la joie pétillait dans ses prunelles, une joie sautillante et espiègle qui illuminait alors son visage.

Il entraîna Claude et Lucile vers les bâtiments des moines. Dehors, les visiteurs arrivaient par groupes et bien qu'on fût encore peu avancé dans la saison, plusieurs cars stationnaient sur le parking. Depuis le retour des moines à l'abbaye de Sénanque, les horaires d'ouverture au public avaient été aménagés de façon à ne pas troubler leur vie de prière. Aux heures qui leur étaient réservées, les touristes allaient et venaient, s'égayaient dans le cloître, s'attardaient dans l'église. Les vieux murs résonnaient du bourdonnement des commentaires chuchotés. Mais dès qu'on pénétrait dans la partie fermée du monastère, on était saisi par le calme et le silence. Jamais on n'aurait soupçonné qu'à quelques mètres de là circulaient des dizaines de gens. D'un côté l'on priait, de l'autre on admirait.

Et, de même que les moines oubliaient la ronde incessante des visiteurs, ceux-ci ne prenaient pas réellement conscience qu'à l'abri des pierres qui les séparaient d'eux, une poignée d'hommes menait une existence d'ermites. Le frère Marc parlait bas.

— Le silence, disait-il tout en marchant d'un pas lent, n'a jamais empêché de se connaître. Il existe d'autres formes de dialogue. C'est un peu comme si, dégagés du langage, nous apprenions de nouvelles façons de communiquer. Dans le silence, on découvre de nouvelles voies pour accéder à l'autre, plus subtiles et plus sincères finalement. Car que sont les mots, sinon des instruments très imprécis ? La perception que l'on peut avoir de son frère par l'écoute des signes muets est de tout autre nature. Il est de petits gestes, des regards et des sourires qui en disent plus long qu'une parole. Et puis, au cours des années, des liens se créent d'un autre ordre, de minuscules délicatesses nous attachent les uns aux autres, sans qu'aucun dialogue autre qu'indicible ait été entretenu. La prière et la communion prédisposent à mille attentions. Il est étrange de penser que l'homme a privilégié la parole. L'échange peut prendre bien d'autres tournures, tandis que le langage parlé est souvent trompeur et, mal utilisé, il demeure sans nuance.

Claude intervint.

— Tous les peuples l'ont adopté pourtant. Ne croyez-vous pas plutôt que, privés de l'usage étendu de la parole, vous vous servez d'autres signes, tout comme les aveugles, par nécessité, développent leur ouïe ?

— Je me suis mal exprimé. Vous voyez, on perd l'habitude, ajouta-t-il en riant. Ce que je cherchais à vous faire comprendre, c'est que nous nous connaissons aussi bien dans le silence. Nous réservons notre parole pour la prière, et les mots ne sont plus qu'un véhicule où se loge notre ferveur. Ce n'est pas mépriser le langage que de le réserver exclusivement à Dieu, me semble-t-il. Garder le silence entre nous est une forme d'humilité devant Dieu, mais cela nous incite à être plus éveillés à d'autres types de messages venant de nos frères. Cette communication silencieuse nous enrichit.

— Ne croyez-vous pas qu'elle puisse être aussi trompeuse que les mots ? insista Claude.

Lucile eut un geste d'agacement. Le frère Marc hésita, légèrement troublé.

— Nous tendons vers une plus grande sincérité de sentiments et nous nous efforçons d'être vrais, le plus possible. Nous avons besoin les uns des autres, nous nous soutenons beaucoup, c'est indispensable et la communauté est là pour aider chacun de ses membres. Si saint Benoît a voulu que nous vivions ensemble, isolés mais ensemble, ce n'est pas un hasard. Contrairement à une idée assez répandue qui voudrait faire croire que les rivalités existent dans les monastères autant qu'ailleurs, la charité des moines les uns envers les autres est très forte. Nous nous sentons solidaires. Pourquoi ne le serions-nous pas, d'ailleurs, nous sommes tous ici dans le même but... C'est cela que je voulais dire.

Lucile écoutait avec gravité. Elle se tenait assez près du moine, le petit magnétophone à la main.

— L'ascension vers une plus grande liberté spirituelle, continua-t-il, passe par une perte de soi-même, un sentiment d'abandon de son être. Au début, le vide est parfois difficile à accepter. Mais la présence des autres frères nous soutient, c'est à la fois une aide et un jugement, dans la mesure où nous nous observons mutuellement. Ne pas faillir sous l'œil des autres, voilà qui nous maintient dans la voie, car l'œil de nos frères est celui du Christ, et de Dieu. C'est pour cela aussi que ce regard ne doit jamais condamner, ou du moins doit-il rester miséricordieux, car si l'un d'entre nous faiblit, nous essayons d'alléger sa peine, plutôt que de lui jeter la pierre. C'est une rigueur de chaque instant qui nous est demandée, mais comment la considérer comme un fardeau quand elle nous conduit au salut ? L'humilité nous mène, à travers les douze degrés qu'a fixés saint Benoît, à la charité de Dieu. Et cet escalier que chacun gravit, dans le dépassement de soi-même, est source de réjouissance et de joie. Car celui qui s'élève sera humilié et celui qui s'humilie sera exalté.

Il prononça cette dernière phrase en souriant, avec un éclair de gaieté dans son regard de myope. Lucile crut un instant qu'il se moquait d'eux, mais elle ne put déceler dans ses yeux autre chose qu'une profonde sincérité. Cet homme-là ne mentait pas... Il les conduisit à l'hôtellerie. C'était un beau bâtiment à deux étages, construit en angle.

— Je vous propose, dit le frère Marc, de passer une journée entière avec nous, du début jusqu'à la fin. C'est ce qui vous donnera l'idée la plus juste de notre vie. Si vous ne craignez pas de vous réveiller un peu tôt, je crois que c'est la meilleure solution.

— Qu'appelez-vous tôt ? demanda Claude.

— Nous disons les vigiles à trois heures trente.

Claude hésita, il regardait par terre. Lucile avait les yeux fixés sur lui, mais il ne releva pas la tête et son regard ne rencontra pas le sien. Elle savait qu'il refuserait. À sa grande surprise, il accepta.

— Vous êtes d'accord, Lucile ? dit-il brusquement.

— Mais bien sûr, répondit-elle.

— Alors c'est entendu, nous allons faire ça.

— Je vous servirai de chaperon, dit le moine dans un sourire. Retrouvons-nous à l'église pour l'office de sexte. C'est à midi. Cela vous laisse une demi-heure pour vous installer et vous reposer, si vous le souhaitez.

— Vous allez assister à tous les offices ? demanda Lucile quand le frère Marc se fut éloigné.

— Pourquoi pas ? répondit Claude sèchement.

Elle laissa échapper un petit rire.

— Qu'est-ce qui vous fait rire ? dit-il, la main sur la poignée de la porte.

— Rien, fit Lucile. Rien du tout.

Et elle éclata d'un rire franc et clair. Claude haussa les épaules et pénétra dans l'hôtellerie, sans plus s'occuper d'elle.

Ils suivirent le frère Marc jusqu'au soir, tels deux poissons pilotes accrochés à leur hôte. Ils l'accompagnèrent à sexte, mangèrent avec lui au réfectoire, assistèrent à none, puis ils visitèrent les ateliers où travaillaient les moines. Ils firent en sa compagnie plusieurs fois le tour du cloître, le questionnèrent, l'écoutèrent, se turent avec lui. Ils le retrouvèrent aux vêpres, pour le dîner et enfin à complies. Il était huit heures quand ils se séparèrent, le frère Marc partait se coucher. Claude proposa une partie d'échecs, Lucile fit la moue, mais elle accepta. Étourdie par le rythme de la journée où les offices des petites heures revenaient à intervalles réguliers, elle avait encore dans l'oreille les chants des moines et la lancinante musique des litanies. Elle se sentait abasourdie. La première partie d'échecs lui fit retrouver ses esprits, la seconde sa vivacité, ce qui ne l'empêcha pas de perdre les deux fois. Elle se leva.

— Vous avez un réveil ? demanda-t-elle gaiement à Claude.

— Oui, merci, et vous ?

— Je serai réveillée par la cloche.

— Cela m'étonnerait. Pas à trois heures du matin...

— Ne vous en faites pas, je me réveillerai.

— Je ne m'en fais pas.

— Je sais, vous vous en fichez. Retrouvons-nous en bas à vingt-cinq, ajouta-t-elle en quittant la pièce. Bonne nuit !

Claude n'eut pas le temps de répondre, elle était déjà sortie. Il alluma une dernière cigarette.

Il était trop tôt pour dormir. Lucile s'allongea sur son lit et se mit à feuilleter un petit ouvrage qu'elle avait acheté à la librairie. Il contenait essentiellement des images, reproductions de tableaux des grands peintres qui avaient représenté le Christ, les saints, la Vierge et Dieu lui-même. La jeune fille parcourait les pages du livre lorsque son regard s'arrêta sur un détail d'une toile de Vélasquez, L'*Adoration des bergers.* On y voyait la Vierge, belle Espagnole au visage plein, les yeux sereinement baissés sur l'enfant qu'elle tenait sur ses genoux. Le petit garçon était emmailloté, ceinturé de vert, et sa figure, qui n'avait rien de celles des classiques baigneurs joufflus aux boucles blondes, rayonnait d'intelligence et de sérieux. Il se tenait bien droit, conscient de sa précoce puissance, modeste pourtant, adorable. Ses cheveux bruns coupés en frange courte dégageaient son grand front et donnaient à son regard l'intensité avec laquelle les très jeunes enfants plantent parfois leurs yeux dans la pupille fuyante des adultes, les forçant à se détourner. Seuls les cœurs simples peuvent soutenir ces regards dans ce qu'ils ont de dépouillant.

Lucile contemplait cette image, arrêtée par le portrait de l'enfant, qui ressemblait à Raphaël. Elle se souvint de cette longue absence visuelle qu'elle avait eue après sa disparition, quand elle n'était même plus capable, tant elle était choquée, de reconstituer ses traits de mémoire, immédiatement, comme vient s'imprimer dans l'espace, à sa simple évocation, le visage d'un être aimé. Elle ne parvenait qu'à retraduire une silhouette floue, indéchiffrable, au mieux des morceaux épars. Elle se souvenait des cheveux, épais et comme peints à l'encre noire, mais pas du reste. La figure ne revenait pas. Les photos ne l'aidaient en rien, elle refusait leur support traître et figé. La représentation l'avait abandonnée, en même temps que le personnage lui-même. Sa bouche, dont elle gardait pourtant le souvenir, n'était plus qu'une couleur, rouge foncé. Ses yeux avaient disparu eux aussi, totalement, elle aurait été bien en peine d'en décrire la forme, encore moins d'en dessiner le contour, d'en définir la teinte exacte. Quant au nez, il lui semblait qu'il était assez droit, mais qu'aurait-elle pu en dire de plus ? Le sourire, le rire, la gravité soudaine du regard, les mains, le corps entier, tout cela n'avait plus aucune consistance. Seul demeurait le fantôme du souvenir, impalpable et abstrait.

Peu à peu cependant, alors qu'elle avait perdu l'espoir de redonner au visage de Raphaël une réalité, des bribes minuscules lui étaient apparues, d'infimes détails, comme le sillon léger d'une ride qu'il avait au coin de l'œil droit, ses dents, que découvraient les lèvres quand il souriait, lèvres qui n'existaient pas encore pour elle, l'arête du nez, là où le cartilage formait un angle et saillait sous la peau, les yeux bruns où brillaient de noires paillettes. Lucile se concentrait sur ses images, mais elles ne restaient pas longtemps fixes et s'évanouissaient mollement, pour retourner au néant.

De fugitives, elles étaient devenues persistantes toutefois, puis s'étaient élargies jusqu'à recouvrir le visage entier. Lucile bientôt s'en était tant réjouie qu'elle l'évoquait à tout instant. Les traits de Raphaël lui venaient désormais instantanément, et elle pouvait en conserver la vision aussi longtemps qu'elle le désirait. Le corps ensuite avait suivi, d'abord les mains aux doigts forts et un peu courts, puis les avant-bras, dont la chair bien ferme tendait la peau, si bien qu'on pouvait en les serrant s'y enfoncer comme en une douce matière moelleuse. Les épaules aussi, les clavicules et le torse, le cou, la partie charnue située sur le côté, au bas de l'omoplate, près de l'aisselle, les mollets nerveux, les pieds trop pâles aux petits os apparents sous la peau fine, tout était revenu.

Lucile s'étonnait à présent d'avoir pu oublier d'aussi familières images. Que s'était-il passé pour que disparaissent de sa mémoire des traits qu'elle avait appris à connaître mieux que les siens propres, dont elle aimait chaque centimètre carré, chaque défaut ? Par quel étrange processus s'étaient-ils effacés, éclipsés le temps d'un effroi, l'espace d'un pardon peut-être ? Le souvenir qu'elle en gardait correspondait-il seulement à l'image d'aujourd'hui ou n'était-il plus que le lointain témoin d'un passé où dans les yeux de Raphaël se succédaient orages et tempêtes, rires et tendresses éperdues ? Bien sûr, elle le reconnaîtrait, mais elle craignait le choc des années marquées sur son front, des blessures portées à son corps, des fatigues et des privations accumulées sur ses épaules comme autant de démons grimaçants installés à même sa chair, leurs griffes bien plantées dans ses muscles durcis. Elle se rassurait en se rappelant leur âge, leur jeunesse à tous deux, en s'observant dans le miroir, traquant les traces qu'aurait pu laisser le temps sur elle, mais ne voyait rien, presque rien. Il lui semblait ne pas avoir changé du tout, parfois même elle surprenait sur son visage des expressions incroyablement juvéniles, elle se voyait presque enfant, et retrouvait de ces années des souvenirs où ils posaient ensemble pour une photo, les joues collées l'une à l'autre, leurs franges de cheveux noirs alignées, coupant l'image d'une ligne horizontale, comme celle qui de l'enfant Jésus barrait le front lumineux.

Elle posa le livre ouvert sur le drap, se déshabilla et se glissa dans le lit avant d'éteindre la lumière. Elle s'endormit immédiatement.

12

Claude se tenait sur le seuil de la porte de l'hôtellerie. Au-dessus de lui, le ciel limpide s'étendait, criblé de lointaines étoiles. Il faisait froid mais la nuit était pure. Il regarda sa montre, elle marquait trois heures vingt-cinq. Sans attendre Lucile, il se dirigea vers l'église. Regroupés dans leurs stalles, des deux côtés de la nef, les moines semblaient minuscules dans le volume imposant qui les entourait. Le long des murs, les arches romanes s'élançaient vers le haut, nues et sans décor, et cette extrême simplicité donnait à l'église une ampleur surprenante.

Claude était seul dans la rangée de bancs, perdu, égaré dans un demi-sommeil, furieux contre Lucile qui ne s'était pas réveillée et vaincu cependant par le rythme amollissant des chants, qui plus d'une fois lui fit fermer les yeux. Il s'endormait une seconde, sa tête basculait et il se réveillait en sursaut. L'office se poursuivait, interminable. Les vigiles duraient une heure. Claude pensait de temps en temps à Lucile, dans un mélange de colère et d'incompréhension. D'autres pensées lui traversaient l'esprit, confuses et fugitives, empreintes de nostalgie et de tristesse, emmêlées les unes aux autres en un écheveau compliqué. Il cherchait encore à y voir clair dans la bousculade feutrée des sensations trompeuses de la nuit quand l'office prit fin. Le frère Marc vint à lui. Il ne souriait pas, mais dans ses yeux flottait cette lueur joyeuse qui le rendait avenant.

Ils prirent ensemble leur petit déjeuner au réfectoire.

— Il doit y avoir des jours où c'est dur de se lever si tôt, dit Claude qui ne se sentait pas encore très réveillé.

Le moine avala une gorgée de café au lait.

— Nous avons l'habitude, répondit-il.

— Ce n'est pas qu'une question d'habitude, je suppose. Se lever en pleine nuit n'est pas naturel.

— Voyez-vous, reprit le frère Marc, je mentirais en disant que jamais je ne songe au plaisir que j'aurais à rester dormir plus longtemps. Certaines nuits j'ai du mal à m'arracher à mon lit. L'âme et l'esprit sont encore endormis, le corps se résigne, mais au fond il renâcle. Lorsque j'étais plus jeune, j'ai connu des périodes où je me demandais, dans l'hébétude que provoquaient le manque de sommeil et la contrainte d'un réveil prématuré, pourquoi nous nous imposions cela.

— Vous ne dormez pas assez ? s'inquiéta Claude.

— En principe, notre nuit de sommeil dure sept heures. Cela suffit. Mais j'ai eu du mal à prendre l'habitude de m'endormir tôt. Encore aujourd'hui, certains jours, en plein hiver ou quand j'ai un bon rhume, au moment de me lever, je me sens rompu de fatigue, et la difficulté que j'éprouve à sortir dans le froid, à point d'heure, m'apparaît vaine et sans objet. Mais ce ne sont que des instants de faiblesse auxquels il est toutefois difficile d'échapper. Il existe pourtant une excellente façon d'accepter avec joie cette petite contrainte : imaginez que la personne que vous aimez le plus vous demande, par amour pour elle, de vous lever en pleine nuit. Vous le feriez sans l'ombre d'un regret, et même avec joie. Lorsque c'est Dieu qui vous le demande, la notion de sacrifice disparaît. Le louer jour et nuit, voilà le rôle des moines. Les Apôtres ont dormi pendant que le Christ priait son père, à la veille de sa mort. Il leur avait pourtant demandé de veiller avec lui... Les moines ont choisi de rester éveillés sans cesse, pour se tenir à l'écoute de l'appel de Dieu. C'est à la portée de n'importe qui, il suffit de le vouloir.

— Certainement, acquiesça Claude d'un air peu convaincu.

— Cela vous plairait-il de visiter notre bibliothèque ? Il y a des ouvrages qui vous intéresseront sûrement.

— Volontiers, dit Claude, qui ne voyait pas comment refuser.

Il avait envie d'une cigarette mais n'osait en allumer une devant le moine. Ils traversèrent le cloître pour se rendre à la bibliothèque. Il faisait encore tout à fait nuit.

Le frère Marc s'était arrêté devant un rayon où de très gros volumes reliés de cuir rouge foncé voisinaient avec de plus modestes, aux tranches jaunies.

— C'est mon étagère favorite, dit-il sur un ton de confidence. Le désert... Tous les grands mystiques ont fui au désert. Je m'interroge beaucoup sur le sens de cette expérience que l'on retrouve dans toute grande aventure religieuse, comme un passage obligé, une sorte d'abandon du monde et de soi auquel on se trouve confronté. Dans un monastère, la notion de désert est relative, bien sûr...

— Surtout ici ! coupa Claude, qui s'était assis sur un banc.

— Oui, surtout ici... Mais détrompez-vous, c'est assez solitaire tout de même, malgré les visites. Avant de venir à Sénanque, j'étais à l'abbaye de Lérins, sur l'île Saint-Honorat. Vous savez, en face de Cannes ? C'est aussi un endroit très visité, mais on ressentait là-bas, tout comme ici, cette sensation d'isolement. Peut-être était-ce dû au fait de l'insularité, mais au fond je ne crois pas. Je pense plutôt que la particularité de ces lieux isolés au sein d'un autre lieu très rempli, ou du moins très passant, renforce la nécessité pour ceux qui prient à l'intérieur de se créer une sorte de désert personnel. J'essaye pour ma part de vivre une certaine expérience de cet ordre, ce qui n'est pas toujours facile.

— Vous connaissez le vrai désert ? demanda Claude.

— Non, je n'y suis jamais allé. Et vous ?

— Oui, j'ai un peu voyagé au Sahara, mais je n'ai pas été frappé par quelque chose de particulièrement mystique. C'est austère, inconfortable, très beau parfois et désagréablement oppressant.

— Oppressant, ces grands espaces vierges ?

— Des millénaires d'immobilité vous pèsent sur les épaules. Ça fait froid dans le dos... Pour ce qui est du dépouillement, ça n'est pas mal, mais il ne me semble pas que cela pousse les nomades du désert à une plus grande spiritualité. Au contraire, je les ai trouvés très terre à terre... Comment dire ? Comme si la priorité allait à la survie, pas à l'esprit. Dans les conditions où ils vivent, on peut les comprendre, remarquez ! Après tout, il faut du loisir pour se livrer à la réflexion et construire des édifices spirituels... Au fond, je crois que seuls peuvent profiter du choc que procure le désert ceux qui n'y viennent qu'occasionnellement. Les ermites y faisaient des retraites, me semble-t-il, ils ne s'y installaient pas.

— Leurs retraites pouvaient durer des années.

— Peu importe. Je crois que c'est la transition qui compte. Ce que l'on ressent à l'arrivée, et au départ. L'intervalle ne compte pas...

— Ce que vous dites est intéressant, mais en tant que moines, nous ne cherchons pas les émotions fortes ou les chocs spirituels. Notre retrait du monde, notre « désert », n'est que l'enveloppe d'une vérité plus profonde, celle de l'ascèse que nous vivons pour nous détacher de nous-mêmes. Je ne crois pas que l'on puisse rencontrer l'absolu mystique sans passer par une certaine mort à soi-même. C'est exprimé de façon plus radicale encore dans le christianisme, puisque le sommet de la relation à Dieu se trouve dans l'abandon total du Christ sur la croix, qui offre à son père son agonie et sa mort. Voilà l'exemple qui nous est proposé de ce que peut être notre relation à Dieu. C'est un idéal d'une grande exigence. Un très bel idéal, difficile et risqué... Mais quiconque ne risque rien n'est plus créateur et les moines sont des gens à qui l'on demande d'être créateurs d'eux-mêmes.

— Que pensez-vous créer au juste ?

— C'est difficile à dire... Une sorte d'image de l'absolu, une prière poussée à l'extrême.

— Pensez-vous qu'il y ait un rapport avec l'extrême tels que le conçoivent aujourd'hui certains sportifs ou certains aventuriers ? Vous voyez de quoi je veux parler ?

— Mais oui, rétorqua le moine. Laissez-moi réfléchir.

Claude se sentait redevenir lui-même. L'absence de Lucile le libérait d'un poids qu'elle faisait peser sur lui depuis le début du voyage, indéfinissable. Il avait parfois l'impression qu'elle méprisait ce qu'ils faisaient et qu'elle le jugeait ridicule. Mais quelle expérience avait-elle du métier ? Il s'aperçut qu'il n'avait pas songé à le lui demander. Seul, il se trouvait beaucoup plus à l'aise, débarrassé de la contrainte que la jeune fille exerçait subtilement sur lui, par sa seule présence. Il retrouvait son mordant de journaliste, son appétit devant le sujet.

— En fait, reprit le frère Marc, les gens dont vous parlez ont en apparence une démarche proche de la nôtre, mais leur finalité est en parfaite opposition. Bien sûr, leur action repose sur le dépassement de soi et certains d'entre eux accomplissent de véritables chemins de croix. Mais dans quel but ? Se prouver à eux-mêmes qu'ils en sont capables ? Montrer aux autres leur technique et leur intrépidité ? Au bout du compte, ce sont eux qui retirent le bénéfice de leur exploit, qui en sont valorisés. On les admire, on donne en exemple leur courage. Pour nous, seul l'effacement compte, nous fuyons au contraire la mise en avant ! C'est la gloire de Dieu qui doit être chantée, pas notre valeur personnelle. L'individu n'est rien en lui-même, et il peut s'escrimer à accomplir tous les exploits du monde, s'il n'est pas conscient de la présence de Dieu dans toute chose, s'il ne connaît pas la part divine de son action, alors celle-ci ne vaut rien. C'est peine perdue.

— J'ai rencontré un jour un alpiniste qui avait réalisé une ascension particulièrement difficile d'un sommet de l'Himalaya. Je l'interrogeai et il me dit: « Sans la foi, je n'aurais pas pu réussir. »

Le moine hocha la tête.

— Certains ont besoin d'escalader les montagnes, dit-il, les moines se contentent de prier. Notre action de grâces reste au ras du sol, aussi humble qu'un brin d'herbe. Mais de n'importe où on peut s'élever vers le ciel...

Il y eut un instant de silence.

— Vous ne doutez jamais ? demanda Claude.

— De quoi ?

Claude sourit.

— De vous, par exemple ?

— Sans cesse, répondit le frère Marc. L'homme ne peut vivre de certitudes, c'est le doute qui le fait progresser.

— Mais vous ne doutez jamais de l'existence de Dieu ?

— Je ne comprends tout simplement pas que l'on puisse nier un instant son existence. C'est à mon sens la plus grande évidence, la seule peut-être qui ait été révélée à l'être humain.

— Vous méprisez ceux qui n'ont pas la foi ?

— Les mépriser ? Non pas ! Je les plains, comme je plaindrais un aveugle.

— C'est drôle, nous avons déjà parlé des aveugles, fit remarquer Claude.

— Ah oui ?

— À propos du silence...

— C'est vous qui en avez parlé, rétorqua le moine non sans malice.

— C'est vrai !

Ils se turent. Le frère Marc était resté debout tout au long de l'entretien. L'aube ne venait toujours pas. Une cloche sonna.

— Avant les laudes, nous avons un temps consacré à la *lectio divina.*

— Qu'est-ce que c'est exactement ? demanda Claude.

— On pourrait comparer cela à une « rumination » pendant laquelle nous nous remplissons de la parole de Dieu. La *lectio divina* est au centre de notre liturgie, et de celle de tous les moines en général. Il y a dans la journée plusieurs de ces moments de méditation, de ces pauses au cours desquelles les moines lisent ou restent en oraison. La durée peut être variable d'un frère à l'autre. Ce n'est pas une question de quantité, mais plutôt d'intensité... Je vous abandonne, les laudes sont à six heures, et nous disons la messe ensuite. À tout à l'heure.

Claude demeura seul dans la bibliothèque. Il regarda sa montre. Il n'était que cinq heures et demie. Quelque chose en lui venait de se réparer, il lui sembla s'être soudain réconcilié avec un très ancien sentiment dont le nom lui échappait encore. Il sortit et alluma une cigarette, qu'il fuma en aspirant l'air de la nuit. L'aube qui tardait à venir, et qui pourtant poindrait bientôt, ressemblait assez à la sensation éprouvée d'une certitude acquise alors que les signes eux-mêmes en restent impalpables. Il y avait dans le silence une suavité surprenante, une sorte d'onctuosité qui contrastait avec la fraîcheur, de douceur moelleuse inattendue. Claude se surprit à goûter ce parfum de sérénité et ne rencontra en lui nulle colère, nulle impulsive volonté de se battre et de se défendre qui d'habitude le faisait détester tant de choses. Il sourit à la pensée des moines savourant la volupté du jour suspendu, entre hiver et printemps, entre obscurité et lumière.

Lucile se trouvait dans l'église lorsque Claude y entra, à l'heure de l'office. Il vint se placer près d'elle, elle tourna la tête vers lui et lui sourit en haussant les épaules, comme pour se faire pardonner.

— Je ne me suis pas réveillée, murmura-t-elle.

— J'ai vu, répondit-il aussi bas.

Les moines pénétraient dans l'église par le côté, les uns derrière les autres, en silence.

— Je suis désolée, reprit Lucile en se rapprochant de l'oreille de Claude.

Il la regarda bien en face, ses yeux gris rivés aux yeux noirs, sans dire un mot. Elle comprit à certaine lueur ironique qu'il ne lui en voulait pas, pas plus qu'il ne s'était soucié de son absence. « Il s'en fiche », pensa-t-elle. Et en cela elle se trompait, car Claude, s'il en avait été capable, l'aurait en cet instant remerciée d'une faute qu'elle-même jugeait difficilement excusable.

Les premiers chants s'élevèrent, marquant le début de l'office. Claude jeta un coup d'œil à Lucile, il lut dans son regard une attention extrême et vit à la raideur de son cou qu'elle était tout à fait concentrée, malgré le gonflement de ses paupières qui trahissait un réveil hâtif. Elle ne se laissait pas bercer, mais écoutait vraiment, absorbée dans l'écoute des psaumes, l'oreille tendue vers le chœur des moines qui chantaient Dieu. Claude fut de nouveau frappé par les manières sans réserve de la jeune fille, qui ne savait rien faire à moitié. On aurait dit qu'elle s'impliquait entièrement dans la moindre action, qu'elle ne concevait que l'extrême, l'engagement total, absolu de chacun de ses gestes. La brutalité du tempérament de Lucile choquait Claude, en même temps qu'elle le fascinait. Il y retrouvait certains enthousiasmes perdus, certaines explosions révolues dont il ne souhaitait pas se souvenir. Il poussa un léger soupir et souleva discrètement le bord de sa manche pour regarder l'heure.

13

Lucile et Claude marchaient vite, dans l'air encore frais du matin. Ils avaient quitté Sénanque peu après neuf heures. Claude commençait à avoir faim, son petit déjeuner lui semblait très loin maintenant. Il songea que Lucile n'avait rien pris depuis qu'elle était levée. Il la regarda, elle marchait d'un pas alerte, le front buté, décidée. Il sentit plus précisément la fatigue en la voyant avancer vite. Il avait du mal à ne pas se laisser distancer. Elle se retourna brutalement, comme si elle avait lu dans ses pensées.

— Vous êtes fatigué, mon vieux ?

— Je vous rappelle que je me suis réveillé à trois heures du matin, répliqua-t-il d'une voix sèche.

— Bravo ! Je ne sais pas comment vous avez fait.

— J'ai mis mon réveil, tout simplement.

— Les moines en ont-ils ?

— Des réveils ? Pas que je sache. Je pense qu'ils font comme vous, ils entendent la cloche, persifla-t-il.

Lucile rit de bon cœur.

— Alors il doit y en avoir à qui il arrive la même chose qu'à moi.

— Cela m'étonnerait. Ils ont une méthode pour se lever. Infaillible, d'après le frère Marc.

— Eh bien, dites laquelle !

— C'est très simple. Il suffit de penser que c'est la personne que vous aimez le plus qui vous le demande et le tour est joué, vous vous levez avec joie pour lui faire plaisir.

— Épatant ! s'exclama Lucile en riant. Mais à qui pensent-ils ?

— D'après vous ? À Dieu, bien sûr... Il paraît que ça marche.

— Et vous, à qui avez-vous pensé ? demanda Lucile d'un ton espiègle.

— À personne, je ne connaissais pas encore cette technique. J'ai râlé... Et plus encore quand je ne vous ai pas vue en bas.

— Et si vous deviez penser à quelqu'un, insista-t-elle, qui choisiriez-vous ?

— Je ne sais pas, répondit Claude lentement.

— Vous n'êtes pas marié ? se hasarda Lucile.

— Je l'étais, mais ma femme est morte.

— Oh !...

Elle avait porté la main à sa bouche, comme pour y faire rentrer ce qu'elle venait de dire.

— Elle s'est suicidée, précisa Claude.

Lucile lui jeta un regard désolé.

— Je vous demande pardon.

— Mais ce n'est pas votre faute. Vous ne pouviez pas savoir. Je pensais que peut-être Victor vous l'aurait dit.

— Non.

Lucile chercha quoi ajouter, mais ne trouva rien. C'est Claude qui parla le premier, au bout de quelques minutes.

— Lorsque j'ai connu Victor, je m'en remettais à peine. Cela a été un coup très dur. J'avais quitté Paris parce que je ne pouvais plus supporter d'habiter notre appartement. J'étais parti à la mer, dans l'espoir d'y trouver un peu de repos.

Il se tut, au souvenir des nages éperdues dans lesquelles il s'abrutissait chaque jour, frappant l'eau de ses bras exténués, jusqu'à ne plus sentir ses muscles, jusqu'à ce qu'une vague plus puissante le prenne et le roule comme un fétu, frappant sa chair contre les galets entrechoqués du rivage, se rabattant sur ses épaules sans lui laisser le temps de reprendre son souffle, comme une main de fer implacable qui ne l'abandonnait qu'à demi mort, saignant de partout, réduit à un halètement pitoyable. Il se traînait deux ou trois mètres et, la face contre le sable, revenait à la vie, léchant les jointures de ses doigts, là où la peau s'était arrachée, devinant sans jeter un regard à son corps, aux filets chauds qu'il sentait couler sur ses jambes, sur ses flancs, les endroits où les cailloux pointus avaient laissé des entailles, blessures plus ou moins profondes qui se rouvraient d'un jour sur l'autre et que le sel empêchait de cicatriser. Il rentrait enfin dans la maison vide et, dans le silence de la fin d'après-midi, vidait une à une les bouteilles d'armagnac que son père lui avait laissées en guise d'héritage. Dans un sursaut de conscience, il avait enfermé les deux dernières dans un des tiroirs du buffet et il était sorti acheter au café du village une caisse de bourbon quatre roses. Deux verres lui suffisaient après les séances de mer pour sombrer dans un sommeil lourd, sans rêves, qui ne réparait que ses forces élémentaires. Chaque matin le trouvait tout aussi affaibli, et il pleurait de rage à l'idée de sa déchéance, implorant sa volonté de le rendre à lui-même, de lui donner la force de s'endurcir.

— Je ne sais plus aujourd'hui comment j'ai fait pour rentrer. Au début, je me soûlais tous les soirs et, au milieu de la nuit, je me réveillais, complètement hagard, avec des nausées épouvantables. J'avais tout juste le temps de me précipiter dans la cuisine et je restais plié sur l'évier pendant une heure, incapable de me relever. C'était lamentable. Je n'arrivais même plus à oublier, juste à me rendre malade. J'avais affreusement maigri. Je n'avais jamais été si bas. Je ne comprenais pas pourquoi elle avait fait ça. Elle ne m'avait laissé aucune explication. Je me sentais trahi, abandonné, coupable, assassin, tout à la fois... Je me demande encore comment j'ai fait pour reprendre le train.

Claude se demandait également pourquoi il racontait cela à Lucile, alors qu'il n'en disait jamais rien d'habitude. Il parlait vite, sans la regarder. Elle retenait son souffle tout en marchant, abasourdie par ce qu'elle entendait.

— Des mois qui ont suivi mon retour, continua-t-il, je ne me souviens pas non plus, la ville m'apparaissait monstrueuse, écrasante de solitude et triste, affreusement triste... Je ne voulais plus voir personne. Je me suis abruti de travail et peu à peu les cauchemars se sont estompés, les douleurs au thorax ont cessé. J'avais attrapé une sorte de pneumonie chronique, je toussais sans arrêt. Finalement, j'ai revu mes parents, puis quelques amis. La rencontre de Victor a accéléré mon retour à la vie normale. En même temps qu'un nouvel ami, j'ai découvert une forme d'espoir qui m'a rendu l'équilibre. Lorsque Victor m'a proposé de travailler avec lui, j'ai accepté sans hésiter. J'ai lâché mon ancien journal et je suis devenu son adjoint à la rédaction.

Lucile n'osait poser aucune question. Elle leva discrètement les yeux vers Claude au moment où il tournait la tête vers elle. Leurs regards se croisèrent, la jeune fille esquissa un sourire. Claude sentit son embarras.

— Nous arrivons, dit-il, comme ils passaient devant les premières maisons de Gordes. Que pensez-vous d'un petit déjeuner ?

Le visage de Lucile s'éclaira d'un sourire plus large.

— Je mourais de faim tout à l'heure, avoua-t-elle. Mais votre histoire m'a un peu coupé l'appétit...

— Cela va revenir, ma petite, dès que vous aurez un bon café sous le nez.

Ils arrivèrent à l'hôtel au moment où la patronne en sortait.

— Vous avez de la chance, leur cria-t-elle d'une voix perçante. Il fait un temps splendide.

14

Des plantations d'arbres fruitiers s'étendaient des deux côtés de la route. Les pêchers commençaient à fleurir, tandis qu'aux branches des pruniers on ne distinguait que des points roses, encore serrés, petits bourgeons qui par milliers teintaient le dessus des arbres d'un voile de grenats. Aux flancs des collines s'ouvraient des carrières d'ocre qui offraient au regard leur chair découpée, striée de veines sanglantes et de vaisseaux pourpres. La voiture doublait des camions qui descendaient vers la plaine, chargés de blocs d'où s'élevait une poussière cuivrée. Claude roulait aussi vite que le lui permettait la route tout en virages.

Alors qu'ils passaient devant une chapelle, Claude eut la fugitive sensation de tourner en rond, d'être pris dans un cycle imprimé par un rouage dont une dent n'accrocherait plus et de revenir sans cesse au même point, ce qui l'espace d'un instant le fit douter de la réalité même de la situation, laquelle n'en prenait paradoxalement que plus de présence, par l'impression qu'elle procurait d'être vécue indéfiniment. À son insu s'était installée en quelques jours l'étonnante incertitude des choses qui n'ont pas de fondement, ou pas de justification, et de ce flou étrange qui se dégageait de leur voyage à travers un paysage sans cesse recomposé par les mêmes pierres et les mêmes arbres montait une légère angoisse, un vertige plutôt, de ceux que l'on éprouve en altitude, lorsque l'on s'aperçoit que chaque inspiration profonde n'apporte aux poumons pas plus d'air que le plus léger reniflement.

— Vous ne devriez pas lire en voiture, dit Claude, vous allez être malade. Surtout avec tous ces tournants.

Lucile leva les yeux du livre qu'elle feuilletait. Elle ne parla pas tout de suite, mais se tourna vers Claude.

— Voilà que vous vous souciez de ma santé ! répondit-elle au bout d'un instant. C'est nouveau... Mais n'ayez crainte, tout ira bien. Je ne vous redonnerai pas de sitôt l'occasion de me gifler.

Claude poussa une exclamation de surprise.

— Vous alliez vous évanouir, expliqua-t-il.

— Et alors ?

— Et alors j'ai besoin d'une assistante en bonne santé, pas à demi morte.

— Et moi j'ai besoin non seulement de rentrer vivante à Paris, mais entière, si possible.

— Avez-vous perdu quelque chose, pour l'instant ?

Elle ne répondit pas et reprit sa lecture. De temps en temps, Claude l'entendait tourner les pages. Lui parvenaient, fugitifs et presque imperceptibles, des effluves du parfum de Lucile, qu'il n'avait pas remarqués jusque-là. C'était une senteur acidulée, un peu piquante, mais fleurie tout de même, ce qui lui donnait sa fraîcheur en même temps que son caractère féminin.

Il n'aimait plus les parfums de femmes, mais celui-là lui fut agréable, pour sa légèreté même. À cette odeur, sa pensée associa plus ou moins directement d'autres sensations imprécises, malgré leur force, de celles que l'on ne sait décrire avec des mots, mais qui transportent, et font battre le cœur.

La vision d'Irène lui revint et ce fut comme un coup qui lui était porté, une douleur sourde et grinçante venue du fond de son être, une désagréable épine, pourtant bien insérée dans sa chair, mais que l'on venait déplacer, retourner, et qui attisait en lui la brûlure d'une cicatrice ancienne qu'il avait crue définitivement refermée. Il pensa qu'il n'aurait pas dû en parler. D'autres souvenirs revenaient, portés par le silence de Lucile, plus lointains encore, d'un temps à jamais révolu, celui où il était jeune homme et si insouciant du lendemain, si enthousiaste, quand la lumière des soirs sur la ville rosissait les maisons, et qu'il se rasait devant un morceau de miroir avant de sortir rejoindre ses amis au-dehors. Combien sa chambre alors lui paraissait vaste, dont l'unique fenêtre donnait sur les toits, et les rues pleines de promesses, lors des nuits d'été chaudes et enivrantes. Comment cela avait-il pu exister ? Et comment la distance qui le séparait de ces jours heureux pouvait-elle s'être épaissie au point de les rendre si étrangers à sa propre vie, si terriblement insaisissables ?

La nostalgie qui s'empara de lui se teintait de tant d'amertume qu'il fit faire à sa mémoire un bond en avant, pour se jeter dans d'autres atmosphères, plus sournoisement apaisantes, car quel que fût l'espace où il laissait errer ses souvenirs, apparaissait encore l'image d'Irène, fantôme flou et gracieux au sourire un peu trop doux, presque résigné, et à l'exquise délicatesse. L'esprit exacerbé, Claude gesticulait d'une période à l'autre de sa vie, ne trouvant dans le passé nul repos, soit que les images, trop heureuses, le portassent à une sombre mélancolie, soit qu'au contraire leur âpreté le poussât à les chasser au plus vite. Dans le présent, nul espoir ne venait adoucir sa peine, et l'austère banalité de sa vie, si elle ne heurtait pas son équilibre, ne lui apportait aucune joie, aucune fantaisie. Il avait la sensation d'avoir cent ans, et d'avoir déjà trop vécu, de tout connaître. La tristesse emplissait son cœur par jets répétés, mais il n'aurait su désigner un coupable à ses malheurs et ne s'en prenait à personne lorsque le débordaient ces vagues de spleen qui lui semblaient intarissables, mais qui pourtant finissaient par se retirer, comme le ressac, indifférentes aux dégâts qu'elles laissaient.

— C'est encore loin ? demanda-t-il.

Lucile, dérangée dans sa lecture, détourna les yeux de son livre pour consulter la carte posée sur ses genoux.

— Euh... Je ne sais pas très bien où nous sommes.

— Entre Carpentras et Vaison-la-Romaine, il me semble.

— Oui... merci du renseignement ! Mais je ne vois pas où exactement. Il faut savoir ce que vous voulez, Claude. On ne peut pas avoir les petites routes et les grands axes à la fois. Sur les départementales de campagne, on se perd, c'est comme ça. Vous qui êtes si moderne, je ne comprends pas ce que vous avez contre l'autoroute.

— Tenez, passez-moi ça.

Sans quitter la route des yeux, Claude avait saisi la carte et la tirait à lui. Lucile, offusquée, le laissa faire et se tourna délibérément vers la vitre, qu'elle baissa légèrement pour faire entrer de l'air.

— Bon, de toute façon, ce n'est pas grave... dit Claude au bout de quelques secondes. Nous sommes dans la bonne direction, reprit-il en repoussant la carte dans un froissement de papier neuf.

Lucile ne bougea pas d'un pouce.

— Allez... vous n'allez pas faire la tête pour ça.

— Je ne fais pas la tête, rétorqua-t-elle.

Claude voyait pourtant son cou frémir et ses doigts se crisper sur la ceinture de sécurité. Elle ramassa la carte, la replia soigneusement en soupirant. Un long virage à gauche les absorba.

— Il y a longtemps que vous êtes journaliste ? demanda-t-il prudemment, d'une voix qu'il essayait de rendre amicale.

— Je ne le suis pas. Je déteste les journalistes.

Claude avala sa salive bruyamment.

— Ah ! C'est en disant cela à Victor que vous l'avez convaincu de vous envoyer ici ?

— Nous n'avons pas parlé de journalisme.

— Vous savez tout de même que c'est un peu ce que nous faisons ?

— Si vous voulez... Pour moi, cela s'apparente plutôt à une recherche...

— Mais alors que faites-vous dans la vie si vous n'êtes pas journaliste ?

— Rien. Je ne fais rien. Et vous, dit-elle en se tournant vers lui, les bras croisés sur la poitrine, comment en êtes-vous arrivé là ?

— Par des études de journalisme, tout simplement.

— Et cela ne vous dérange pas de tout survoler sans jamais vous arrêter à rien, sans jamais approfondir ? C'est ce que je reproche aux journalistes, ils se mêlent de tout alors qu'ils ne savent rien, bien sûr, puisqu'ils sont censés tout savoir. Ils sont capables de parler de n'importe quoi, mais incapables d'avoir une idée claire sur quoi que ce soit. Ce sont les gens les plus désordonnés que je connaisse, les plus brouillons dans leur tête. Et suffisants avec ça ! Car ils sont persuadés de détenir la connaissance. Mais ce qu'ils détiennent ce n'est que l'information, et l'information est la chose la plus imprécise, la plus aléatoire, la plus fausse qui soit. On n'apprend rien dans un journal, car même lorsqu'on lit quelque chose qui pourrait nous cultiver un peu, on ne peut que le mettre en doute tellement les journalistes sont peu dignes de foi. Ils sont prêts à raconter n'importe quoi et ils sont d'ailleurs obligés de le faire, car ils sont trop ignorants pour apprendre quoi que ce soit aux autres. Comment peut-on répéter des histoires quand on n'a même pas pris la peine de les écouter entièrement ?

— Passer un mois sur un sujet ne me semble pas si éphémère. On a le temps d'aller un peu loin, non ?

— Justement. Cela devrait vous intéresser de poursuivre. Pourquoi ne pas vous cantonner à un sujet et ne traiter que celui-là ? Toujours changer, cela doit être épuisant. Et frustrant.

— Oui, sans doute. Mais la vie elle-même est épuisante et frustrante. On ne fait jamais ce que l'on veut, jamais ! Ne rien faire reste peut-être la seule solution sage.

La pointe d'ironie n'échappa pas à Lucile.

— C'est ce que je me dis, renchérit-elle. Et je préfère de loin ne rien faire plutôt que d'exercer un métier aussi idiot que le vôtre.

— Mais alors que faites-vous ici ? lança Claude, ulcéré.

Le calme de la jeune fille l'exaspérait.

— Ne vous énervez pas, mon vieux !

— Et puis cessez de m'appeler comme ça ! Je ne suis pas votre vieux !

« Mais vous êtes quand même un vieux », se retint-elle de riposter.

— Vous m'appelez bien « ma petite », dit-elle.

— Fichez-moi la paix, espèce de...

Il n'acheva pas sa phrase.

— À défaut de faire du journalisme, dit-il lorsqu'il se fut un peu calmé, occupez-vous au moins de la navigation.

Lucile reprit la carte et la déplia.

— Ce qui est bizarre, c'est que je ne vois aucune route qui tourne.

— La carte n'est pas le territoire.

— Comment ?

— La carte n'est pas le territoire !

Elle le regarda d'un air ahuri. Puis retourna à ses plis de papier crissant.

— Ah ! si, si ! Je vois où nous sommes. En plein dans les Dentelles.

— Dans les choux, oui !

— Dans les Dentelles de Montmirail. C'est admirable...

— Quoi ? aboya Claude.

— Ce nom. Tous les noms sont beaux par ici. Tenez : Suzette, Beaumes-de-Venise, La Roque-Alric, cirque de Saint-Amand, Crillon le Brave, Malaucène. On se croirait en vacances au Moyen Âge.

— À gauche, je suppose ?

Avant même que Lucile ait répondu, Claude avait tourné le volant et s'engageait sur une route aussi étroite et sinueuse que celle qu'ils venaient de quitter.

— Allez, je vais vous faire plaisir, je vais mettre une de vos cassettes. Choisissez.

— Je n'ai pas envie d'écouter de musique. Fichez-moi la paix, sinon je vous débarque sur le bas-côté.

Lucile eut un petit rire clair. Claude était furieux. Elle vit ses doigts trembler lorsqu'il alluma sa cigarette.

«Jamais rencontré un type aussi contrariant», pensa-t-elle. Il y avait pourtant en lui quelque chose qui l'empêchait de le mépriser tout à fait. En réalité, Claude l'attendrissait: son physique ridicule, sa calvitie, son ventre trop rond, ses expressions de colère et de surprise, tout cela amusait énormément Lucile. Elle avait pensé au début qu'elle ne supporterait pas longtemps cet homme revêche et dur, plutôt laid, mais la sécheresse même de Claude cachait une sorte d'intransigeance ou d'honnêteté qui plaisait à la jeune fille. Ses yeux d'un gris atone prenaient lorsqu'il perdait patience un éclat métallique. On y devinait une cruauté retenue, de celle qu'on imagine dans la prunelle des grands rapaces, que l'on respecte mais que l'on n'approche pas. Cette distance mise entre eux convenait à Lucile, elle se sentait protégée par l'inimitié même de Claude, et ne cherchait pas à lui plaire.

Ils approchaient maintenant d'Aiguebelle, c'était la première trappe qu'ils allaient visiter. La Trappe... Le mot faisait frissonner la jeune fille. Le piège, le traquenard, la souricière ! Comment des moines avaient-ils pu appeler une abbaye d'un nom aussi curieux que Notre-Dame-de-la-Trappe ? Et par quelle ironie du sort Rancé, le réformateur de l'ordre cistercien, était-il devenu abbé du monastère au nom de guet-apens, qui allait rester la Grande Trappe, mère de toutes les autres ? Lucile s'était fait des trappes une idée effroyable, elle n'y concevait qu'austérité, rigueur, souffrance et pénitence. Elle avait des trappistes une image tragique : celle d'hommes qui avaient choisi la voie la plus dure, dans une sorte de masochisme mystique, et qui s'imposaient une ascèse excessive dans l'unique but d'une mortification qui lui semblait absurde.

Elle ne pouvait admettre que Raphaël eut décidé d'être trappiste. Elle le connaissait assez pour savoir qu'il n'y avait pas en lui cette forme de méchanceté que certains retournent contre eux-mêmes, plus durement encore que s'ils faisaient violence aux autres. Raphaël n'aurait jamais accepté de souffrir sans raison, pas plus qu'il n'aurait souhaité faire de mal à quiconque, tout simplement parce qu'il détestait la malfaisance, sous toutes ses formes. Sur quel ordre avait-il donc porté son choix, pour concilier avec la solitude son idéal de pureté et son exigence d'absolu ? Était-il en France seulement ? À ce point d'un raisonnement qui revenait chaque jour la tourmenter, Lucile se sentait si découragée qu'elle en aurait pleuré. Pourquoi poursuivre, quand la logique poussait à l'abandon ? Comment chercher, quand tout venait contrarier sa quête et la maintenait dans une perplexité de plus en plus sournoise ? Était-ce utile encore d'entendre les témoignages d'hommes qu'elle écoutait avec la fascination que provoque l'effarement, celui de retrouver un jour les mêmes mots dans la bouche de celui qu'elle cherchait, de lire dans ses yeux la même lueur venue d'insondables abîmes et qui l'épouvantait ? Ne risquait-elle pas de prendre peur définitivement et de fuir ce qu'elle avait tant souhaité reconnaître, au moment même où elle allait l'atteindre ?

Il était plus de midi lorsqu'ils arrivèrent à Notre-Dame-d'Aiguebelle. Le monastère était installé au creux d'un vallon, et les différents bâtiments s'étageaient suivant l'inclinaison de la pente, s'insérant dans le paysage avec grâce. Depuis huit siècles, l'abbaye avait eu le temps de s'immiscer dans son cadre naturel et une grande harmonie se dégageait du site, que l'on sentait soigné par des mains amoureuses. Le moindre espace de terre était planté et l'agencement des arbustes et des massifs de fleurs trahissait l'expérience d'un jardinier professionnel. De petits jardins méditerranéens faits d'herbes et de plantes odorantes s'accrochaient à la roche, les premières jonquilles s'ouvraient çà et là. Claude roulait doucement sur la petite route qui montait en zigzaguant vers l'hôtellerie, laissant voir tour à tour les bâtiments des moines entourés de leur clôture, l'église au clocher pointu, une grande aile en travaux, d'autres vastes dépendances encore, au fond un pont de pierre à arches rondes. Il arrêta la voiture devant l'hôtellerie. C'était une maison qui ouvrait sur une esplanade où trônaient deux marronniers, de part et d'autre d'une statue de saint Joseph portant l'Enfant Jésus. Tout était calme et le temps s'était arrêté. L'air ne bougeait plus. Une cloche sonna, qui les fit se retourner vers l'église. Bientôt, ils virent arriver deux jeunes gens qui remontaient vers la maison, en silence. Les garçons les saluèrent d'un sourire discret.

15

— Vous avez été élevé dans une famille très religieuse ?

— Non, pas du tout. Cela ne comptait pas beaucoup chez nous... Mes parents avaient d'autres soucis sans doute.

Le frère Joseph se tut. Claude ne dit rien. Lucile n'osait encore intervenir, pourtant elle avait envie de briser ces silences qui depuis près d'une heure pesaient sur la petite pièce où ils étaient installés. L'homme qui leur faisait face avait un visage carré, assez large, au teint pâle, ses sourcils étaient roux et ses paupières tombaient sur des yeux d'un bleu gris. Sa bouche, aux lèvres inexistantes, s'étirait comme un trait horizontal en une fente étrange, sorte de cicatrice d'une bouche autrefois gourmande à qui l'on aurait enlevé son appétit. Il était parfaitement bien rasé et se tenait droit, assis sur un tabouret de bois, son scapulaire noir ajusté sur les épaules et retombant en deux larges rayures le long de sa robe blanche. On aurait eu bien du mal à lui donner un âge. Il parlait très lentement, avec un léger bégaiement, et laissait dans la conversation de grands blancs, sortes de plages de silence qu'il emplissait pourtant de son étrange présence. Il finissait par reprendre le fil de son discours, parfois avec un petit décalage, parfois au point où il l'avait laissé. Dès qu'il parlait, son cou et sa gorge semblaient agités d'une vibration profonde, douloureuse, qui mettait mal à l'aise. Son bégaiement s'accentuait par instants. Lucile ne le quittait pas des yeux, mais son regard était grave, presque réprobateur. Claude regardait de temps en temps le magnétophone qui tournait, pour vérifier peut-être que le temps poursuivait sa course. Car on aurait pu croire qu'il s'était arrêté, dans l'atmosphère si silencieuse du monastère et la blancheur immaculée des murs.

— Quand avez-vous prononcé vos vœux ? demanda Claude qui tentait de ranimer la conversation.

— Il y a presque deux ans...

— Mais vous n'avez pas dit que vous étiez là depuis huit ans ? intervint Lucile, une pointe d'agressivité dans la voix.

— Oui. J'ai passé quatre ans de profession simple. Après deux ans de noviciat, il y a les années de profession simple... Nous appelons cela le monasticat. Cela dure trois ans, ou plus.

— Mais c'est très long, s'exclama Lucile.

— Je crois que c'est nécessaire. Après cinq ou six ans, généralement, on sait si l'on veut rester...

— À quoi sont employées ces années ? reprit Claude.

— On étudie... J'ai appris beaucoup de choses depuis que je suis arrivé ici. Je n'avais pas fait d'études, je n'ai jamais été doué pour cela... Je ne savais pas que je pouvais comprendre tant de choses...

Le moine s'interrompait presque entre chaque phrase. Lucile commençait à se sentir mal. Des fourmis lui montaient dans les jambes. Les silences en suspension dans l'air pesaient des tonnes.

— J'ai appris le latin, ce qui me semblait inimaginable, mais j'ai dû le faire parce qu'il y a des textes qui ne sont pas traduits... Maintenant, j'apprends le grec... J'ai lu les Pères du désert, l'Écriture, et j'ai étudié aussi l'histoire de l'Église. C'est très intéressant... Notre père-maître est un saint homme, vous apprenez beaucoup rien qu'en le regardant. Mais il n'enseigne pas le savoir des savants, je veux dire on n'apprend pas avec lui... ce que l'on peut apprendre dans les livres. Il nous enseigne la voie du cœur, il nous apprend la pureté. Je sais que cela peut paraître bête, car la pureté ça ne s'apprend pas. Les petits enfants sont purs naturellement... Mais il arrive que l'on perde l'innocence de l'enfance. Le père Étienne nous aide à la retrouver. Il est merveilleux... Je ne sais pas comment il fait. Moi je me décourageais facilement, quand je n'arrivais pas à...

— À quoi ?

Lucile sentait qu'il savait ce qu'il voulait dire, qu'il ne s'interrompait que par désertion, par évasion. Il s'échappait, il n'était plus avec eux, il ne parverait pas à se déconcentrer, à redescendre à l'étage inférieur.

— À passer à autre chose, finit-il par dire, je restais parfois bloqué plusieurs jours sur un détail. Je ne pouvais franchir certains obstacles. Quand j'étais novice, j'ai connu des moments où je pensais que je n'allais pas pouvoir rester...

— Pourquoi ? dit Lucile, pour combler un silence un peu trop long.

— Ma mère, quand elle venait me voir, me demandait de rentrer à la maison. Cela m'attristait beaucoup, j'aime beaucoup ma mère... Et puis j'avais l'impression d'être incapable de comprendre ce qu'avaient écrit les gens qui parlent si bien de la prière. Cela me dépassait... Avec le temps, et la grâce de Dieu qui m'a soutenu quand j'étais prêt à lâcher prise, j'ai trouvé une voie qui...

Le moine s'était un peu échauffé, et son débit, toujours aussi difficile, s'était accéléré. Lucile détendit ses jambes brusquement. Claude la regardait à la dérobée, décidé à la laisser faire. Elle se leva, se rassit, secoua ses jambes devant elle.

— Qui ne vous décourage plus ? acheva-t-elle.

Le moine la regardait très intensément, ses yeux clairs rivés aux siens. Il demeurait parfaitement immobile.

— Aujourd'hui, je crois pouvoir vraiment consacrer ma vie à la prière... dit-il. C'est ce que je voulais...

— Depuis longtemps ? demanda Claude.

Frère Joseph demeura silencieux quelques instants.

— Depuis toujours il me semble... J'ai toujours cherché Dieu, l'idée m'est venue très tôt, dès l'enfance. J'y pensais beaucoup. Je ne sais pas comment vous expliquer... C'est en moi, j'ai besoin de parler avec Lui, de savoir qu'Il m'entend. Ici, j'ai appris à parler le langage de Dieu. C'est cela, la prière...

Ils surent, sans comprendre pourquoi, que cette phrase serait la dernière. Lucile arrêta le magnétophone, Claude remercia le frère Joseph.

— C'est moi qui vous remercie, dit-il gravement.

Puis il sortit. Lucile poussa un soupir. Elle s'était assise sur le bord d'une chaise et semblait soudain toute petite, comme rétrécie, bien que la pièce ne soit pas grande. Assis à la table, Claude notait sur les amorces des bandes les informations habituelles. Il en fit glisser une sur une bobine vierge, enroula à la main les premiers centimètres et mit l'appareil en marche. La voix du moine s'éleva. Lucile soupira plus profondément encore.

— Ne vous inquiétez pas, on ne va pas tout écouter. Je veux juste vérifier la qualité du son... Bon, c'est parfait. Au moins ici, il n'y a pas de parasites.

Il arrêta le magnétophone.

— Qu'y a-t-il Lucile, vous êtes fatiguée ?

Lucile ne répondit pas tout de suite.

— Que voulez-vous qu'on fasse de ce charabia ? dit-elle avec une moue.

— Mais c'est très intéressant, au contraire ! — Claude avait l'air sincèrement surpris. — Non, vraiment, il ne vous a pas plu ?

Elle explosa.

— Mais vous ne vous rendez pas compte ? Ou bien faites-vous semblant ? C'est affreux, comment peut-on supporter cela ? Vous avez vu ses yeux, il est à moitié fou, voilà ce qu'ils ont fait de lui, ce pauvre type, c'est monstrueux. Et c'est lui qu'ils nous envoient !

Elle criait presque. Claude la dévisageait, stupéfait. Tandis qu'elle poursuivait, et que déjà il n'écoutait plus, il se demandait ce qu'avait bien pu dire le moine qui avait tant bouleversé Lucile ? Il se leva. La jeune fille s'était tue, elle pleurait doucement, sans bruit. Claude fit un pas vers elle.

— Lucile, je vous en prie, calmez-vous et cessez de pleurer, s'il vous plaît.

Elle se leva comme propulsée par un ressort et sortit de la pièce en reniflant, sans même jeter un regard à Claude. Il entendit la porte du couloir se refermer avec fracas.

— Elle est épuisante ! dit-il tout haut. Il soupira, puis haussa les épaules en tirant de sa poche son paquet de cigarettes.

Claude lisait le journal. Il hésitait à s'interrompre pour aller chercher Lucile. Une heure s'était écoulée depuis le dîner. La jeune fille était descendue, avait mangé en silence et avait disparu de nouveau. Lorsqu'elle frappa, il sursauta. « Entrez », dit-il sans se retourner. Il entendit la porte s'ouvrir, puis se refermer, pivota sur sa chaise et la vit, immobile et pâle, le visage fermé. Il se leva et se dirigea vers sa valise, dont il sortit son jeu d'échecs.

— Venez, Lucile, nous allons faire une partie, dit-il en approchant une chaise de la table.

Il s'avança vers le lit, Lucile lui adressa un regard pitoyable. Il crut qu'elle allait encore pleurer, mais ses yeux étaient secs.

— À moins que vous n'ayez pas envie ? Mais il est trop tard pour aller faire une promenade, il fait déjà nuit.

— Non, ça va, je veux bien jouer.

— Toujours les blancs ? demanda-t-il.

— Oui.

Elle vint s'asseoir. Elle posa ses yeux sur le jeu, le regard vide. Claude s'installa en face d'elle et, passant la main par-dessus l'échiquier, vint toucher son poignet en signe de réconfort. À l'instant où il posait ses doigts sur la peau, il reçut la même petite décharge électrique qui lui fit retirer sa main instantanément. Lucile lui jeta un regard surpris où brillait une pointe d'excuse.

Ils jouèrent deux parties. Claude laissa Lucile gagner la seconde. Il la regardait à la dérobée, elle se tenait penchée sur le jeu d'échecs, son joli front plissé, concentrée dans sa réflexion. Elle progressait vite et surprenait Claude par sa capacité à mémoriser les coups précédents, à fixer son attention sans se laisser distraire, sans qu'aucune lassitude ne se fît sentir en elle. Il l'avait jugée versatile, plus dissipée. De temps à autre, elle changeait de position, sans cesser de regarder le jeu, elle déplaçait ses jambes qu'elle ramenait sous elle, comme s'il se fût agi d'encombrantes béquilles. Claude voyait alors ses genoux arrondis comme deux boules, serrés l'un contre l'autre. Elle soutenait sa tête à deux mains, plaquées sur son cou qu'elle maintenait bien droit, de peur qu'il ne fléchisse sans doute et que sa tête roule, tant elle semblait par instants s'être détachée de son corps, qui n'existait plus. De temps en temps, elle posait la main sur son épaule, sa hanche, sa cheville et se grattait machinalement, sans prêter attention à son geste.

Ce soir-là, elle portait un chemisier dont un bouton avait sauté et Claude pouvait apercevoir son soutien-gorge lorsqu'elle se penchait, un tout petit soutien-gorge qui couvrait ses seins menus. Il évitait d'y porter l'œil trop souvent, car alors il ne pouvait plus détacher son regard de la lisière qui séparait la peau du tissu, trait tiré entre le blanc du satin et la couleur nacrée de la chair, tandis que Lucile fixait du sien l'échiquier et ses pièces, et avançait son bras, à la rencontre du pion choisi, hésitant une dernière seconde, laissant planer sa main quelques instants encore, avant de saisir du bout des doigts la tête de buis et de la déplacer, très vite. C'était enfin au tour de Claude de revenir au damier et de retrouver le quadrillage bicolore, apaisant dans sa régularité, loin de la gorge de Lucile.

16

Il était tôt, sept ou huit heures du matin. Lucile se tenait debout sur le bord de la route. D'où elle était, elle ne voyait plus l'abbaye d'Aiguebelle, mais le paysage s'ouvrait devant elle, emmitouflé dans une brume claire. Le soleil du matin, encore pâle, faisait briller la rosée. Par endroits, des taches d'un vert tendre annonçaient les premiers chatons de saule, qui tranchaient sur le vert sombre des pins. La jeune fille mit un pied en contrebas de la route et descendit dans le fossé, avançant prudemment dans la pente caillouteuse. Elle s'arrêta près d'un olivier et s'assit, après avoir déplacé quelques pierres. Dix minutes s'écoulèrent, peut-être plus. Lucile regardait au loin. À perte de vue, les vallons se succédaient jusqu'à l'horizon lointain, encore teinté de bleu. On ne voyait aucun village, aucune maison. Le calme et la paix baignaient la terre, qui semblait respirer comme un grand corps vivant. Lucile, dont le souffle rejoignait cette palpitation, comprenait que l'on pût vivre ici et ne plus vouloir en partir.

Elle sortit de son blouson la grosse enveloppe qui contenait les lettres de Raphaël, en prit une et la déplia.

Ma Lucile, ici rien ne vient jamais me troubler. Tu te rappelles comme tout était compliqué avant ? Maintenant c'est simple et ce qui me semble le plus curieux, c'est que j'aie pu accepter d'être tracassé par des choses qui ne m'intéressaient pas et absorbé par d'autres qui ne me plaisaient pas. Peut-être est-ce impossible d'y échapper lorsqu'on vit comme je vivais, dans le monde. Je me disais souvent qu'il me fallait refuser certaines contraintes, ne pas me compromettre, tu te souviens ? mais je n'y arrivais jamais. Toi, tu peux le faire parce que tu es invulnérable et que tu t'opposes à tout. Ta révolte est ta force, ne l'abandonne jamais. Pour moi, c'était différent, il me fallait me mettre à l'abri, tu ne pouvais pas être toujours là pour te mettre en travers. J'ai trouvé l'espace de mes rêves, et un interlocuteur à la mesure de mes exigences. Je sais que toi seule peux le comprendre. Je t'embrasse très fort. Raphaël.

Lucile avait les larmes aux yeux. Elle lut la lettre une deuxième fois avant de la ranger, avec les autres. Enfin elle se leva, remonta sur la route et reprit la direction du monastère. Elle marchait très lentement, la tête baissée, sans plus rien voir du paysage. La cloche de l'abbaye la fit sursauter, elle accéléra le pas puis se mit à courir. Lorsqu'elle entra dans l'église, l'office de tierce commençait.

Les moines chantaient les psaumes en français, Lucile tendit l'oreille mais les modulations de la psalmodie gênaient la compréhension. Elle reconnut pourtant des bribes de phrase : « *... l'Éternel est mon berger... Il me fait reposer dans de verts pâturages...* » Elle se surprit à murmurer ces mots qu'elle connaissait, « *quand je marche dans la vallée de l'ombre de la mort* », pour les avoir chantés lors des messes de son enfance. « *Et j'habiterai dans la maison de l'Éternel, jusqu'à la fin de mes jours* » : tous les dimanches, des années durant, elle avait chanté ces paroles, sans en comprendre le sens. Lucile revoyait la famille entière sortir de l'église, sa mère souriante, son père fier, toutes ses filles autour de lui, le petit garçon dans ses bras.

Elle se rappela aussi les batailles dans lesquelles s'affrontaient ses sœurs, le dimanche après-midi, quand leurs parents étaient sortis, et auxquelles elle n'osait prendre part, petite, de peur d'être blessée à mort. Elle craignait pour ses mains, ses jambes, sa tête, ses épaules, son corps entier. Et ce n'est que plus tard, à l'âge où elle avait enfin acquis un peu de force, à moins que les autres aient cessé de grandir, qu'elle s'était crue autorisée à prendre part aux pugilats. Mais ses sœurs alors ne se battaient plus, se contentant de quelques gifles qui résonnaient comme des coups de fouet. Lorsque leur mère rentrait et montait à l'étage, elle les trouvait sagement occupées à lire côte à côte, ou à jouer aux dominos, mignonnes fillettes aux tresses enrubannées. Lucile appartenait à une famille où rien en apparence n'était plus important que d'aider son prochain et de l'aimer, parfois jusqu'à l'absurde et l'étouffement, voire l'asphyxie totale. Mais avec les années les bons sentiments avaient remplacé toute autre forme de sentiments et chacun pour rester poli se faisait une telle violence qu'il ne restait plus que la juxtaposition d'égoïsmes exacerbés, grossièrement cimentés par les efforts considérables destinés uniquement à masquer la haine que l'on nourrissait pour l'autre, sans jamais l'avoir exprimée.

Les moines connaissaient-ils aussi la jalousie, la méchanceté, l'hypocrisie, et vivaient-ils, à l'abri des portes de leurs cellules, aux prises avec la rage et le désir de porter tort à tel frère haï, se retenant sans cesse de montrer leur dégoût, s'exhortant à l'amour comme on s'efforce d'avaler une trop amère potion ? Ou bien, isolés la plupart du temps par la prière, vivaient-ils comme un cadeau, une récompense, la possibilité d'échanger un regard, quelques paroles peut-être, et cette reconnaissance leur faisait-elle accepter la présence des autres avec tant d'indulgence qu'ils n'en relevaient même pas les défauts, n'en remarquaient pas les travers ? Cette promiscuité forcée fascinait Lucile autant qu'elle l'effrayait. Le monastère lui était apparu comme une prison aux règles contraignantes, dont on ne pouvait sortir, où l'on ne pouvait vivre à son rythme. Mais elle se surprenait à imaginer au contraire un havre de paix et de protection, une sorte d'asile accueillant les membres unis d'une famille, les gardant à l'abri, dans la douce harmonie d'un lieu sûr et tranquille.

Elle eût aimé trouver Raphaël à Aiguebelle, sans doute parce qu'elle appréciait l'endroit, mais surtout parce qu'il n'y était pas et que, se sentant soulagée, elle pouvait imaginer pour lui cette retraite, comme on choisit pour un ami la maison de vacances qu'il vous a chargé de louer, prévenant apparemment ses désirs, se substituant à ses propres goûts, n'en faisant en réalité qu'à sa tête. Ganagobie avait un air de sauvagerie grandiose qu'elle trouvait écrasant, Sénanque était trop visitée, et presque légendaire, pas assez vraie peut-être. Aiguebelle alliait le charme désuet des vieilles pierres à l'harmonie du paysage, et la douceur du lieu rassurait Lucile, atténuait ses défenses, la réconciliait presque avec ce qu'elle n'admettait qu'à grand-peine. Elle promenait son regard sur les moines, passant de l'un à l'autre, détaillant leur profil, satisfaite de n'en reconnaître aucun, et la revue qu'elle effectuait lui procurait une gaieté inattendue, qui la remplissait d'indulgence, d'une inhabituelle tolérance qu'elle éprouvait soudain envers ces inconnus, d'autant plus chers qu'elle les connaissait moins.

L'office prit fin et Lucile quitta l'église. Elle retourna à l'hôtellerie, Claude venait de se lever. Ils avaient rendez-vous à neuf heures avec le chantre de l'abbaye.

Le chantre de la trappe d'Aiguebelle était un homme d'une cinquantaine d'années, grand, brun, extrêmement vif. Il entra en trombe dans la pièce où Lucile et Claude avaient vu la veille le frère Joseph. Le contraste était saisissant. Autant l'autre était fuyant, troublé, anxieux, autant celui-ci était direct et ouvert. Chacun se présenta. Claude le questionna d'emblée sur ses origines et sa vie avant l'entrée au monastère, il répondit d'une traite et raconta son histoire simplement, allant droit au but, sans complaisance ni ostentation. Il avait été mathématicien et avait appartenu à un groupe de chercheurs dont les travaux avaient depuis fait parler d'eux. Alors qu'une brillante carrière s'ouvrait devant lui, il avait brusquement abandonné la science et s'était fait moine, à l'âge de trente-trois ans. Ses dons pour la musique et le chant avaient incité le maître des novices à faire de lui le chantre de l'abbaye.

— Je n'avais pas étudié la musique avant d'entrer à

la trappe. Très vite, je me suis aperçu que chanter me plaisait beaucoup. Puis j'ai découvert l'écriture musicale. Là, mon esprit de mathématicien encore en éveil m'a poussé vers cette forme assez complexe de combinaison numérique. Je me suis mis à déchiffrer, puis à lire couramment la musique, enfin j'ai appris les clés et les modes. J'ai même composé quelques mélodies pour notre liturgie, mais peut-être sont-elles trop... modernes. J'ai utilisé pour cela des suites mathématiques d'un ordre un peu particulier. C'est surprenant à entendre, mais les harmoniques ne sont pas désagréables.

— Cela ne vous a pas manqué de ne plus faire de recherche ? demanda Lucile. La science est une autre forme de vocation, non ?

Le moine sourit.

— Dans les premiers temps, ma vision du monde était tellement conditionnée par les recherches que j'avais menées auparavant que j'avais du mal à laisser de côté mon esprit pour ne penser qu'avec mon cœur. Sans compter que mon cœur était plutôt endommagé à l'époque, mais c'est une autre histoire... Peu à peu, la prière aidant, je me suis libéré de ce joug cérébral, pour ne plus y revenir. Aujourd'hui, il est extrêmement rare que je pense aux mathématiques, si ce n'est en regard de la musique, mais cela relève plus d'une détente. Curieusement, mes travaux de mathématicien avaient essentiellement porté sur le vide, le vide contenu dans la matière. Ma foi me conduit vers des notions opposées, de plénitude et d'omniprésence du divin. Au fond, il s'agit des composantes inverses d'une même idée.

— Laquelle ? dit Claude.

— Ce que je vais vous dire va sans doute vous paraître assez simpliste : ne retenez que la métaphore. Le mathématicien, dans sa quête de logique, cherche à construire un monde cohérent, où tout se tient, où tout est lié. Ce faisant, il lutte contre le néant et repousse l'idée de la mort en reculant toujours plus loin les limites du cosmos. C'est sa propre angoisse de mort qu'il cherche à contenir, à circonvenir. Le moine résout l'équation de façon beaucoup plus lumineuse : sa foi en la résurrection écarte définitivement la finitude du monde physique. Sans compter qu'il inscrit sa prière dans une symbolique qui traite à la fois des problèmes métaphysiques qu'engendre la recherche mathématique et des éléments irrésolus abordés par tous les grands mythes, de tous temps. La parole de Dieu est un système complet, si je puis m'exprimer ainsi. C'est extrêmement satisfaisant pour l'esprit.

— Cela vous repose, alors, dit Lucile, vous n'avez plus besoin de chercher.

— Exactement ! Mais j'irais plus loin. Ma vie de moine m'apporte spirituellement une jubilation que je n'avais pas connue en tant que mathématicien. Et pourtant, Dieu sait si l'activité mathématique peut donner de grandes joies. Moindres cependant que de se savoir vivant en Dieu.

Le moine se tut, il souriait. Claude reprit.

— Quel a été le déclic qui vous a fait changer de vie ? Que s'est-il passé ?

Le chantre rit franchement.

— Une blessure d'amour... Nous entrons tous au monastère porteurs de blessures. La mienne me paraissait irréparable, plus douloureuse qu'aucune autre. Elle s'est transfigurée en une révélation d'une importance capitale. Il me semblait que je faisais n'importe quoi, que c'était une folie de devenir trappiste, que j'allais ressortir du monastère dès que ma douleur se serait calmée. En fait, je suivais dans l'obscurité le chemin qui allait me conduire à la lumière. J'étais mort quand je suis arrivé, aujourd'hui je suis plus vivant que jamais. Je me suis dépouillé de ma peau de mortel, j'ai perdu ce qui me perdait, je suis maintenant au-delà de la mort, j'ai franchi les limites de ma propre existence. Je n'aurais jamais pu réussir ce prodige avec les mathématiques. Ce qui ne laisse de m'étonner toutefois, depuis que je suis ici, c'est ce que l'on appelle très justement le mystère de Dieu et de la foi. Je ne peux me lasser de célébrer ce mystère. Il ne peut être éclairci par l'homme, ce serait de sa part d'une vanité aussi inutile que dangereuse. D'une certaine façon, les savants tendent vers cette vanité, l'*hybris* des Grecs, la présomption suprême. Ce que nous apprend la vie monastique, c'est que l'humilité est une valeur bien supérieure. Elle permet à l'homme par la tolérance qu'elle induit d'accueillir en lui ce qui lui vient de Dieu. Sans cette part de divin en nous, nous ne serions que des êtres pitoyables, des animaux, des assemblages de cellules et d'atomes eux-mêmes dénués de tout sens. Lorsque cette existence de Dieu nous est révélée, un champ d'exploration nouveau s'ouvre à notre cœur. Celui-là est infini, d'un infini absolu. C'est un principe d'amour parfait. Les mathématiques n'explorent l'univers qu'en termes de quantité et d'ordre, elles n'abordent pas son essence, son cœur, au sens de centre vital.

— Ma question va vous paraître curieuse, dit

Claude, mais j'aimerais que vous me disiez ce qui a déterminé votre choix de la religion chrétienne. À vous entendre, il me semble que vous auriez pu être moine bouddhiste.

— Si j'étais né en Chine ou au Tibet, c'est certainement ce qui serait arrivé. Mais au-delà de ma propre culture — ma famille est de tradition chrétienne — il y a dans l'Évangile un élément qui reste pour moi fondamental, c'est celui de l'échange très étroit qui existe entre l'humain et le divin, en la personne du Christ. Cela est unique. Le va-et-vient incessant, par l'intermédiaire du Fils, entre Dieu et les hommes, crée un équilibre que l'on retrouve dans la notion essentielle de rédemption, de rachat des péchés par la souffrance du Christ, qui donne sa vie pour sauver la nôtre. Ainsi la mort se transforme-t-elle en vie, et la douleur en joie suprême. La notion de souffrance est totalement absente du bouddhisme par exemple, et de bien d'autres religions, où elle est considérée au contraire comme un obstacle à la concentration spirituelle. Pour le chrétien, il ne s'agit pas de prendre plaisir à souffrir, mais d'accepter sa peine parce qu'elle est source de paix. C'est à quoi tend la vie monastique, dans l'effort qu'elle représente pour l'homme qui la choisit. En somme, nous contribuons à créer de l'équilibre. C'est la seule justification à notre existence. Sans cela, nous ne servirions à rien.

Il adressa à Lucile un large sourire. Elle baissa les yeux, brusquement intimidée, puis elle dit, très vite.

— Hier nous avons vu le frère Joseph. Je voulais vous demander pourquoi est-ce lui que nous avons rencontré, parce que j'ai trouvé que, enfin... il m'a semblé que ce n'était pas vraiment... Disons que c'était difficile pour lui, je crois, d'avoir à nous parler.

Le chantre sourit, réfléchit un instant.

— D'abord nous ne choisissons aucune de nos actions. C'est le père abbé qui décide de chacune de nos tâches. C'est lui qui a confié, au frère Joseph et à moi-même, la mission de vous recevoir et de répondre à vos questions. Vous pensez bien qu'il n'a pas fait son choix à la légère, ni au hasard. C'est le rôle du père abbé de veiller à ce que chaque moine se développe harmonieusement au sein de la communauté. Cela fait certainement beaucoup de bien au frère Joseph de sortir un peu de lui-même et de s'exprimer devant des étrangers. C'est un frère très renfermé et qui observe naturellement la règle du silence. Il n'a jamais beaucoup parlé. Quant à moi, je suis certainement considéré comme l'intellectuel de la communauté.

Il acheva sa phrase dans un rire.

— Le sage et le fou, dit Lucile à mi-voix.

— Que voulez-vous dire ?

Lucile hésita.

— ... Que c'est vraiment le jour et la nuit entre vous et lui.

Le chantre sourit malicieusement.

— Qu'est-ce qui vous fait penser ça ?

— Eh bien, cela saute aux yeux ! Vous, on sent bien que vous avez beaucoup réfléchi, tandis que le frère Joseph est beaucoup plus... simple, disons.

Le chantre parut surpris.

— Détrompez-vous. Je le considère pour ma part comme l'un des plus intelligents du monastère. Il a une surprenante intuition des choses et un esprit tout à fait particulier. Je n'ai jamais rencontré quelqu'un qui appréhende l'abstraction de façon aussi claire. Mais il ne sait pas l'exprimer, ou plutôt, il n'en éprouve pas la nécessité. « Bienheureux ceux qui ont l'esprit de simplicité », nous dit Matthieu. Il ne faut pas se fier aux apparences, ajouta-t-il en guise de conclusion à Lucile qui le regardait, interdite.

Elle oscillait encore entre le doute et la stupéfaction. L'entretien prit fin. Claude et Lucile se retrouvèrent seuls. Elle hocha la tête de haut en bas, plusieurs fois, mais ils n'échangèrent pas un mot et sortirent de la pièce à pas lents, perturbés l'un et l'autre.

Ils passèrent une partie de l'après-midi en compagnie du père abbé, qui leur expliqua en détail le fonctionnement du monastère, ses règles, ses offices, son histoire également. Il les conduisit dans les ateliers où quelques moines fabriquaient des sirops. Lucile ne posa aucune question. Elle écoutait, mais semblait absente. L'abbé, un petit homme rond et jovial, parlait avec componction, lentement, comme s'il s'adressait à un public choisi. Il valorisait l'ordre à tout instant, ne perdant jamais une occasion de faire remarquer combien la Trappe avait su trouver un juste équilibre entre une contemplation scrupuleuse et l'inclusion dans un monde qui avançait, évoluait sans cesse, de plus en plus vite. Les trappistes se tenaient informés de l'actualité, ils recevaient la sélection hebdomadaire d'un grand quotidien et, chaque dimanche, un moine résumait pour ses frères les événements les plus marquants de la semaine. Par ailleurs, les visiteurs et les « regardants » qui passaient quelques jours à l'abbaye apportaient avec eux les nouvelles du monde. Les grandes secousses qui agitaient la planète en cette fin de millénaire devenaient pour les moines autant d'occasions d'ancrer leur prière dans une réalité qui concernait la terre entière. À leur propre solitude, à l'angoisse des nuits intérieures faisaient écho le chaos du monde et la souffrance des peuples. Au dépouillement des moines répondait celui, tout aussi profond, de l'humanité face à sa condition.

17

Lucile et Claude avaient fini de dîner. Les repas des hôtes étaient servis aux mêmes heures que ceux des moines. À sept heures du soir, tout était terminé. Les moines se retrouvaient alors pour une réunion commune, avant les complies, dernier office de la journée. À huit heures, tout le monde allait se coucher. Lucile bâilla.

— Vous êtes fatiguée ? dit Claude.

— Oh non ! Mais je ne sais pas si je vais pouvoir jouer aux échecs ce soir. Je suis trop déconcentrée. En revanche, j'irais bien faire un tour... Il n'est pas tard, nous pourrions aller boire un verre quelque part.

— Je crois que je n'en aurai pas le courage. Je me sens épuisé...

— Bon, alors c'est d'accord pour une partie d'échecs.

— Non, je n'en ai pas très envie. Je crois que je vais aller me coucher.

— Déjà ?

— J'ai besoin d'être un peu seul. Bonne soirée quand même...

Lucile fit une grimace très comique. Claude

s'éloigna en souriant. Il se sentait trop faible pour supporter le tempérament impétueux de la jeune fille, trop lâche aussi pour se confier à elle. Il n'avait cessé depuis le matin de lutter contre une pensée envahissante qui maintenant l'encerclait tout à fait. Il entra dans sa chambre et s'allongea sur le lit, ses cigarettes à portée de la main. La lune, à demi allumée, jetait de pâles reflets dans la pièce, qui rôdaient comme des ombres sur les murs clairs.

Claude ne se remettait pas du choc que lui avaient causé les paroles du grand moine sur la souffrance. Par quel incroyable artifice la foi pouvait-elle transformer la douleur en joie ? Comment, par une alchimie aussi abstraite, réussissait-on à effacer ce qui d'ordinaire ne produit que révolte et chagrin ? Dieu sait que la souffrance, aussi légère soit-elle, n'en reste pas moins insupportable à l'homme... Claude n'avait jamais accepté la mort de sa femme, car cet acte délibéré portait en lui, outre la négation de toute élégance, le germe d'un désordre extrême. Une fois l'acte accompli, il n'y avait plus rien à faire, et l'impuissance dans laquelle se retrouvaient les vivants leur sautait au visage avec une violence insoutenable. Seul l'oubli calmait leur malheur, mais oublie-t-on jamais pareille fracture ?

Le chagrin avait eu raison chez Claude du peu de foi qu'il conservait en un principe humain de cohérence et de logique, mais il avait surtout durci son cœur et l'avait rendu plus mauvais. Ce suicide avait porté atteinte à ses certitudes, il avait renversé brutalement l'édifice de sa vie, et avait laissé Claude amputé de ses convictions, alors qu'il se trouvait déjà privé du seul être aimé. Le temps, qui aplanit toute peine, était venu adoucir sa rancœur et Claude avait fini par transformer l'affreux souvenir en un discret nuage voyageant en silence à l'ombre de sa mémoire intérieure. Mais il restait marqué et comme crispé sur lui-même, hermétique à tout sentiment.

Et voici qu'on venait lui soutenir presque scientifiquement que la souffrance possédait une suprême beauté. Il n'avait vu pourtant dans le suicide d'Irène que laideur, injustice et désespoir. Rien ni personne ne pouvait lui faire entendre le contraire. Plus jamais, depuis, il n'avait aimé, jamais plus il n'avait regardé d'autre femme, puisant à l'occasion dans les ressources de sa volonté de quoi affermir une décision qu'il voulait irrévocable. Il se souciait peu de déplaire, et moins encore de séduire. Il refusait tout à la fois, dans une sorte de rage froide.

Mais les privations qu'il s'était imposées ne prenaient de justification que face à une promesse qu'il aurait faite à sa femme de lui rester fidèle au-delà de la mort. Or n'avait-elle pas elle-même brisé ce lien en disparaissant, rejetant Claude, le laissant à l'écart, lui refusant même la possibilité de l'aider ? Quel sens prenait alors l'abstinence qu'il vivait depuis des années, et le refus qu'il opposait à tout abandon ? Pourquoi acceptait-il d'endurer encore cette solitude, quand plus rien ne l'y obligeait ? Avait-il souhaité se laver de ses fautes, atteindre par un renoncement plus grand au pardon, à la rédemption dont parlait le chantre ? Là où Claude se sentait le plus choqué, là où les paroles du moine le heurtaient si cruellement, c'était dans la prise de conscience de ce à quoi il n'avait jamais songé. Irène avait choisi la mort et en réaction, il avait opéré le même choix, alors que la restauration de l'équilibre perdu aurait dû passer par la vie, un supplément de vie, d'exubérance et de passion.

Il se leva pour se déshabiller et se mit au lit. Mais il ne pouvait trouver le sommeil dans l'état où il était. Il restait immobile, allongé sur le dos, sous les couvertures. Le trouble qui agitait Claude pesait sur sa poitrine et l'oppressait. Quelque chose montait en lui comme un souffle brûlant, une sensation qui l'assaillait par instants brefs et aussitôt contenue, mais qui revenait de plus en plus régulièrement, à intervalles de plus en plus serrés. Un serrement justement, presque une douleur physique. Le malaise s'installait, creusait sa place en lui. Il soupira bruyamment, appuya avec son poing sur sa poitrine.

La cloche sonna. Claude imagina les moines endormis, reposant tout habillés sur leur lit de sangles. Connaissaient-ils l'angoisse et l'insomnie ? Au moins pouvaient-ils prier, se lever et s'agenouiller, lire leurs livres de psaumes ou réciter les vers des cantiques, parler à Dieu et lui dire leur désarroi. Mais lui, Claude, seul parmi les hommes, incrédule et misérable, que pouvait-il faire, sinon s'enfoncer plus avant dans l'anxiété ? Il se leva brusquement et vint à la fenêtre, qu'il ouvrit toute grande. Appuyé au chambranle, il aspira l'air frais à longs traits, comme un noyé. Puis il alla jusqu'au lavabo et fit couler l'eau sur son visage, la tête renversée sous le robinet.

Lorsqu'il se recoucha, il se sentait plus calme. Il prit garde de ne faire aucun mouvement, de ne bouger ni ses membres ni sa tête pour laisser venir le sommeil, qui alourdissait ses paupières. Il revit le front de Lucile, froncé en son milieu par un pli transversal, ses cheveux noirs rejetés en arrière, souples et brillants, et sa jolie bouche trop rouge. Ses pensées se tordaient encore en un assemblage compliqué dont les fils se nouaient tour à tour, puis se dénouaient. Il se sentait maintenant écrasé, vide, dompté par une immense lassitude. Le silence bourdonnait d'infrasons, vibrait d'ondes qui se télescopaient dans l'obscurité.

Claude s'endormit comme on s'enfonce dans une eau épaisse. Il se réveilla en sursaut deux heures plus tard, le cœur battant, effaré par les images du cauchemar qu'il venait de faire : nageant à contre-courant dans un accélérateur de particules, il tentait d'échapper aux regards de deux hommes en blouse blanche, penchés par-dessus ce qui ressemblait à un vaste aquarium, qui observaient en souriant son évasion. L'un d'eux avait le visage du chantre. Claude s'était réveillé au moment où la main géante d'un des physiciens avait plongé dans le flux d'atomes pour le saisir, petit corps ballotté de la taille d'un neutrino, happé par le gouffre béant vers lequel accouraient des milliers de corpuscules. Il ne put retrouver le sommeil avant l'aube.

Lucile terminait son petit déjeuner, un livre à la main. Claude entra dans la grande salle.

— Eh bien, vous en faites une tête ! lança-t-elle. Que se passe-t-il ? Vous êtes malade ?

— J'ai très mal dormi. Mais ça va aller.

Il lui adressa un faible sourire.

— Je n'en ai pas l'impression... Vous devriez prendre deux aspirines et aller vous recoucher, mon vieux... heu ! pardon, Claude.

Il s'assit lourdement. Son visage était livide. Lucile remarqua pour la première fois à quel point les rides qui sillonnaient ses traits étaient profondes. Sa peau ressemblait à du carton.

— Nous avons à faire ce matin, je me reposerai plus tard.

— Écoutez, je peux continuer l'interview moi-même, si vous voulez. De toute façon ce chantre, il parle tout seul, ce n'est même pas la peine de lui poser de questions.

Lucile perçut l'hésitation de Claude, elle insista.

— J'ai réfléchi hier soir à ce qu'il nous a dit et j'aimerais qu'il précise un peu certaines choses. C'est toujours pareil avec les matheux, ils s'imaginent que c'est évident pour tout le monde...

— Au fait, qu'avez-vous fait hier soir ?

— J'ai passé la soirée avec les deux garçons, vous savez les types qui étaient là quand nous sommes arrivés. Je crois qu'ils vont s'installer...

— Comment ?

— Qu'ils vont rester ! Ici, à la trappe.

— Ah bon ? dit Claude d'un air indifférent.

— Allez dormir, répondit Lucile en croisant les bras sur la table. Je viendrai vous réveiller pour le déjeuner.

Claude n'aurait pas imaginé laisser aucun de ses assistants faire seul une interview, mais Lucile paraissait sûre d'elle... Et les coups qui martelaient son crâne le faisaient trop souffrir pour qu'il se permette d'être trop scrupuleux. Il accepta. La pensée de ne pas revoir le chantre contribua à le décider.

— Je vais vous chercher le magnétophone, dit-il en se levant.

Alors qu'il tournait les talons, Lucile eut un petit rire silencieux.

Elle attendait le moine en faisant les cent pas. La porte s'ouvrit, laissant le passage au chantre. Comment s'appelait-il déjà ?

— Bonjour, frère... Pierre, dit-elle en hésitant.

— Bonjour, répondit-il en lui tendant la main. Vous êtes seule ?

— Oui.

La douceur de sa paume la surprit, on aurait dit de la soie.

— J'ai quelque chose pour vous, dit-elle.

Elle sortit une cassette de la poche de sa veste.

— Vous connaissez le dhrupad ?

— Non. Vous ne voulez pas vous asseoir ?

— D'accord ! C'est de la musique traditionnelle indienne. J'ai pensé que cela vous intéresserait, c'est une musique modale, très compliquée.

— Vous êtes musicienne ?

— J'ai étudié le piano, je n'en joue plus depuis dix ans, mais j'écoute beaucoup de musique. Tenez !

Elle lui tendit la cassette.

— Vous me la donnez ?

— Bien sûr !

— Merci beaucoup, c'est un cadeau très précieux. Vous allez en être privée...

— Ne vous en faites pas, j'en ai d'autres. Tandis que vous qui ne sortez jamais, il faut bien...

Elle s'arrêta, ne trouvant plus ses mots.

— Je ne devrais pas accepter, dit le frère Pierre, car nous ne devons rien recevoir personnellement, mais toute la communauté en profitera, si cela me sert à composer quelque chose.

— Bon, très bien ! acquiesça Lucile.

Elle se leva pour aller chercher le magnétophone. Le chantre la regardait d'un air amusé. Tout en manipulant les bandes magnétiques, elle dit, les yeux posés sur l'appareil.

— Excusez-moi, mais d'habitude c'est Claude qui prépare les questions, alors là, je suis un peu... dépassée.

Un rire fusa de ses lèvres. Puis elle reprit, après avoir installé le magnétophone sur une chaise.

— J'aimerais que vous me parliez des moments difficiles de votre vie de moine. Il doit bien y en avoir. Vous n'êtes pas toujours aussi... optimiste.

— Bien sûr que non...

Le chantre parla assez longtemps, sans que Lucile l'interrompe. De temps en temps, elle jetait un coup d'œil à l'appareil. Enfin, le frère se tut, Lucile se leva et stoppa l'enregistrement. Elle eut un mouvement d'hésitation, puis dit au moine :

— Quand même, cela ne vous gêne pas de ne jamais rien décider vous-même ? C'est cela qui m'embêterait, moi... C'est un peu une abdication, non ?

— De quoi ? demanda le frère Pierre en souriant.

Elle vérifia de nouveau que la bande ne tournait plus, et se pencha vers lui.

— De votre volonté propre. Vous voyez par exemple, je connais quelqu'un qui s'est fait moine. C'était un garçon très original, qui avait beaucoup d'imagination et qui ne faisait jamais les choses de façon classique. Je me demande comment il a pu se plier à la règle et comment il supporte de ne jamais prendre d'initiative.

— Mais il prend toutes les initiatives ! De quoi parlez-vous ?

— Eh bien ! Hier vous avez dit que vous ne choisissiez aucune de vos actions et je me suis dit que c'était vraiment un système très autoritaire...

— Mais nous ne sommes pas une secte ! s'écria-t-il en riant. Qu'allez-vous imaginer ? Nous n'envoûtons pas les gens pour leur faire perdre tout contrôle d'eux-mêmes et leur voler leur héritage.

— Non, ce n'est pas ce que je voulais dire, mais je pense à ce garçon qui était tellement fantaisiste et je me dis qu'il a dû parfois se sentir un peu brimé, ou entravé dans sa liberté, peut-être.

— J'ai l'impression que vous avez une idée très fausse de l'Église. Il n'y a rien de machiavélique dans son fonctionnement, ceux qui se réunissent en son sein restent parfaitement libres.

— Oui, vous n'allez pas me dire le contraire, bien sûr, mais c'est un sentiment que j'ai, que le renoncement des moines passe aussi par la perte de leur liberté individuelle.

— Dans un sens vous avez raison, mais là où vous avez tort c'est lorsque vous pensez que nous souffrons de cette dépossession. Elle est absolument nécessaire à la prière et à la contemplation. Ne plus être encombrés de nos préoccupations personnelles, de notre bien-être ou de notre confort, de nos désirs et même de notre volonté, cela n'a pas de prix, c'est une liberté bien plus grande encore.

— Vous parliez des sectes : c'est exactement ce qu'elles disent aux gens. Fiez-vous à nous et nous prendrons soin de vous, et nous vous dirons où aller, que faire et comment gagner le ciel.

— Vous oubliez que nous vivons sur la base d'une foi profonde, et d'un désintérêt total. Nous sommes pauvres, nous n'avons rien, et rien d'autre ne compte pour nous que la prière.

— Vous peut-être ! mais l'Église est riche, et elle s'est enrichie comme ça. Auparavant les gens donnaient beaucoup, même les pauvres, de peur d'aller en enfer. C'est vrai que l'Église redistribuait ses richesses, mais elle en gardait une grosse partie... Les prélats ne manquaient de rien, et je ne sais pas s'ils priaient beaucoup plus que les gens qui dirigent les sectes aujourd'hui.

Lucile s'arrêta et regarda le frère Pierre. Son visage ne reflétait rien d'hostile.

— Finalement, reprit-elle en souriant, on pourrait comparer l'Église catholique à une sorte de grosse secte qui a acquis sa respectabilité et son pouvoir avec le temps.

Le moine poussa un léger soupir.

— Je comprends que vous puissiez penser cela, dit-il, bien que je ne sois pas du tout d'accord avec vous. Mais vous oubliez qu'il y a eu Paul VI, et le formidable virage qu'a effectué l'Église pour se rapprocher de l'humanité la plus déshéritée. Les prêtres sont descendus dans la rue, des communautés nouvelles se sont créées, fondées sur la charité et le partage, des chrétiens ont cherché à faire fusionner le message du Christ et les principes socialistes, il y a eu de grands changements, et les catholiques se sont beaucoup remis en question. Même la vie des moines s'en est trouvée modifiée, et pourtant nous nous situons à l'un des bords extrêmes de l'Église romaine, chargé d'une grande inertie. Nous bougeons très lentement. Nous sommes sur la carte de l'Église un territoire très reculé que n'atteignent pas les remous habituels. Mais là, il s'est passé quelque chose qui correspondait à une aspiration générale de vérité et de fraternité. C'est à cet appel que le garçon que vous connaissez a répondu en devenant moine. Personne ne l'a capturé ni embrigadé, ne vous inquiétez pas. Nous n'avons pas d'agents recruteurs, ceux qui entrent au monastère viennent à nous de leur plein gré. Au fait, où est-il, votre ami ?

— Je ne sais pas.

— Il est trappiste, lui aussi ?

Lucile hésita une seconde.

— Non, je ne crois pas.

— Bénédictin, certainement.

— Oui, sûrement, dit Lucile.

— Vous devriez vous renseigner pour savoir où il est et aller le voir. Cela vous rassurerait... Je suis sûr qu'il est très heureux. Cela vous réconcilierait peut-être avec l'Église, ajouta le moine sur un ton un peu ironique.

— Oh ! mais, ça va ! Je ne suis pas fâchée... Seulement parfois il y a des choses qui vous échappent, que vous ne comprenez pas, et c'est désagréable.

— Tout nous dépasse, en réalité, et nous n'appréhendons que la surface des êtres et des choses. Le monde est un mystère pour nous, c'est pour cela qu'il est libérateur de prier, non pas parce que cela aide à comprendre, mais parce que c'est la seule façon de se relier à cet univers impénétrable qui nous entoure. Dieu nous a donné suffisamment d'intelligence pour concevoir sa présence, mais pas assez pour acquérir la connaissance de ce mystère.

— C'est cruel ! dit Lucile à voix basse.

— Non, il n'y a pas de valeur morale dans la

Création, du moins pas au sens où nous l'entendons. Il y a une cohérence et une unité, mais nous ne la percevons pas, c'est tout. Je crois que l'humanité s'y est mal prise, elle s'est engagée dans une mauvaise voie. Nous aurions pu progresser beaucoup plus, aller bien plus loin, si nous avions choisi le bon chemin dès le début. Notre aveuglement nous égare, mais ce n'est qu'une question de temps. J'ai confiance en l'homme, il trouvera la voie de la sagesse. C'est son seul salut.

— Vous croyez que vous allez dans le bon sens, vous ?

— J'en suis absolument convaincu.

Lucile restait silencieuse, elle regardait le sol. Puis elle releva la tête vers le frère Pierre et ouvrit la bouche pour parler. Les mots hésitaient à sortir.

— Cela vous ferait plaisir, à vous, si quelqu'un que vous connaissiez très bien venait vous voir ? finit-elle par dire.

Il rit.

— Je ne sais pas, répondit-il, cela ne m'est jamais arrivé. Je suppose que oui.

— Vous ne recevez jamais de visite ?

— Pas de gens que je connaissais très bien, dit-il. Je les ai tous perdus de vue, je crois.

— Et cela ne vous manque pas ?

— Je ne crois pas. Je n'y pense jamais en tout cas, ajouta-t-il d'une voix enjouée.

— Vous ne pensez jamais à eux ? dit Lucile vivement.

— Si, mais je n'imagine pas de les revoir, j'ai l'impression que ça ne collerait pas, que nous n'aurions plus rien à nous dire. C'est comme ça.

Lucile hocha la tête.

— Bon, finit-elle par dire.

Et comme elle n'ajoutait rien, le moine se leva.

— Merci beaucoup, dit Lucile en se levant précipitamment, merci d'avoir été si patient.

Le moine lui tendit la main et serra la sienne énergiquement.

— Au revoir, dit-il en passant la porte, et il fit encore un signe de la main.

— Au revoir, lui répondit Lucile, si bas qu'il ne l'entendit pas.

Lucile revint s'asseoir, et demeura immobile, en face du gros magnétophone silencieux. Elle mordillait ses lèvres machinalement, ses mains pendaient le long de la chaise. Enfin, elle bougea, prit l'appareil sur son épaule et sortit.

— C'est par là, Claude.

Il sursauta. Lucile s'était tournée vers lui et le regardait, l'air perplexe, alors qu'il partait déjà sur la droite, revenant vers la vallée. Leur route s'en allait au contraire vers la gauche et Lucile en indiquait la direction avec sa main, hochant la tête d'un air interrogateur.

— Oui, oui, bien sûr, s'empressa d'acquiescer Claude. Excusez-moi, j'étais distrait.

Lucile sourit. Elle avait dans les yeux l'expression de qui se moque. Ils venaient de traverser le Rhône, au loin les panaches blancs des deux réacteurs d'une centrale nucléaire s'élevaient dans le ciel d'azur. Ils se dirigeaient vers l'Ardèche et laissaient derrière eux le faisceau de voies et de routes qui se pressent le long du fleuve. La route, bordée de platanes, s'engageait déjà dans une nature plus caillouteuse. Lucile surprit le regard de Claude accroché à un panneau de tôle qui indiquait le prochain village à huit kilomètres. Dans ses yeux ne flottait qu'une faible lueur vacillante. Le gris de l'iris était noyé, comme délayé.

— Vous croyez qu'on va trouver un bistrot dans ce village ? demanda-t-elle en souriant. Il vous faut un café d'urgence.

— Cela m'étonnerait. Qui pourrait vivre dans un coin aussi paumé ?

— Voyons, je ne sais pas, des tas de gens me semble-t-il. Un musicien, un poète...

— Un condamné en fuite, oui.

— Plutôt un géologue, ou un éleveur de chèvres.

— Désespéré alors, ou bien misanthrope...

— Et pourquoi pas un fou tant que vous y êtes ! Non, je vais vous dire qui peut vivre ici. Des amoureux... Sans compter les moines, évidemment.

— Vous aimeriez vivre ici, Lucile ?

— Peut-être ! Cela dépend avec qui.

— Je voulais dire seule. Pourriez-vous vivre ici toute seule ?

La jeune fille ne répondit pas.

— Vous n'avez pas la foi, Claude, n'est-ce pas ? demanda-t-elle.

— Pourquoi dites-vous cela ?

— Parce que je sais que Victor est athée. Et je suppose qu'il en va de même pour vous.

Elle avait dit cela sur un ton neutre. Claude poussa un soupir.

— Victor n'est pas athée, il est agnostique, c'est très différent. Quant à moi, je ne vois pas du tout...

— Pas du tout quoi ? insista-t-elle.

— Ce qui vous permet de me comparer à Victor !

— Je peux dire ce que je veux, c'est vous qui savez...

Claude soupira encore, plus profondément et plus longtemps cette fois.

— Allez, ne vous fâchez pas, dit Lucile en posant la main sur son bras.

Claude tressaillit de surprise. Il dégagea son bras, avec précaution, comme s'il eût reçu un mauvais coup. Le silence retomba. Ils dépassèrent le village, petit bourg endormi dans la lumière rasante de la fin d'après-midi, sans l'ombre d'un estaminet. La route recommençait à tourner, montait et descendait sans ménagement. Claude se concentrait sur la conduite.

— Musique ? demanda Lucile après un quart d'heure de zigzag.

— Bonne idée !

— Connaissez-vous le dhrupad ? C'est de la musique indienne.

— J'ai peur de m'endormir tout à fait. Ce genre de musique répétitive, d'habitude...

— Pas du tout ! coupa Lucile. Ce n'est pas du tout ce que vous croyez. De toute façon, j'ai donné la seule cassette que j'avais au frère Pierre. Voyez comme vous êtes, Claude. Avant même d'avoir écouté, vous savez que cela ne va pas vous plaire. La différence entre le chantre et vous, c'est que l'un prend les choses qui lui arrivent comme un cadeau, et l'autre comme une calamité... C'est exactement ce qui s'est passé dans le bureau de Victor quand vous avez appris que j'allais partir avec vous. J'aurais voulu que vous voyiez votre tête...

Elle éclata de rire. Claude n'entendait que trop bien ce que disait Lucile. Sans le savoir, elle creusait en lui une faille qui venait de s'ouvrir.

— Bon, si vous avez envie de dormir, poursuivit-elle, c'est du bruit qu'il vous faut.

— C'est surtout du sommeil... dit Claude d'une voix faible.

— En fait, vous ne voulez pas écouter de musique ? Vous préférez qu'on vous fiche la paix, comme d'habitude ?

— Si vous me fichez vraiment la paix, nous risquons de nous retrouver dans le précipice.

— C'est gai ! Je peux conduire, si vous voulez.

— Vous m'avez dit que vous n'aviez pas le permis.

— Non, mais je sais conduire. Alors, c'est oui ou non ?

— Existe-t-il une ville digne de ce nom dans les parages ?

— À part Aubenas, je ne vois pas... Mais ça nous ferait faire un grand détour. Il y a bien un village qui a l'air un peu gros, à une trentaine de kilomètres... Vous voulez vous arrêter là ?

— Je veux m'arrêter le plus vite possible. De toute façon, j'ai décidé de faire une halte d'une journée. Ce soir, nous dormirons à l'hôtel et demain matin, grasse matinée ! J'en ai assez de coucher sur des matelas durs comme des planches et de manger des légumes bouillis.

— Alors je ne conduis pas ?

— Non.

« Quelle tête de mule ! », pensa Lucile.

— Vous n'aviez pas parlé de musique ? lança Claude au bout d'un instant.

— Décidément, il faudrait savoir ce que vous voulez. (Elle piqua du nez vers son sac.) Bon, qu'est-ce qui pourrait vous tenir éveillé ?

Elle choisit une cassette et la glissa dans la fente.

— Vous ne devinerez jamais comment s'appelle l'endroit où nous allons dormir ce soir, ajouta-t-elle, en supposant qu'il y ait un hôtel, bien sûr.

— Je n'en ai pas la moindre idée.

— Joyeuse.

Claude rit.

— Je savais que ça vous amuserait ! dit Lucile en riant à son tour.

18

Il était près de quatre heures de l'après-midi. Un jour entier avait passé. La voiture roulait lentement le long de l'Ardèche, où Lucile avait proposé d'aller se promener. Les boucles de la rivière miroitaient au soleil, bordées par endroits de plages de galets gris clair qui se découpaient en croissants sur le bleu de l'eau. De fins nuages s'étiraient dans le ciel, filaments inconsistants, voyageurs nonchalants qui restaient longtemps sans bouger, trop légers pour être déplacés par l'air tranquille. Claude depuis le matin retrouvait peu à peu la contenance qu'il avait perdue. Ils s'étaient arrêtés plusieurs fois pour descendre sur les bords du fleuve.

Dispersée, virevoltante, Lucile ressemblait à l'un de ces petits jouets que l'on remonte avec une clef et qui, dans un dernier sursaut, courent, étourdissants, suivant de folles trajectoires, avant de s'écrouler et d'expirer dans un cliquetis de métal. Mais elle avait cette présence propre aux jeunes filles, si impérieuse qu'il leur suffit d'être là pour que leur seule existence prenne la forme d'une évidence incontournable. Tous les regards de Lucile, tous ses gestes étaient chargés d'une énergie assez forte pour s'imposer immédiatement à n'importe quel spectateur. Curieusement, Claude ne comprenait pas à quel point sa beauté rayonnait autour d'elle, et se contentait de penser que l'effet produit sur ses sens n'était que l'inévitable résultat d'une promiscuité involontaire. Il n'allait pas tarder à s'apercevoir qu'il se trompait, d'autant plus douloureusement qu'il se croyait encore invulnérable.

— Si l'on marchait un peu avant de rentrer, dit-elle.

— Attendez, je vais me garer.

Claude arrêta l'auto sur le bas-côté. Lucile en sortit précipitamment.

— J'ai besoin de me dégourdir les jambes une dernière fois. Vous venez avec moi ? lui cria-t-elle en s'éloignant.

Claude regarda le ciel à travers le pare-brise. Les mèches des nuages se coloraient de jaune. Il consentit à descendre de voiture et rejoignit Lucile qui courait déjà au beau milieu de la route. Les mains dans les poches, il lui emboîta le pas. Il avançait comme en flânant, à distance.

— Tiens, qu'est-ce que c'est que ça ? dit la jeune fille tout à coup.

Fixé à un arbre, un panneau de tôle qui jadis avait été bleu indiquait « bay int Ambr ». Les autres lettres étaient effacées par les taches de rouille qui s'étendaient en plaques arrondies, mangeant le métal comme des lichens. Partait un chemin de terre.

— Allons voir, dit Claude.

Il s'engagea dans le sentier. Lucile lorgnait le sol, une moue dubitative aux lèvres.

— Il y a de la boue, dit-elle d'un air dégoûté.

Claude partit d'un grand éclat de rire.

— Voyons, Lucile, il n'a pas plu ici depuis des semaines, tout est sec, aride, désolé. Et vous avez peur d'une malheureuse ornière. Vous plaisantez...

Lucile rit à son tour.

— Bon, d'accord, on y va.

Et elle s'accrocha à l'épaule de Claude comme s'il s'agissait de franchir un ravin. À travers sa veste, il sentit la pression de ses doigts qui s'enfonçaient dans sa chair. Il serra les dents, contracta son épaule, puis se détendit brusquement. Lucile l'avait lâché pour sauter de côté, à un mètre d'une petite plaque de boue noire craquelée.

Ils marchèrent dix minutes. Le chemin s'enfonçait dans un bois, sans qu'aucune clairière apparaisse au loin. Lucile lançait à Claude des regards interrogateurs. Il sentait qu'elle prenait sur elle pour ne pas lui faire de reproches. Tout à coup, alors que le sentier continuait, une petite route goudronnée apparut sur la gauche.

— Regardez, chuchota Claude.

La route zigzaguait légèrement et donnait sur un champ. Au fond, on voyait une bâtisse dont les murs de pierres nues se dressaient, comme surgis de terre. Lucile sourit.

— Vous avez de la chance, j'allais râler... Mais qu'est-ce que c'est que ce truc ?

En deux minutes, ils furent sur le terre-plein qui s'étendait devant le bâtiment, tel un parking, bien qu'aucune voiture n'y fût garée. Lucile s'avança vers le seuil de ce qui aurait pu être une entrée de ferme, ne fût l'espèce de bénitier de pierre sculptée accroché à la voûte du porche et que surmontait un petit chapiteau porté par deux colonnes. La porte était close, mais

Lucile saisit la poignée de fer et le pêne grinça dans la gâche. Elle ouvrit, sans entrer, risqua un œil à l'intérieur.

— On dirait une église, mais il n'y a rien dedans. Même pas de chaises.

Elle recula, au lieu de pénétrer dans l'antre frais et sombre.

— Regardez, là-haut, à droite, dit Claude.

Lucile leva la tête. Une petite fenêtre se découpait dans le mur. Un rideau jaune vif était accroché à la vitre.

— Allons voir, dit Claude, et ils entrèrent.

Ils avaient exploré l'aile droite et déjà contournaient le cloître, marchant lentement et parlant bas comme deux voleurs. Une porte dont il ne restait que le linteau s'ouvrait dans le mur de pierres ocre. Lucile y passa la première et stoppa net. Claude faillit la heurter. Il vit le jeune homme à son tour, appuyé sur sa bêche. Grand et maigre, les cheveux couleur de paille, il portait un pantalon usé de toile bleue, trop court, qui laissait voir ses chevilles. Il était pieds nus dans de vieux godillots. Il avait remonté les manches de sa chemise, qui s'ouvrait sur son torse pâle.

— Bonjour, dit-il.

Lucile fit un pas en avant.

— Bonjour. Excusez-nous, nous pensions qu'il n'y avait personne. Oh ! vous avez déjà des roses, c'est incroyable ! Elle s'était approchée, tandis que Claude demeurait en retrait.

— Oui, répondit-il en se tournant vers les rosiers. C'est une variété précoce, je les ai plantés l'année dernière, je ne pensais pas qu'ils fleuriraient si vite.

— Vous êtes... jardinier ? demanda Lucile.

— Jardinier et gardien. Guide aussi. Si vous voulez, je peux vous faire visiter l'abbaye.

Le jeune homme planta sa bêche dans la terre.

— Nous avons déjà commencé. Ne vous dérangez pas, intervint Claude.

Mais déjà Lucile emboîtait le pas au garçon.

— Vous ne me dérangez pas, je suis là pour ça.

— Vous travaillez ici ? s'enquit Lucile.

— J'habite ici.

— Mais il n'y a personne ! Vous vivez seul ?

La voix de Lucile s'était élevée d'un ton.

— Oui.

Claude s'était rapproché.

— Il ne doit pas y avoir beaucoup de passage...

— Détrompez-vous, dit le jeune homme en souriant, il vient du monde. L'abbaye Saint-Ambroise est très réputée. Oh ! bien sûr, en semaine, c'est plus calme. Et l'hiver encore plus ! Évidemment...

Il parlait lentement, en articulant bien.

— Mais vous savez, c'est spécial cet endroit. Avec tous ces moines qui ont vécu ici... Il y a des vibrations.

Lucile donna un léger coup de coude à Claude, il lui répondit d'un clin d'œil. Elle souriait espièglement.

— Et... il y a encore des messes ? Elle regardait le jardinier d'un air intéressé.

— De temps en temps, oui. C'est un particulier qui a racheté l'abbaye, alors quand il vient, il s'arrange avec le curé du village voisin. On donne une messe. Mais la chapelle est encore en réfection et les travaux n'avancent pas vite, ça coûte très cher. Voyez, tout ce mur a été refait l'an dernier.

Ils étaient arrivés en bordure du jardin. Devant eux

s'étendait la vallée que leur avait masquée le bois par lequel ils étaient venus. Le terrain descendait en pente douce, irrégulière, et des arbustes en fleurs parsemaient les petites haies séparant les parcelles. À quelques mètres en contrebas, une sorte de bassin avait été creusé. Entouré d'une bordure en pierre, il ressemblait à un vaste abreuvoir de la taille d'une piscine. Un saule faisait de l'ombre sur la surface de l'eau, jonchée de légers pétales blancs. Claude et Lucile, tournés vers le paysage, ne regardaient plus le mur dont leur parlait le jardinier.

— Nous n'employons que des artisans qui travaillent à l'ancienne. Les pierres viennent de la Drôme, elles sont taillées sur place et assemblées avec un mortier spécial, le même que celui qu'utilisaient les moines avant. Cet été, nous allons refaire cette partie. Là, voyez-vous.

Lucile se tourna vers lui.

— Depuis combien de temps vivez-vous ici ?

— Deux ans, à peu près.

Il avait un sourire étonnant, presque illuminé, qui lui donnait une expression de grande jeunesse. Il devait avoir vingt-cinq ou vingt-six ans, peut-être moins. Il fit quelques pas en direction de la chapelle, dont on voyait l'arrière du chœur. Lucile le suivit. Claude n'avait pas bougé, il restait immobile, face au vallon.

Une ouverture avait été pratiquée dans un mur à demi écroulé, et l'on accédait par trois ou quatre marches à une sorte de cave peu profonde. Lucile frissonna tant l'air y était frais.

— C'était la sacristie, avant, dit le jeune homme.

Dans la pénombre, Lucile scrutait les murs de

pierre, sur lesquels subsistaient quelques plaques de crépi beige, laides comme un eczéma. Le jardinier se tenait près d'elle et ne bougeait pas. Il avait cessé de parler. Elle pouvait entendre sa respiration, curieusement rapide, qui contrastait avec son débit si lent. Il avait baissé la tête et son regard se perdait sur les dalles qui recouvraient le sol. On aurait pu penser qu'il priait. Lucile aurait voulu sortir mais elle n'osait pas, pas plus qu'elle n'osait parler et interrompre la rêverie du jeune homme.

— Vous sentez ? dit-il soudain tout bas.

— Quoi ? chuchota Lucile.

— Les vibrations... Les âmes des moines.

« Ce type est fou », pensa-t-elle et elle eut un peu peur, mais l'autre avait déjà relevé la tête et lui souriait gentiment.

— C'est normal, vous n'avez pas l'habitude. Tandis que moi, je suis à l'écoute en permanence. Et je vous assure que tout parle dans ce lieu, les murs, les pierres, la terre, les arbres. L'esprit de Dieu habite encore ici. Les moines l'ont laissé en partant, à moins qu'il n'ait été là avant eux et qu'ils aient choisi l'endroit à cause de ça.

Lucile restait interdite, ne sachant que penser. Le jardinier était trop calme pour avoir l'esprit dérangé. Il ne montrait apparemment aucun signe de faiblesse mentale, mais l'assurance avec laquelle il parlait trahissait l'immense certitude de ceux qui ne doutent jamais et dont la connaissance ne peut être remise en cause, parce qu'elle leur vient d'ailleurs, d'un sentiment qui les dépasse et auquel ils acceptent de se soumettre sans réserve. Lucile avança discrètement vers la porte ouverte qui donnait dans la chapelle, qu'elle traversa, le jardinier sur ses talons. Ils débouchèrent directement dans le jardin cette fois, à travers une ouverture dissimulée par une colonne, que le jeune homme lui indiqua d'un geste. Claude était là, assis sur une pierre plate, entre deux bosquets de thym. Lucile faillit éclater de rire tant il avait l'air ridicule, mais à son air sérieux et las elle comprit qu'il valait mieux ne pas plaisanter. Qu'avait-il tout à coup ? Après tout, c'était lui qui avait insisté pour venir jusque-là. Elle eut pitié de lui, ratatiné sur son caillou.

— Vous voyez, dit-elle au jardinier, nous sommes justement à la recherche de monastères et de moines.

Le garçon avait saisi sa bêche, à laquelle il se cramponnait.

— Vous êtes envoyés par l'évêque ?

— En quelque sorte, oui.

Claude jeta à Lucile un regard furieux. Le jardinier la dévisageait, en admiration.

— J'ai quelque chose à vous montrer, dit-il.

Claude talonnait Lucile dans l'allée du jardin. Le jeune homme les précédait de trois bonnes enjambées. Lucile allongeait le pas pour le rattraper, mais Claude bondit derrière elle et la saisit par la manche.

— Arrêtez-vous, souffla-t-il entre ses dents.

Lucile dégagea violemment son bras et fit volte-face.

— Mais qu'est-ce qu'il y a ? dit-elle d'une voix courroucée.

Elle jeta à Claude un regard où se lisait la surprise et l'indignation. Claude resta sans voix et la lâcha. Le jardinier avait déjà contourné la chapelle et les attendait au seuil d'une porte de bois clouté, juste au-dessous de la petite fenêtre au rideau jaune.

— Vous habitez là ? dit Lucile en montrant du doigt la fenêtre.

— Oui. Oh ! c'est très simple, vous allez voir. Ne faites pas attention, cette aile est encore un peu vétuste.

Ils le suivirent dans l'escalier qui conduisait à sa chambre. La pièce était une ancienne cellule dont les murs blanchis à la chaux avaient gardé la teinte immaculée. Un étroit lit de fer, recouvert d'une toile blanche, une table et une chaise en composaient le mobilier. À gauche de la porte, un placard fermé avait été aménagé dans le mur. Seul le carré jaune du rideau apportait une touche superflue de gaieté et de couleur. De la fenêtre, on voyait le paysage s'ouvrir sur la vallée qui s'étendait en contrebas du petit bois.

— C'est là-haut, dit le jardinier.

À l'étage supérieur, il y avait une grande pièce qui avait dû servir autrefois de grenier, peut-être même de farinier, car il subsistait dans l'air une odeur poussiéreuse de grain broyé. C'est dans cette salle que le jeune homme avait installé son « musée ». Sur des bancs et des tables — l'ancien mobilier du réfectoire, sans doute, stocké là depuis le départ des moines —, le jardinier avait accumulé une étrange collection d'images pieuses et d'objets divers, cailloux, ailes d'oiseaux desséchées, crucifix de métal rouillé enserrés dans des branches recouvertes de lichens, morceaux de bois ou de pierre en forme de silhouettes, petits pains secs posés sur des tiges d'osier groupées en faisceaux, nouées par un brin de raphia, épines de ronces ou de rosiers reliées par un fil en une sorte de collier, plaques de tôle bleues indiquant des horaires de messes, vieux livres.

Claude et Lucile parcouraient des yeux l'assemblage, muets d'étonnement, se déplaçant lentement entre les tables, sous le regard angélique du jardinier ravi. Par endroit deux bancs étaient posés l'un sur l'autre, formant une sorte d'étagère à deux niveaux, que recouvraient des cartes postales d'annonciation, toutes différentes, des portraits du Christ, de la Vierge, de certains saints, des images découpées dans des magazines, peut-être même dans des livres. Claude le premier détourna les yeux de l'invraisemblable fatras et vint se poster près de la fenêtre. Il jetait des regards obliques vers l'extérieur mais surveillait Lucile du coin de l'œil. Elle s'approchait maintenant des tables sur lesquelles elle se penchait jusqu'à presque les toucher du nez, les mains croisées derrière le dos. Elle détaillait chaque objet, allait brusquement à l'un pour revenir à un autre.

— On peut toucher ? demanda-t-elle au jardinier.

Il acquiesça de la tête en baissant les yeux. Lucile posait les objets dans sa main, les soupesait, les inspectait minutieusement en les portant à hauteur d'yeux. Claude s'était détourné et faisait face à la fenêtre. Dehors, le soir tombait et l'ombre avait déjà recouvert le bois.

— Il va falloir partir, dit Claude sans se retourner.

— Déjà ? s'écria le jardinier, comme tiré de sa béatitude.

— Nous sommes à pied. Si nous voulons partir avant la nuit, il ne faut pas traîner.

Le jardinier n'avait pas écouté la fin.

— Vous êtes à pied ? Il ouvrait la bouche comme un idiot.

— Nous avons laissé notre voiture sur la route.

— Oh ! mais je peux vous ramener, si vous voulez. J'ai une petite camionnette...

Il paraissait en proie à un violent effort de réflexion.

— Pourquoi ne pas rester dîner ? lança-t-il brusquement.

Claude eut une expression de stupéfaction indicible.

— Je vous invite à dîner, si je peux me permettre, bien sûr.

Lucile réagit très vite.

— Nous ne sommes pas à une heure près, n'est-ce pas, Claude ? C'est vraiment très gentil...

Claude la coupa.

— Oui, votre offre est très sympathique, Monsieur...

— Jean, appelez-moi Jean.

— ... mais nous ne pouvons accepter.

— Eh bien, moi, je crois que je vais rester, rétorqua Lucile. Mais je comprends très bien que vous préfériez rentrer, Claude. Pourrez-vous me raccompagner jusqu'à Joyeuse tout à l'heure ? demanda Lucile au jardinier, vers lequel elle s'était tournée en souriant.

— Bien entendu ! — Il s'adressa à Claude. — Vous voulez vraiment partir tout de suite ?

Claude hésita. Il bouillait de colère. Lucile se moquait du monde ! Il l'aurait volontiers plantée là, mais l'idée de la laisser seule avec ce fou l'arrêta. Non qu'il le crût dangereux, mais c'était de Lucile qu'il se méfiait. Elle paraissait capable de n'importe quelle bêtise et l'exaltation qu'elle manifestait soudain pour l'abbaye et son gardien irritait Claude sans qu'il comprît vraiment pourquoi. Il ne pouvait se résoudre à se séparer d'elle, quelque chose l'en empêchait impérieusement. Il soupira :

— Soit. Puisque vous y tenez absolument.

Claude proposa d'aller chercher l'auto. Il partit avec Jean, et Lucile entendit bientôt le bruit de moteur de la camionnette qui s'éloignait. Le crépuscule avait déjà obscurci les alentours et seuls restaient visibles les murs qui entouraient le cloître, imposants tout à coup. L'absence d'occupants donnait pourtant aux bâtiments une douceur de vieillesse qui en amoindrissait l'austérité. Lucile fut frappée par cette sensation. Il se dégageait de l'ancienne abbaye une chaleur qu'elle n'avait ressentie nulle part jusque-là. On s'y trouvait en sécurité, à l'abri. Nul effort surhumain ne s'y faisait sentir, nul secret chagrin, nulle souffrance cachée. Rien ne pesait sur le lieu que le ciel qui commençait à s'étoiler. La présence des hommes dans ces retraites sévères suffisait-elle à y alourdir l'atmosphère, à rendre l'air plus oppressant ? Lucile en fut émue soudain et des larmes lui vinrent aux yeux. Elle eut une pensée pour Raphaël, qui lui serra le cœur.

19

— Lorsque je suis arrivé, je n'y pensais vraiment pas. Faire ça ou autre chose, je m'en fichais bien. J'étais tellement démoli, la drogue était en train de me tuer. Sans compter les ennemis que je m'étais faits, qui étaient prêts eux aussi à me faire la peau. Je me cachais réellement, j'avais peur en permanence. Et comme j'étais en manque, ça n'allait pas fort. Heureusement que le propriétaire n'était pas là pour me voir. Il y avait des jours où je ne pouvais même pas me lever le matin tellement j'étais faible.

Jean engloutissait de grosses bouchées de pommes de terre sautées.

— Et puis c'est revenu petit à petit. Ou peut-être brusquement, maintenant je ne m'en souviens plus. Je crois que je n'ai pas tout de suite réalisé. Je pensais que la vie au grand air me faisait du bien, j'avais l'impression de revivre. C'était l'hiver, il n'y avait presque pas de visites. Parfois, je ne voyais personne pendant trois ou quatre jours. Mais cela ne me dérangeait pas. Je croyais que seule ma volonté m'aidait à retrouver l'équilibre et je n'avais pas compris à quel point elle était inefficace face à cette force qui me soulevait de terre. Au bout d'un certain temps, j'ai réalisé qu'il y avait dans cet endroit une sorte de fluide magique qui me donnait de l'énergie, je ne sais pas comment vous expliquer.

Lucile et Claude se regardaient de temps à autre, intrigués. Le jardinier continuait de parler, comme s'il eût accumulé durant les heures de solitude des réserves de discours qu'il déversait soudain, heureux de confier à quelqu'un les résultats d'une introspection sauvage, à nul autre confrontée. Lentement, il déroulait les phrases les unes après les autres et les mots s'imposaient, tel un long fil régulier, au point que ni Lucile ni Claude n'auraient pensé à l'interrompre. Jean ne se serait pas dit croyant, mais il possédait une sorte de foi mal dégrossie qui s'accrochait aux images que lui fournissait la religion chrétienne. Ailleurs il les aurait empruntées à un autre culte, là il reconstituait un monde qui lui semblait être celui des moines qui l'avaient précédé à Saint-Ambroise. Il avait conçu son « musée » dans cet esprit, de façon brute et intuitive, et l'assemblage relevait plutôt de la fantaisie inclassable des artistes au génie obscur qui n'ont de leur vie produit qu'une œuvre, à l'égal de leur existence, marginale et exceptionnelle.

— J'ai l'intention de me perfectionner en botanique et en architecture, poursuivait Jean. Je manque d'expérience et je voudrais que le jardin ici soit vraiment... beau. J'aimerais étudier, voyager et voir d'autres jardins, ailleurs, même dans des pays étrangers. J'en ai parlé au propriétaire et il a trouvé que c'était une très bonne idée. Mais je n'arrive pas à me décider à partir d'ici. Faut-il que je m'en aille ou pas ? c'est ce que je me demande. Parce que si je pars, je ne sais pas qui va s'occuper du jardin, des visites, et de suivre les travaux quand il y en a. Cela n'a l'air de rien, mais il y a beaucoup de travail...

— Tant que vous vous croirez indispensable ici, dit Lucile, vous n'irez pas ailleurs, c'est certain.

— Oui, bien sûr, je sais qu'il faut choisir, mais c'est que j'aime beaucoup cette abbaye...

— Alors restez-y, où est le problème ? dit Claude.

Jean le regarda d'un air étonné.

— Mais c'est qu'ici je ne peux pas faire d'études, c'est tout.

— Il n'y a que vous qui puissiez décider, laissa tomber Lucile, en même temps qu'elle posait son verre vide sur la table. Si vous n'y arrivez pas, laissez-vous guider par le Seigneur, il vous donnera la réponse.

Elle avait dit ça en manière de plaisanterie. Jean répondit très sérieusement.

— Tous les jours, je le lui demande. Il m'entend, mais ne répond pas. « Débrouille-toi tout seul », c'est cela qu'il me dit.

— Nous pensons la même chose, lui et moi, dit Lucile en riant.

Jean rit aussi et resservit du vin. Claude refusa et dit qu'il était fatigué. Il savait déjà qu'aucun argument ne convaincrait Lucile de rentrer avec lui. Il n'essaya même pas de le lui proposer.

— Lucile, je vous rappelle que demain nous nous levons tôt. Bonsoir, Jean, et merci pour le dîner, ajouta-t-il d'un ton un peu trop sec.

Il se leva, enfila sa veste et sortit, laissant Lucile et Jean de part et d'autre de la table encombrée des restes du repas.

— Je parle, je parle, et je ne sais même pas qui vous êtes, reprit le jardinier lorsque le pas de Claude dans le couloir dallé de pierres se fut éloigné.

Elle partit d'un petit rire clair. Ils ressemblaient à deux jeunes gens en vacances, décidés à passer la nuit debout. Lucile s'installa sur le siège où s'était assis Claude, plus confortable. Elle dévisageait Jean comme s'il fût venu de la lune, tant elle s'émerveillait d'avoir pour interlocuteur quelqu'un d'autre qu'un moine. Parfois, il se grattait la tête, ou mettait les doigts dans son nez, machinalement, ce qui réjouissait Lucile au point de la faire éclater de rire. Elle l'aurait voulu encore plus négligent, plus sale, plus débraillé. Il conservait toutefois, derrière ses habits élimés, ses godillots crottés, malgré sa tignasse emmêlée et ses ongles souillés de terre, une délicatesse qui transparaissait, d'un autre ordre pourtant que celle des moines, chargée celle-là de componction, alors que la finesse de Jean avait quelque chose de sensuel, de tendrement animal.

— Que voulez-vous savoir ? je vais tout vous dire.

Leurs rires les empêchaient de parler sérieusement. Le jeune homme, par instants, s'arrêtait brusquement et écoutait dans le silence résonner les éclats de sa joie, non qu'il ne se sentît pas joyeux d'habitude, mais il avait oublié le plaisir que procure la gaieté partagée.

— Euh... je ne sais pas. Est-ce que vous êtes une sorte de nonne ?

— Moi ? Mon Dieu, non ! Est-ce que j'ai l'air d'une bonne sœur ? s'écria Lucile.

— Non, mais comme vous m'avez dit que vous étiez de l'évêché.

— J'ai dit ça, moi ? Oh ! c'était une blague. En fait nous sommes journalistes.

— Journalistes ?

— Oh ! cela n'a rien d'extraordinaire.

— J'avais compris que vous cherchiez des monastères...

— Mais c'est ce que nous faisons.

— Vous faites des photos ?

— Mais non ! Nous faisons une enquête sur la vie monastique.

— Vous allez interroger des moines ?

— Oui. Mais ne faites pas cette tête-là. Vous ne lisez jamais de journaux ?

— Non, plus maintenant. Excusez-moi ! Je suis devenu un vrai sauvage ici, je ne me souviens même plus de ce qui se fait.

— Peu importe. Enfin, il y a des gens qui en lisent et ça les intéresse, paraît-il, de savoir comment vivent les moines. Cela ne vous intéresse pas, vous ?

— Mais si, bien sûr. Alors comment vous y prenez-vous ? Pour rentrer dans les monastères, pour voir les moines, pour parler avec eux. Je croyais qu'ils faisaient vœu de silence.

— Non, le silence n'est pas un vœu, c'est une règle. Ils ne parlent que lorsque c'est nécessaire, sinon ils se taisent. Remarquez que si tout le monde faisait la même chose, cela nous éviterait un paquet d'inepties... Les moines ont tout à fait le droit de parler, même à des journalistes, aussi incroyable que cela puisse paraître. Écoutez ! vous refuseriez, vous, si vous étiez trappiste et que je venais vous interroger ?

— Non, non. Vous êtes tellement...

— Tellement quoi ?

Jean hésita.

— Je ne sais pas... Racontez-moi comment vous faites, alors.

— En fait, ce qui me ferait plaisir ce serait de revoir le musée. Cela ne vous ennuie pas ?

— Mais non, au contraire. Je ne le montre jamais, vous savez. Attendez, je prends une lampe, il n'y a pas d'électricité là-haut.

— Même pas dans votre chambre ?

— Si. J'avais une rallonge pour faire de la lumière dans le musée, mais l'été dernier je l'ai prêtée aux ouvriers qui refaisaient le mur et ils sont partis avec. Je ne l'ai pas encore remplacée.

— C'est drôlement bien, ce que vous avez fait. Vous êtes un artiste, en fait ! Tout est là ?

— Presque. J'ai d'autres petites pièces en cours. Mais ce n'est pas de l'art, non ! pas du tout.

— On ne choisit pas ce genre de choses : on est artiste ou pas.

— Vous voulez dire qu'on naît comme ça ?

— Exactement. C'est un don. Un don c'est quelque chose pour lequel vous êtes doué sans avoir appris.

Lucile tripotait entre ses doigts, sans le regarder, un bois flotté tout lavé et poli par l'eau, gris clair, presque argenté, et qui avait la forme d'un homme aux bras tendus vers le haut, comme écartelé. La lampe à gaz posée par terre jetait sur la grande pièce une lumière pâle et trop faible, qui laissait dans l'ombre une partie du musée. Par la fenêtre entrait la clarté laiteuse de la nuit.

— Vous êtes très belle ! dit Jean.

— Quoi ?

— Le mot que je cherchais tout à l'heure, c'est cela ! Vous êtes tellement belle qu'on vous fait confiance immédiatement.

Lucile avait baissé les yeux sur le morceau de bois qu'elle tenait. Elle le replaça doucement sur la table où elle l'avait pris, à côté d'images de la Sainte Vierge, adorable poupée aux joues délicatement rosées, aux cheveux d'or. Elle n'osait pas regarder Jean, bien qu'elle attendît de lui quelque signe. Il s'approcha d'elle.

— Vous devez être fatiguée, il est tard.

Le ton du jardinier était resté le même, attentionné, simple.

— Je n'ai pas envie de rentrer tout de suite, dit Lucile en souriant.

— Du côté de la rivière, là-bas, il y a une petite maison très curieuse. Il paraît que c'est une chapelle maçonnique. Si cela vous amuse de la voir, je peux vous y emmener. C'est à dix minutes à pied... Mais si vous n'avez pas envie, dites-le-moi, ajouta-t-il plus vite, conscient soudain de son audace.

— Bonne idée, allons-y.

Lucile sortit du musée la première. Dans l'obscurité de l'escalier qui tournait en colimaçon et dont elle dévalait les marches trop vite, Jean, qui courait à sa suite, voyait la tache sombre de ses cheveux flotter devant lui, telle une auréole noire.

Claude se retourna dans son lit. Il ne parvenait pas à trouver le sommeil. Que faisait Lucile ? Sa porte était voisine de la sienne, il aurait dû l'entendre rentrer. Mais pas le moindre frottement de pas, pas un cliquetis de poignée, un glissement de porte, pas un froissement de draps à l'intérieur. À plusieurs reprises déjà il s'était levé pour allumer une cigarette et avait été tenté de descendre au bar pour l'attendre, mais la paresse de se rhabiller l'avait retenu. Et puis il n'était pas chargé de veiller sur Lucile, pas plus qu'il n'était autorisé à exiger d'elle qu'elle se couche tôt. Alors pourquoi ne s'endormait-il pas, bien qu'il tombât de fatigue ?

Claude se repassait la scène de l'après-midi et il restait bloqué cent fois au même instant, celui où il avait compris que rien n'empêcherait Lucile de faire ce à quoi elle était décidée. La détermination de la jeune fille était inébranlable et il aurait eu beau quitter les lieux sur-le-champ qu'elle y serait restée, car telle était sa volonté. Jamais aucun de ses assistants ne se serait permis pareille marque d'indépendance ! Mais Claude songeait-il seulement à se plaindre de Lucile ? Qu'avait-il à lui reprocher, au juste ? Elle s'était montrée simple et discrète avec les moines, elle était attentive et patiente, intelligente. Elle avait les qualités d'une bonne assistante, malgré son mauvais caractère.

Plus il repensait cependant à la façon dont Lucile avait abordé le jardinier, plus son indulgence fléchissait, au fur et à mesure qu'il comprenait de quel effet elle avait joué pour capter son attention. Jean, conquis par la grâce de la jeune fille, s'était laissé littéralement hypnotiser. Agissant sur un autre, le charme piquant de Lucile apparaissait maintenant à Claude aussi clairement que s'il en eût été la première victime, alors que la beauté de la jeune fille lui avait semblé jusque-là inoffensive. Il repensa à leurs parties d'échecs et la vision qu'il en eut le troubla tout à fait. Il se souvint également de moments dans la voiture où la présence muette de Lucile à ses côtés lui procurait une sorte de gêne confuse, qu'il n'aurait pas su définir. La conscience de l'aveuglement dont il avait fait preuve pinça alors si violemment son orgueil d'homme qu'il se sentit mordu par un sentiment oublié depuis des années: la jalousie. Pourquoi Lucile n'était-elle pas encore rentrée ? Que fabriquait-elle dans cette abbaye en ruine, seule avec un ancien drogué à demi fou ?

Claude essaya de chasser ces questions de son esprit, mais toujours venaient tournoyer devant ses yeux clos le visage ravissant de Lucile et son sourire malicieux. Il avait beau se forcer à rester immobile, couché sur le dos, et concentrer son esprit sur sa respiration, qu'il tentait de régler par de longues expirations, de plus en plus longues et maîtrisées, non seulement il ne s'endormait pas, mais le calme retrouvé de son corps n'influait même pas sur son cerveau qui poursuivait son épuisante sarabande. L'heure tournait, et Claude avait perdu tout espoir d'entendre Lucile entrer dans sa chambre, lorsqu'il perçut, de l'autre côté de la cloison, un léger fredonnement. Le bruit de la porte lui avait échappé, tant il s'efforçait au repos, mais les modulations discrètes de la voix parvenaient distinctement à son oreille, légères et insouciantes. Cloué sur son lit, Claude écoutait, tout ouïe, et la stupeur d'imaginer Lucile chanter à cette heure avancée de la nuit, alors qu'elle le croyait endormi, tandis qu'il se rongeait les sangs, faisait place à une douce langueur. La mélodie fluette, témoin de sa présence, le calmait telle une berceuse. Maintenant, il allait dormir.

20

Lucile prenait son petit déjeuner avec un sérieux inhabituel. La lenteur et la précision de ses mouvements n'échappaient pas à Claude, qui la surveillait avec un peu trop d'intérêt. Il lui jetait de brefs coups d'œil, mais si rapprochés l'un de l'autre que le mouvement de ses yeux aurait attiré l'attention de Lucile si elle avait été plus réveillée. Mais il était à peine huit heures et elle planait dans les brumes d'une somnolence encore encombrée des souvenirs troublants de la nuit.

C'étaient précisément ces pensées que Claude cherchait à capter, dans la façon qu'il avait de sonder la moindre expression de son assistante. Il n'était pas question pour lui de l'interroger sans détours, mais il comptait sur une perspicacité dont il se croyait encore pourvu pour découvrir au coin des yeux de la jeune fille, à quelque pli réjoui des lèvres tel que l'on en conserve au lendemain des nuits d'amour, ce à quoi elle avait employé les heures qui avaient séparé son retour du sien. Rongé par l'envie d'en savoir plus et à la fois effrayé par la rage qu'il aurait pu en concevoir, Claude se tourmentait bien inutilement, car quelque tendre pensée qu'ait pu conserver Lucile de sa rencontre avec le jardinier, celle-ci se trouvait déjà très altérée par l'idée de retrouver dans l'heure qui suivait les murs sévères et les visages des moines de la nouvelle trappe vers laquelle ils se dirigeaient. Aussi les plaisirs de la nuit ne laissaient déjà plus à la jeune fille de trace décelable et Claude en conçut un soulagement qui lui aurait paru bien vain s'il en avait su l'origine. Loin de la rendre heureuse, l'incartade de la jeune fille avait imposé à son esprit, par quelque subtil artifice, l'image de l'absurdité de sa quête et celle plus vibrante encore du désarroi qu'elle ressentait à l'idée de ne jamais retrouver Raphaël, images supportables toutefois en comparaison du dégoût qui s'insinuait en elle tandis qu'elle comprenait, dans un sursaut de révolte, que jamais elle n'accepterait la voie recluse qu'il avait choisie.

Lorsqu'elle monta en voiture, ce fut une véritable nausée qui s'empara d'elle. Claude regarda avec étonnement son visage devenu livide, et il n'osa pas protester quand il la vit ouvrir toute grande la vitre, par laquelle s'engouffra l'air froid. Lucile se sentait aussi oppressée que si on l'eût emmenée elle-même au couvent, ou dans quelque prison bien obscure dont elle n'aurait pu s'enfuir. C'était sa vie qu'on allait capturer, son esprit qu'on allait réduire, sa volonté qu'on allait rabaisser jusqu'à faire d'elle un pauvre pantin résigné, privé des plus élémentaires réflexes de survie. Qu'importait pour elle de connaître le lieu où se cachait Raphaël, maintenant qu'elle savait l'inanité de ces effrayants monastères, d'où l'on ne s'échappait jamais, tout simplement parce qu'on y apprenait à mourir à soi-même le plus vite possible. La vie végétative qu'on pouvait y mener ensuite ressemblait à quelque existence dénuée de sens, absurde production d'une nature déréglée qui aurait permis un sursis à quelque sous-espèce porteuse de sa propre fin, trop dégénérée pour que l'on s'attarde à la détruire.

Lucile se sentit soudain si écœurée à la pensée d'avoir à pénétrer une fois de plus dans l'enceinte où se cloîtraient tant de vies gâchées qu'elle chercha en Claude un soutien. Elle agrippa d'une main son avant-bras dont elle sentit les muscles se raidir.

— Je ne sais pas si je vais avoir le courage de continuer, Claude, dit-elle à voix basse. Je n'ai plus envie de voir de moines.

Cet aveu, outre la gêne causée par la main de Lucile si proche de sa peau, fut pour Claude l'indice tant redouté d'une modification venue de l'extérieur et qui avait perturbé la jeune fille. Instantanément, il pensa au jardinier et fut sur le point de poser la question qui lui brûlait les lèvres, mais ce qu'il vit alors dans les yeux de Lucile l'arrêta aussi promptement. Le découragement qu'il pouvait y lire n'avait rien de commun avec la légère peine éprouvée à la suite d'une rencontre à laquelle on a dû mettre un terme trop rapidement. Claude fut frappé par sa pâleur, qui loin de se dissiper s'accentuait, soulignant par de larges cercles d'une teinte indéfinissable ses beaux yeux sombres.

— Vous auriez dû me dire, Lucile, que vous ne vous sentiez pas bien. Je vous aurais laissée à l'hôtel. Maintenant, il est trop tard pour vous reconduire.

— Ça va aller, répondit-elle, sur un ton qui signifiait exactement le contraire.

Claude repensa à la façon dont elle l'avait si énergiquement renvoyé au lit le jour où il avait perdu pied devant l'affreux moine mathématicien. Le malaise qu'il avait ressenti ce jour-là lui parut soudain sans fondement et il s'étonna qu'il ait pu se laisser aller ainsi. Mais face à ce qui affectait Lucile maintenant, et dont il ne comprenait pas la nature réelle, il était partagé entre le désir de l'aider par simple solidarité, de la protéger également, et l'horrible tentation de lui faire payer sa désertion et sentir à quoi l'exposaient ses frasques nocturnes. Obliger Lucile à faire son travail ce jour-là et à assister aux interviews le vengeait admirablement du petit jardinier avec lequel elle s'était crue libre de le narguer.

Lucile avait lâché son bras, il le secoua comme pour effacer le contact de sa main, et dans une suprême faiblesse se concentra sur la route au-delà de toute nécessité, évitant de répondre à l'attente de la jeune fille qui aurait préféré en cet instant être débarquée sur le bord de la départementale, seule au milieu des cailloux et des buissons, plutôt que de se laisser emporter vers l'objet de son désespoir: la trappe, froide entre toutes, de Notre-Dame-des-Neiges. La route sinueuse qui la conduisait au supplice n'avait plus l'aspect accueillant de celles du Sud et le retour vers des régions plus centrales s'accompagnait des visions tristes de l'hiver finissant que ne colorait encore aucun signe de printemps. Des nappes de brouillard s'accrochaient aux branches basses des arbustes et les rochers roux et gris s'étendaient à perte de vue sous un ciel imprécis. Lucile eut soudain terriblement froid, elle remonta la vitre précipitamment et vérifia que le chauffage était à fond, elle se recroquevilla sur son siège et jeta un regard à Claude. La dureté de son profil la frappa comme une gifle, sa bouche était pincée et sa narine si serrée qu'elle laissait une marque blanche sur l'aile du nez. Son œil avait la froideur de l'acier. Lucile s'enfonça un peu plus au creux de son siège et ferma les yeux.

Le paysage avait changé du tout au tout. La route des crêtes du Vivarais cévenol s'enfonçait au cœur de monts désertiques, érodés par l'âge, pelés et arides. À l'exaltation parfumée de la Provence avait fait place la rigueur des reliefs cristallins, où règne en maître le minéral. Le soleil n'avait pas daigné se montrer ce jour-là et les nuages obscurcissaient le ciel, ajoutant à l'austérité du paysage une note tragique. Çà et là, en hauteur, apparaissaient des plaques de neige, tapies entre des buissons secs.

Claude sentit à son tour le découragement le gagner. Il soupira bruyamment. Jamais reportage ne lui avait paru plus étrange, plus chargé d'émotions diffuses, de sensations contrastées, dérangeantes. L'idée qu'après cette abbaye il n'en resterait plus qu'une à visiter lui redonna le courage de surmonter l'envie brutale qui lui venait soudain de tout abandonner et de rejoindre Paris au plus vite. Le circuit qu'il avait prévu pouvait bien être raccourci... Qu'avait-il besoin d'autres témoignages ? Il lui semblait que le voyage durait depuis des semaines, quand ils n'étaient partis que depuis quelques jours, mais le rythme imposé par les visites des monastères et le rapport inhabituel qu'il entretenait avec son assistante modifiaient ses perceptions jusqu'à perturber la conscience qu'il avait ordinairement du temps. Tout se brouillait désormais et les pensées qui l'assaillaient épuisaient son esprit, jouant avec lui comme on excite un animal, sans lui laisser le loisir de comprendre les règles d'un jeu qui dépasse son intelligence. Claude se sentait par instants harcelé, piégé, sans pour autant cerner ses ennemis, et de cette impuissance naissait en lui le sentiment d'étrange folie que l'on ressent soudain dans les demeures prétendument hantées, lorsqu'en descendant l'escalier on est pris soudain de frayeur, alors que l'on est seul et que rien n'a bougé.

La route n'en finissait pas. Elle tournait beaucoup et Claude devait ralentir sans cesse, tant les virages étaient serrés. Pas un village n'était en vue à des kilomètres à la ronde... On avait l'impression de s'engager dans un désert sans fin et l'on imaginait avec peine le terme de cette succession de collines déchiquetées au flanc desquelles la route avait été tracée, à l'image d'un trait de crayon venant rayer une surface presque verticale. Claude dépassa une maison forestière, il y eut comme un imperceptible changement dans le paysage et la pente s'accrut. La route montait résolument maintenant, et la neige apparaissait plus souvent, gagnant le bitume aux endroits laissés dans l'ombre. Dans certains virages, on devinait de petites zones de verglas, timides tout d'abord, puis plus larges au fur et à mesure que la voiture avançait. Le silence augmentait l'impression de danger. Claude jeta un regard à Lucile, elle avait ouvert les yeux et semblait ne se ressaisir que pour prendre conscience de l'hostilité environnante.

Claude avait besoin maintenant de toute son attention pour continuer l'ascension. Il se cramponnait au volant, cherchant à deviner à l'approche des plus grandes plaques blanches si la neige était molle ou complètement gelée. À plusieurs reprises la voiture dérapa sur le côté. Ils n'avaient croisé depuis leur départ qu'un ou deux véhicules, et leur solitude rendait plus alarmante encore la difficulté de la route. Il n'était pas question pourtant de faire demi-tour, encore moins d'emprunter un axe plus praticable. Cette route des crêtes était la seule qui menait à la trappe. Lucile guettait le minuscule chemin qui sur la carte conduisait à Notre-Dame-des-Neiges. Tout à coup, elle fit signe à Claude de s'arrêter. À l'entrée d'un sentier qui s'enfonçait dans un bois de sapins, un panneau de bois de la taille d'une main indiquait l'abbaye. Le chemin était enseveli sous vingt centimètres de neige. De l'autre côté de la route, une esplanade était aménagée, pour les engins des forestiers sans doute. Claude y gara la voiture et ils sortirent.

— C'est loin, à votre avis ? dit-il en cherchant à scruter l'épaisseur de la forêt.

— Je ne pense pas, répondit Lucile d'une voix mal assurée.

Elle frissonnait, debout à côté de l'auto, et jetait alentour des regards effarés.

— Alors sortons nos affaires. Allez Lucile, ne restez pas plantée comme ça, vous allez prendre froid.

Ils s'engagèrent dans le chemin, sous le couvert sombre des sapins d'où s'écroulaient par instants des paquets de neige encore fraîche. Elle avait dû tomber pendant la nuit. Ils marchèrent dix minutes, le chemin ressemblait de plus en plus à un fossé qui descendait dans le bois. L'un d'eux parfois glissait dans la neige et se rattrapait aux parois de la tranchée, d'où sortaient des racines brunes.

— Vous êtes sûre que c'est par là ? demanda Claude, qui s'essoufflait.

— Vous avez vu comme moi la pancarte. Je ne sais rien de plus... répondit-elle en lui jetant un regard consterné.

— C'est impossible, reprit-il au bout d'un instant. Regardez comme ça descend maintenant. Personne ne passe jamais par là.

Lucile s'arrêta.

— Je vous en prie, Claude, cessez de vous plaindre, dit-elle d'un air exténué. Si vous ne voulez pas continuer, retournons. Sinon...

Elle n'acheva pas sa phrase.

— Excusez-moi, dit-il. Mais je me suis demandé subitement ce que nous fichions là. Cette route pour arriver jusqu'ici, et maintenant toute cette neige... C'est absurde !

Lucile soupira bruyamment, Claude vit qu'elle avait les larmes aux yeux. Quelques minutes plus tard, ils virent se dessiner au travers des branches les premiers bâtiments du monastère.

21

L'abbaye de Notre-Dame-des-Neiges n'avait pas le charme des vieux monastères cisterciens. Elle ne datait que du milieu du XIXe siècle et son architecture n'offrait au regard nulle accroche plaisante. L'incendie qui avait détruit le monastère au début du siècle avait certainement obligé les moines à reconstruire rapidement leurs bâtiments, sans souci de recherche ou d'esthétique. Tout était trop moderne, trop aligné, trop neutre. De grands hangars bas abritaient les caves où les trappistes mettaient en bouteille du vin liturgique et du vin de table. Dispersées çà et là, à l'abri des arbres, les différentes constructions avaient cette allure triste des édifices utiles, dont on n'a pas soigné l'élégance, pensant qu'elle était superflue. L'église elle-même manquait de ce qui donne aux maisons de Dieu leur pureté et de cet air de modestie qui se ressent d'autant plus subtilement que l'équilibre des lignes et des formes est parfait.

Lucile et Claude visitèrent le monastère en compagnie du frère Jean-Baptiste, qui les précédait sur les tronçons de route goudronnée qui menaient d'un bâtiment à l'autre. La neige avait été balayée et repoussée sur le côté, où elle formait des tas grossiers. Lucile traînait les pieds. Elle n'écoutait pas ce que disait le moine qui leur parlait d'une voix monocorde, soporifique. Le ciel, à cette altitude, pesait plus lourdement sur la terre, et les nuages d'un blanc laiteux étaient chargés de neige. Un vent froid sifflait qui venait des sapinières, opaques à force d'être sombres. Au loin, les sommets arrondis des monts se perdaient dans la brume, et il y avait dans l'air une indéfinissable tristesse, un souffle morbide qui pénétrait le corps et l'âme, insistant et glacial.

L'après-midi passa sans que Lucile sorte de la torpeur où la plongeait le manque de sommeil. L'atmosphère consternante du lieu ajoutait à son hébétude. Ils virent un frère, qu'elle n'écouta pas plus que le précédent. Elle suivait Claude, ou plutôt restait à sa remorque, évitant de prendre la moindre initiative, elle ne disait rien et ne gardait éveillée que la partie de son cerveau utile aux déplacements de ses yeux, qu'elle faisait aller d'un coin de la pièce à l'autre. Elle saisissait des mots au vol, qui venaient heurter son oreille, des bribes de phrases où il était question de marges, de frontières et de limites, de zones trop lointaines pour que l'écho des querelles les atteignît, de tolérance aux courants spirituels, de no man's land ouvert à tous. Elle hochait la tête de temps à autre, autant pour acquiescer à ce qu'elle n'entendait pas que pour se rassurer sur la réalité de ce qu'elle aurait pu prendre à certains instants pour un rêve, tant la situation lui échappait.

En fin de journée ils assistèrent aux vêpres, dans l'église trop neuve. Au-dessus des stalles, des lampes tombaient du plafond, suspendues par un fil. Leur faisaient pendant des micros fixés aux pupitres, qui dressaient leur cou vers les moines, telles des fleurs cherchant la lumière. Ces apparences de modernité achevèrent de décevoir Lucile, qui avait pris goût au style dépouillé des vieux monastères imprégnés de ferveur, et que ne venait altérer nul parasite technologique échappé de la société des hommes. Soudain, les micros lui parurent d'une grossière inconvenance, et il lui sembla dérisoire que les moines aient souhaité cette irruption du monde extérieur dans leur univers millénaire. Elle en conçut une sorte de mépris, pareil à celui qu'éprouvent les gens raffinés à l'égard du mauvais goût. Mais lorsque les chants s'élevèrent, elle fut reprise instantanément par le doux frisson que provoque à certains la voix humaine, ses poils se hérissèrent sur ses bras et il lui vint la chair de poule. Les moines étaient nombreux, jamais Lucile n'en avait vu autant. Elle commença à les compter, se trompa, reprit du début, se trompa de nouveau, poursuivit tout de même. Ils étaient près d'une cinquantaine. Certains visages lui restaient cachés, soit qu'ils fussent masqués par d'autres, soit qu'ils fussent tournés vers l'autel, ne laissant voir que l'arrière des crânes rasés. L'église était plus grande que celle d'Aiguebelle ou de Ganagobie, et les moines en remplissaient pourtant le chœur avec plus de présence. Leur nombre apportait à la communauté une densité particulière, qui impressionnait.

Lucile, bercée par les chants, repensa à Jean et elle l'imagina dans son jardin, au soleil. Se pouvait-il que si peu de temps se fût écoulé depuis leur rencontre ? Elle se sentit soudain égayée par l'image du garçon marchant dans les herbes, la nuit précédente, la tenant par la main pour la guider dans l'obscurité, vers l'étrange chapelle triangulaire. Elle soupira, Claude se tourna vers elle, le regard plein de sollicitude. Elle en fut touchée en même temps qu'agacée, évita de croiser son regard. À ce moment, la cloche sonna la fin de l'office.

Claude retournait entre ses doigts le prospectus en couleurs que lui avait remis le frère Jean-Baptiste. La légende d'un portrait du vicomte Charles de Foucauld rappelait que l'ermite du désert avait commencé là sa vie religieuse. La Trappe des Neiges avait eu sur lui, lisait-on, une influence déterminante. Ainsi du désert blanc était-il passé au désert de sable et de pierre, des monts ronds de l'Ardèche aux reliefs déchiquetés du Hoggar. Mais l'univers restait le même, d'aridité et de silence. Cet homme aimait l'austérité, pensa Claude, et plus encore la solitude. Il y avait dans le destin des êtres illuminés par quelque secrète flamme une grandeur qui forçait l'admiration, et ce petit groupe d'individus d'exception, en repoussant les limites des potentialités humaines, apportait à ses congénères la fierté de l'espèce entière.

Claude s'inclinait devant la force du père de Foucauld, mais, exempt de cette vanité qui fait aux petits s'attribuer les mérites des grands, il se sentait d'autant diminué par les qualités de l'ermite qu'il se savait démuni de semblables ressources. Un fossé se creusait entre lui et les moines et il se rendait compte qu'il n'avait cessé depuis le début du voyage de les observer à la façon d'un entomologiste, sans chercher à se voir en eux. Il s'était cru ascète, alors qu'il n'était qu'un homme esseulé, un être blessé qui n'attendait plus rien de la vie. Il s'était voulu fort et fier, quand la plus légère variation dans son paysage habituel suffisait à le faire basculer dans les précipices des passions humaines, dont il se croyait à l'abri par le simple artifice d'une vie recluse et asociale. Il sentait son cœur déjà malmené le tirailler, se crisper dans sa poitrine laissée trop longtemps endormie, atteint de courbatures oubliées. Lucile l'avait quitté sitôt le dîner terminé, elle était partie se coucher. Ils n'avaient échangé dans toute cette journée qu'une dizaine de phrases. Claude comprit qu'il aurait préféré un regard de la jeune fille, un de ses sourires malicieux, au goût fade des stupides vengeances inspirées par la jalousie. Il sut qu'en choisissant le ressentiment il s'était trompé, et à cela mesura l'étendue de sa tendresse pour elle.

La cloche sonnait. Lucile avait ouvert les yeux et dans l'obscurité cherchait à reconnaître les contours des murs de sa chambre. Elle chercha sa montre à tâtons, qu'elle avait laissée sur le sol au pied du lit, s'efforça de déchiffrer les petits points phosphorescents, sans succès. Elle se leva, vint à la fenêtre et vit à la profondeur de la nuit qu'elle n'était qu'à mi-course, bien loin du crépuscule et pas encore proche de l'aurore. La vitre était glacée, il devait geler au-dehors. C'était l'heure des vigiles, l'heure creuse où les moines commençaient à prier, veillant sur le repos des autres hommes, qui dorment et oublient. Lucile s'habilla, enfilant tout ce qu'elle avait de chaud sous son blouson et sortit de l'hôtellerie. Elle courut vers l'église, où elle s'installa au premier rang des quelques bancs réservés aux fidèles, derrière la corde qui les séparaient de l'espace des moines. Elle les vit arriver les uns après les autres, dans leurs grandes robes blanches, et prendre leurs places.

22

Une grande table de chêne occupait le centre de la pièce. Quelques chaises complétaient le mobilier. Au mur, une grande reproduction d'un tableau représentant une Vierge à l'Enfant virait au bleu, la lumière et le temps ayant fait pâlir ses teintes vives. Claude s'était assis en face du moine et Lucile se tenait du même côté de la table, un peu à l'écart. Les coudes posés sur le bois, elle soutenait sa tête à deux mains et par instants ses paupières tombaient, trop lourdes pour qu'elle cherche à les retenir. Elle regardait le moine, mais l'écoutait d'une oreille distraite, déjà reprise par la fatigue qui l'étourdissait par moments au point de l'obliger à changer de position sur sa chaise, pour ne pas tomber de sommeil. Il y avait déjà sept heures qu'elle était levée, la matinée lui paraissait interminable.

Le frère Anselmc parlait avec un léger accent, du Sud-Ouest probablement, bien qu'il eût le teint et les yeux très clairs. Une petite tache lie-de-vin lui marquait la tempe droite de façon très étrange, exactement à l'endroit où l'on aurait l'idée de placer un revolver pour se tuer. Lucile y gardait l'œil posé, se perdant dans les contours de l'empreinte violacée au centre de laquelle battait une veine apparente, troublant rappel de la vie bouillonnante qui circulait derrière le masque lisse du visage du moine. Dans ses yeux passaient parfois de fugaces vivacités, et leur couleur céladon s'éclairait soudainement de reflets d'or, trahissant la nature passionnée du jeune homme.

La tête de Lucile, qui penchait légèrement sur le côté, s'affaissait peu à peu contre sa main. Elle tomba brutalement vers l'arrière, son coude dérapa et la jeune fille laissa échapper un petit gémissement aigu de surprise. Le moine se tut, lui jeta un coup d'œil plein de sollicitude, il se leva et se dirigea vers le fond de la pièce. Du mur sortait un robinet, planté à un mètre du sol. Un gobelet était accroché par l'anse à un clou rouillé. Le frère Anselme le remplit d'eau et revint à la table.

— Tenez, buvez, dit-il à Lucile, cela vous fera du bien.

Le contact de l'aluminium sur ses doigts la fit frissonner. Elle porta le gobelet à ses lèvres, l'eau était glacée.

— Merci, dit-elle. Merci beaucoup, répéta-t-elle en souriant.

Claude s'était contenté d'éteindre le magnétophone. Lorsque le moine se fut rassis, il le remit en marche. Sa main tremblait. Il toussa.

— Vous parliez d'être hors la loi... dit-il.

— Oui... J'en étais presque devenu un. Et puis il m'est arrivé une histoire assez curieuse. J'habitais Paris. Un jour, on sonne à ma porte, j'ouvre et en face de moi il y avait un type qui tenait un fusil braqué sur moi. Je referme la porte à toute volée avant qu'il ait eu le temps de tirer. Mon cœur battait à se rompre. Vu les activités politiques que j'avais à l'époque, je pouvais m'y attendre, mais ça m'a fait un choc... Et j'entends le type qui commence à me parler à travers la porte fermée. Il venait me descendre, mais assez vite je me suis aperçu que ce n'était pas moi qu'il cherchait, il s'était trompé de cible. Bon ! j'argumente et au bout d'un moment je réussis à le convaincre. Mais il voulait quand même me voir, voir ma tête pour être sûr. J'ai fini par ouvrir. Il avait déjà rangé sa carabine dans un étui de violon... Nous sommes descendus boire un verre dans un bar, j'avais l'impression de rêver. Ce type était incroyablement beau, il avait un visage d'ange. Je lui ai raconté ma vie. Avant de me quitter, il m'a serré la main et m'a dit que si un jour j'avais besoin de lui, il serait heureux de me rendre service. Il m'a donné une carte avec son numéro de téléphone. Quand il a été parti j'ai regardé sa carte, sa carte de tueur. Il avait écrit son nom : Gabriel.

Lucile ne dormait plus du tout. Le moine continua.

— L'ange Gabriel, venu m'annoncer ma mort... J'étais déjà une sorte de terroriste, comme on dit. Ce jour-là j'ai compris que je pouvais devenir un assassin, moi aussi. Car j'aimais trop les gens, je voulais leur bien, j'avais des idéaux extrêmement élevés et j'attendais d'eux en retour tout ce que l'on peut espérer quand on aime. Mais plus j'attendais et plus j'étais déçu de si peu recevoir. Mes semblables me désespéraient chaque jour davantage. Je crois que j'aurais fini par les haïr si j'étais resté au milieu des hommes. Ce jour-là j'ai compris aussi que je ne pouvais vivre que hors du monde, que c'était pour quelqu'un comme moi la seule solution pour rester en vie et pour continuer à aimer... Ici, je ne vois personne, mais j'imagine l'humanité, faible et désemparée, et je prie pour elle, je prie pour tous car ils m'inspirent le plus grand amour. J'ai compris que l'on ne pouvait pas être trop exigeant dans la société des hommes, et je l'étais terriblement lorsque je vivais avec eux, mais en présence de Dieu aucune exigence n'est assez grande. Parce que j'aimais trop mes semblables, j'ai dû les fuir. J'aurais fini par les tuer. Ici, je les sauve.

Le frère Anselme se tut. Lucile et Claude restaient muets. On entendait le frottement de la bande qui tournait. Le moine reprit :

— Vous voyez, on croit que les misanthropes n'aiment pas les gens, mais c'est exactement l'inverse. C'est justement parce qu'ils les aiment trop qu'ils deviennent misanthropes. Par dépit, par déception. Ceux qui se prétendent humanistes, les théoriciens de l'humanisme, ceux-là n'aiment le genre humain que dans son ensemble, ils n'aiment pas les individus pris un par un. Moi j'aimais chaque homme, chaque femme, je voulais être aimé de chacun, et je voulais que mon sentiment fût partagé, réciproque, merveilleux. Je faisais partie d'un groupe activiste, nous étions tous très déterminés. Nous risquions la prison à chacune de nos actions, mais nous n'avions peur de rien. Le problème, c'est que l'on ne comprenait pas notre motivation, la presse donnait de nous l'image de dangereux voyous. Plus je me sentais rejeté, plus je me refermais. Je devenais de plus en plus extrémiste, j'étais le plus radical de tous... Au monastère j'ai trouvé l'amour intégral et tout s'est renversé, comme l'a fait l'ange Gabriel qui en venant me tuer m'a donné la vie. Je me serais sûrement fait descendre, d'une manière ou d'une autre. Je ne pouvais pas vivre comme tout le monde, il me fallait quelque chose d'absolu.

— Mais pourquoi avoir fait le choix de la vie monastique ? questionna Claude. C'est un absolu très particulier.

— J'avais besoin d'un idéal élevé. Quoi de plus élevé que la prière, n'est-ce pas ?

Le frère Anselme sourit.

— Vous auriez pu entrer dans une chartreuse, alors. Pourquoi la Trappe ?

— C'est vrai que les chartreux ont une vie encore plus intérieure, plus solitaire.

Lucile s'étonna.

— Je croyais que la Trappe était ce qu'il y avait de plus... de plus rigoureux.

— Oh non !... La vie des chartreux tend vers un dénuement plus grand encore. C'est certainement l'ordre qui va le plus loin. Mais tout moine a un chartreux qui veille en lui. Pourquoi ai-je choisi la Trappe ? Pour une raison très simple... Notre-Dame-les-Neiges était l'abbaye la plus proche de chez moi, enfin, de chez mes parents. Je suis de Mende, ce n'est pas loin d'ici. Cela me rassurait de revenir dans mon pays. Et peut-être que la vie en chartreuse ne m'aurait pas convenu. Il faut vraiment se détacher du monde, couper tous les liens pour supporter une vie aussi cloîtrée. Je crois que les chartreux ont abandonné la vie sur Terre, d'une certaine façon. Ils sont déjà ailleurs, ils ont déjà franchi la frontière. Je ne sais pas si j'en serais capable. J'ai besoin de me sentir relié au monde des hommes, d'être au milieu d'eux, même si c'est derrière une clôture, et de leur être utile. Il y a des gens qui pensent que les moines sont inutiles, mais c'est faux, nous sommes les témoins de l'existence de Dieu. Les monastères sont comme des signaux dans la nuit spirituelle. Ceux qui doutent peuvent tourner leurs yeux vers nous. Le fait que nous ayons choisi de consacrer notre vie entière à Dieu signifie à quel point Dieu est grand et combien sa grâce est immense.

— Vous parlez de la nuit spirituelle. Vous-même, vous ne doutez jamais ? intervint Claude.

Le frère Anselme hésita un instant.

— Nous restons des êtres humains et nous avons nous aussi nos périodes difficiles, de découragement et de cafard. Il arrive même que nous vivions une sorte de saturation spirituelle. On appelle ça l'acédie : c'est la perte du fil qui nous relie à Dieu. J'ai connu une période d'acédie de plusieurs semaines, environ un an après avoir prononcé mes vœux. Sur le coup, quand on fait le choix d'être moine, on est porté par la grâce, on est prêt à faire n'importe quoi, on se sent invincible. C'est plus tard que les difficultés apparaissent, lorsque la monotonie des journées a fait son effet et que l'enthousiasme des premiers temps est retombé, ou du moins s'est atténué. L'acédie bouleverse profondément celui qui la vit, c'est une sorte de dépression spirituelle, on ne se sent plus soutenu, on se remet totalement en question, on n'arrive plus à se concentrer sur la prière. C'est très dur à surmonter. Mais tous les moines connaissent ces périodes d'ennui très profond, d'abattement. Ça passe. Et un jour on reprend le dialogue interrompu avec Dieu et la contemplation prend alors tout son sens, celle d'un regard échangé avec Lui.

— Comment fait-on pour faire cesser... cet état ? demanda Lucile.

— On ne peut rien faire contre l'acédie. Il faut attendre, le plus humblement possible, admettre que l'on est fragile et imparfait, et chercher à vivre avec cette faiblesse. C'est une leçon d'humilité que nous apporte l'acédie, on en ressort ragaillardi, prêt à de nouveaux efforts.

Sitôt le frère Anselme parti, Lucile dit à Claude qu'elle ne déjeunerait pas et quitta le parloir. Il la vit se diriger vers l'hôtellerie. Seul sur le seuil, face aux bâtiments nus, il haussa les épaules et soupira. Un vague sentiment de culpabilité lui fit imaginer qu'il avait été trop sévère avec elle et que la jeune fille lui en gardait rancune en le boudant. Il consulta sa montre et prit la direction du réfectoire. Un frère achevait d'y mettre le couvert.

23

Lucile courait presque dans le couloir, tant elle se hâtait. Elle entra en trombe dans la petite chambre, claqua la porte derrière elle et s'empara prestement de son sac à dos. Ses mains fébriles ouvraient, saisissaient, décachetaient, dépliaient. Elle avait sorti sur le lit les lettres de Raphaël et tentait de les lire toutes ensemble, le plus vite possible, les prenant par deux ou trois, les reposant, en attrapant d'autres qu'elle retournait dans tous les sens. Elle finit par s'asseoir et par les lire une à une, contrainte de distinguer les unes des autres les lignes qui dansaient devant ses yeux, brouillant le texte et mélangeant les mots. Enfin, elle trouva ce qu'elle cherchait. C'était dans une des premières lettres.

Je ne me sens pas à ma place dans ce monde, je ne suis pas fait pour vivre comme les autres. Ne crois pas que je sois prétentieux, au contraire, mais il y a des choses que je ne peux pas faire, qui me sont tout simplement impossibles. J'ai beaucoup réfléchi tous ces derniers temps, Lucile, et surtout lorsque nous étions à la campagne, ensemble, et je sais bien que jamais je n'y arriverai. Nous en avons parlé souvent, je sais ce que tu penses, mais tu te trompes sur moi, je ne suis pas capable de lutter avec mes seules forces. Tout ce désespoir autour de nous, c'est terrible ! Je n'ai pas fui, Lucile, je ne suis pas parti pour ne plus voir ce qui me choquait tellement, j'ai juste changé d'endroit, je me suis éloigné pour voir mieux et maintenant je vais abandonner ma vie terrestre. Elle ne fait que me gêner dans ce que j'ai entrepris.

Dans une autre lettre, Raphaël écrivait encore :

Ma Lucile, je viens de passer la frontière. Je vivais à l'ombre, je suis entré dans un pays de lumière. Tout est rayonnant, j'ai l'impression d'émettre moi-même des rayons brillants, comme si je volais dans l'espace et que je captais la luminosité d'un autre monde. C'est comme dans un rêve où les choses deviennent magiques, plus rien ne ressemble à avant. Ce n'est plus l'horizon borné que je connaissais, c'est infiniment grand et beau, je crois que j'ai trouvé un nouvel univers. C'est plus qu'une planète, ce sont des millions de galaxies animées par l'Esprit...

Et dans la dernière lettre, il y avait cette phrase, à la fin :

Demain, je serai définitivement du côté de Dieu, alors je ne t'écrirai plus, nous serons séparés par un espace infranchissable, dont je ne reviendrai pas. Mais de très loin, je penserai à toi. Adieu, ma Lucile, ma petite lumière.

Et voilà que Lucile venait d'entendre, de la bouche du frère Anselme, les mêmes mots qui prenaient tout à coup leur sens véritable, celui donné par Raphaël, tout autre que celui qu'elle leur avait attribué, et qui rétrécissait le champ de ses recherches, désignant clairement les chartreuses comme seuls lieux d'exil absolu. Les chartreux appartenaient déjà au monde futur, c'est ce qu'avait tenté d'exprimer dans ses lettres Raphaël et que Lucile avait si mal interprété, refusant de comprendre ce qu'elle ne voulait pas admettre, espérant encore se tromper, quand les lettres pourtant se faisaient si explicites. Un vertige la saisit soudain, elle porta la main à son cœur.

L'effroi s'empara d'elle brusquement, et au moment où elle atteignait son but, où elle pouvait cesser de chercher, un gouffre s'entrouvrit sous ses pieds, dans lequel il lui semblait glisser. Déjà son courage l'abandonnait, son esprit lâchait prise quand enfin il aurait pu se reposer, et cette détente même la laissait vaincue, brisée. Il ne restait plus à Lucile une miette d'énergie pour reprendre contenance, quand sa quête pourtant s'achevait, quand ses doutes prenaient fin, à l'instant où ses vœux paraissaient exaucés, son cœur libéré de tous les poids qui l'avaient alourdi. À quoi avait-elle employé ses forces durant les dernières semaines, les brûlant comme des cartouches, l'une après l'autre, sinon à lutter contre ce qui l'engloutissait, l'acceptation de sa propre faiblesse, de son dénuement face au torrent qui l'emportait, et qui peu à peu devenait fleuve énorme, laissant sans voix ni cri ceux qu'il charriait dans ses eaux vives ? Lucile tentait pourtant de remonter le courant une dernière fois, elle s'efforçait de dominer l'appel de ce trou qui s'était creusé dans sa poitrine et dont le vide la révulsait, tant il paraissait s'étendre jusqu'aux plus profonds recoins de son être.

L'angoisse de la solitude s'emparait d'elle, cette profonde solitude qui étreint les êtres avant leur mort, qui les ramène au tout premier de leurs états, celui de nouveau-né démuni, hurlant de douleur et de peur devant les ténèbres aveuglantes dans lesquelles il se trouve brutalement jeté. Lucile s'affaissa sur le lit étroit et se mit à pleurer, à petits sanglots courts et déchirés.

Des coups sourds résonnaient à la porte. Lucile s'éveilla en sursaut. La chambre où elle avait dormi était plongée dans la pénombre. Où était-elle ? Que faisait-elle ici ? Les coups redoublaient à la porte. La voix de Claude traversa le panneau de bois.

— Lucile, êtes-vous là ? Ouvrez, c'est moi.

La jeune fille, mue par un réflexe d'automate, bondit sur ses pieds, se précipita sur les lettres éparses qui gisaient à terre et les rassembla en une liasse qu'elle glissa sous le lit. Puis elle alla à la porte et l'ouvrit. Elle avait un goût de fer dans la bouche, elle se frotta les yeux et regarda Claude d'un air hagard.

— Que se passe-t-il ? Je me demandais où vous étiez..., dit-il.

— J'ai dû m'endormir...

— Mais il est presque sept heures.

— Du soir ?

— Évidemment ! Voyons, Lucile, que vous arrive-t-il, vous êtes malade ?

— Non, ça va. Elle hésitait. Euh... je viens tout de suite, attendez-moi en bas.

Ils dînèrent en silence. Lucile était si absorbée, elle paraissait tellement soucieuse que Claude n'osa rien lui demander. Elle ne toucha presque pas à ce qu'il y avait dans son assiette. À la fin du repas, elle parla enfin.

— Je ne peux pas aller me recoucher maintenant. Est-ce qu'on peut jouer aux échecs ?

— Bien sûr. Nous n'avons qu'à nous installer dans la pièce d'à côté.

Durant toute la partie, Claude espéra que Lucile dirait quelque chose. Mais elle restait muette. Elle jouait sans tactique, mais elle eut de brutales intuitions qui déroutèrent Claude par leur originalité. Elle le mit en échec une première fois, à la suite d'une faute stupide qu'il répara tant bien que mal, lui laissant un avantage qu'elle mit à profit pour lui prendre son fou, puis son cavalier, coup sur coup. Son air préoccupé avait fait place à une concentration profonde. Son petit visage tourmenté se détendait au fur et à mesure qu'elle gagnait du terrain sur l'échiquier. Ses gestes perdaient de leur raideur et elle eut tout à coup un mouvement charmant qui lui fit replier ses jambes sous elle, comme se ramasse un jeune chat encore maladroit avant de bondir.

Claude savait la partie perdue mais il n'abandonna pas pour autant. Lucile ne dut sa victoire qu'à elle-même. Elle lui accorda un petit sourire assez triste, de qui reste inconsolable. Claude eut un élan de tendresse vers elle, il aurait voulu la prendre dans ses bras, la réconforter, la soustraire au malheur et à la méchancetté des hommes. Mais quelque chose dans l'attitude de la jeune fille le retenait de quitter son siège, quelque secrète fierté qui rendait Lucile indomptable, et au fond de lui Claude sentait également un poids peser sur chacun de ses mouvements, si bien que son désir de parler ne put venir à bout de trop de résistances. Lucile pourtant le regardait avec dans les yeux la détresse de ces appels muets qu'on ne peut formuler autrement. Il se rendait bien compte qu'il était temps pour lui de manifester quelque amitié, une sympathie au moins qui jamais plus qu'en cet instant n'avait été sollicitée, et c'était précisément au moment où l'occasion se présentait d'approcher Lucile qu'il prenait conscience d'un sentiment dont il aurait voulu faire part, mais qui déjà n'avait plus rien à voir avec une quelconque affection. Le seul mot qui lui venait à l'esprit, la seule phrase qui se pressait derrière ses lèvres n'exprimait rien qu'un amour démesuré, violent, et qui débordait Claude de son impétuosité. « Je vous aime », avait-il envie de crier, quand Lucile n'attendait de lui qu'une main amie qui l'aurait soutenue dans un passage difficile. Mais Claude ne dit rien et ce fut de nouveau Lucile qui se décida la première.

— Vous voulez prendre votre revanche ?

— Quelle revanche ? dit-il, stupéfait.

— Refaire une partie.

— Ah ! d'accord.

Il disposa ses pièces sur l'échiquier. Toute concentration l'avait abandonné. Il ne pensait qu'à elle, il n'osait même plus la regarder. La densité du silence avait monté d'un cran, bien qu'il semblât impossible d'imaginer plus grande absence de bruit. Un calme d'apocalypse tendait l'air, suspendu comme avant la tempête. Claude attendait l'orage, dont il ne savait d'où il viendrait, d'elle ou de lui, et pourtant rien ne se passa. Il gagna la partie, par automatismes, de justesse. Lucile n'avait pas dit un mot et il savait qu'il ne parlerait plus maintenant. Il voulut la toucher, sentir la décharge électrique que lui envoyaient ses doigts. Il avança la main vers elle, vers son visage et caressa sa joue. Elle le regardait sans bouger. Il n'y eut rien cette fois, que la douceur de sa peau, pas de contact piquant, pas de frisson. Le bras tendu vers elle, la main contre son cou, Claude ne savait plus que faire, séparé d'elle par la table et l'échiquier dévasté où quelques pièces se faisaient face, le roi blanc de Lucile acculé par la dame et la tour noires, Lucile apparemment si calme, lui si troublé. Son bras retomba finalement et la jeune fille demeura immobile. Elle pleurait, Claude en fut bouleversé. Il se leva, s'approcha d'elle, se pencha et lui prit la main, qu'il trouva glacée.

— Lucile, ne pleurez pas, je vous en prie.

Elle éclata en sanglots. Claude se sentait affreusement impuissant. Elle avait saisi sa main entre les siennes et s'en servait comme d'un mouchoir, dont elle tamponnait ses yeux mouillés. Le contact des larmes tièdes et des doigts froids sur sa peau portait l'émotion de Claude à son comble. Lucile se reprit cependant, mais elle gardait la main prisonnière. Claude s'était agenouillé, tant il était secoué.

— Partons d'ici, Claude, dit-elle enfin.

— Maintenant ?

— Oui, je vous en supplie. Je ne veux pas rester ici. Nous nous arrêterons en route pour dormir.

— Mais... Nous ne pouvons pas partir comme ça, en pleine nuit, sans prévenir personne.

— Nous laisserons un mot. Il n'est pas si tard... S'il vous plaît ! Je vous expliquerai.

— Où voulez-vous aller ?

— À la Grande-Chartreuse. N'est-ce pas notre prochaine étape ?

La surprise se peignit sur le visage de Claude.

— Nous n'y sommes pas obligés, vous savez. Nous irons où vous voudrez.

— C'est là que je veux aller.

Ils reprirent le chemin enneigé par lequel ils étaient venus. Le froid et la montée les essoufflaient. Lorsqu'ils parvinrent à la route, ils étaient en sueur. La voiture était déjà couverte de givre, Claude dut gratter le pare-brise avec un morceau de carton qu'il trouva dans le vide-poches. Il s'engagea doucement sur la route, que les phares éclairaient quelques mètres en avant. Lucile avait repris la carte et l'examinait d'un air sombre.

— J'espère que ça ne va pas être trop enneigé, dit-elle. Il y a deux cols à passer.

Claude lui jeta un regard alarmé, puis poussa un long soupir, qui se termina en sifflement.

— Vous êtes sûre que...

— Oui, je vous assure, c'est très important.

Pendant plus d'une heure ils roulèrent. La route était dangereuse, trouée par endroits, étroite, coincée entre la roche et le ravin. Claude était crispé sur le volant, le cou tendu en avant. Lucile, les mains serrées sur sa ceinture de sécurité, balayait la chaussée du regard dans l'espoir de deviner les plaques de verglas, de prévenir les virages glissants. Ils ne parlaient pas, la tension qui les raidissait tous deux passait de l'un à l'autre en une sorte d'arc électrique qui les reliait, établissant dans l'espace clos de l'auto un incessant mouvement de va-et-vient, dense et chargé. Ils se trouvaient liés par la même peur et sentir en l'autre une semblable tension les réunissait plus sûrement qu'une parole échangée. Peu à peu ils se détendirent. Personne ne venait en face, ce qui simplifiait la conduite. Claude roulait au milieu de la route, évitant les bordures où la neige formait de petits monticules allongés, agrippés aux talus. Ils virent enfin, au bout d'une heure et demie, les lumières d'Aubenas. Perchée sur sa colline, la ville était silencieuse, rien ne bougeait, on eût dit une cité morte. Claude pensait qu'ils y feraient halte, mais Lucile le pria de continuer un peu.

— Sortons des montagnes, au moins, dit-elle.

Claude s'arrêta dans un vilain bar acheter des cigarettes. Lorsqu'il remonta en voiture, Lucile tremblait de froid, il se souvint qu'elle n'avait presque rien mangé de la journée.

— Vous ne voulez pas qu'on entre boire quelque chose de chaud ? lui demanda-t-il.

— Non, avançons encore, s'il vous plaît, nous nous arrêterons plus tard. Je vais me réchauffer.

Claude regarda sa montre. Il était plus de onze heures, ils ne trouveraient plus rien d'ouvert nulle part. Ils repartirent, une pluie fine s'était mise à tomber. Lucile n'avait encore rien expliqué. Claude conduisait vite maintenant, sur la nationale qui rejoignait la vallée. Les virages, encore fréquents, s'élargissaient et la chaussée s'était nettement améliorée. Ils arrivèrent au Rhône. Devant eux, les ruines éclairées du château de Rochemaure se dressaient sur un piton, ombres fantomatiques qu'un halo de pluie achevait de rendre irréelles. Lucile proposa de conduire, Claude, malgré la fatigue qui commençait à lui brouiller la vue et à oblitérer certains de ses réflexes, refusa. Il avait la sensation d'être un fugitif, poursuivi par des ennemis qui gagnaient du terrain sur lui. La voiture filait à vive allure, aspirée dans un tourbillon d'eau qu'illuminaient les phares. Les berges du fleuve étaient éclairées çà et là par des lumières d'usines qui formaient de petits paysages de points orange et bleu, sur fond de colonnes de fumée. Ils passèrent des villes endormies, puis entrèrent dans les faubourgs de Valence. Lucile avait pris la carte et la parcourait des yeux. À un feu rouge, elle dit :

— Nous pouvons continuer encore un peu, prenez la direction de Romans. Je pense qu'il faudra s'arrêter là, car ensuite c'est le Vercors, et on risque d'avoir du mal à trouver un hôtel.

Claude prit une cigarette et poussa un léger soupir.

— Je vous remercie de votre patience, reprit-elle. Je sais que vous attendez une explication. J'ai dit que j'allais vous expliquer, je le ferai dès que nous serons arrivés.

— Je ne vous demande rien, Lucile, dit Claude tout bas.

— Alors pourquoi faites-vous tout cela ?

Claude ne répondit pas. Il écrasa sa cigarette d'un geste rageur.

— Je ne sais pas, finit-il par prononcer sans la regarder. Je ne sais pas.

24

La voiture entra dans Romans endormie. Du carrefour qui semblait symboliser le centre-ville partait une rue qui descendait vers une petite place allongée. Claude s'y engagea et se gara en face d'un café d'où sortaient des jeunes gens qui riaient et parlaient fort. Des motos étaient garées sur le trottoir. Autour de la place, les boutiques aux enseignes de grands chausseurs et de maroquiniers célèbres rappelaient l'activité principale de la petite ville. Lucile et Claude sortirent de voiture et du froid silencieux passèrent sans transition à l'atmosphère surchauffée et animée du bar. Assis à des tables, accoudés au comptoir, debout, circulant d'un groupe à l'autre, des garçons et des filles buvaient de la bière. Deux mignonnes serveuses embrassaient les nouveaux arrivés en déchargeant leurs plateaux sur les tables. Tout le monde fumait, l'air était lourd et saturé, chaleureux. Lucile et Claude prirent place à une table, commandèrent à boire.

— On peut encore manger ? demanda Claude.

— Oui, oui, répondit la serveuse d'une voix rieuse. Je vous apporte la carte.

Lucile regardait partout autour d'elle.

— Vous aussi vous avez l'impression d'avoir passé des mois dans une île déserte ? dit Claude.

— Un peu, oui.

Elle se tourna vers lui en souriant.

— Donnez-moi une cigarette, s'il vous plaît.

Elle fuma en silence, aspirant de longues bouffées. La serveuse revint.

— Savez-vous où nous pouvons trouver un hôtel ? s'enquit Claude.

La jeune femme les regarda l'un et l'autre, surprise, puis sourit d'un air entendu. Claude s'embarrassa, rougit, Lucile le remarqua.

— On va vous arranger ça, dit la fille. Michel, lança-t-elle au patron, tu peux appeler le Moderne ? Vois s'ils ont des chambres.

Un groupe de jeunes gens entra, dont l'un avait le crâne bandé. Un homme plus âgé, grand et mince, fermait la marche. Il s'avança au bar. Plusieurs garçons vinrent lui serrer la main, certains l'embrassaient, d'autres lui tapaient sur l'épaule. Des filles assises aux tables lui adressaient de petits signes. Il explora la salle du regard, clignant légèrement des yeux. Soudain, il vit Lucile et s'attarda sur elle, comme si sa présence, inconnue et inexpliquée, eût nécessité quelque éclaircissement. Claude ne retint pas son attention plus d'une seconde, bien qu'il détonnât singulièrement au milieu de cette assemblée de jeans et de blousons de cuir. Lucile était plus dans la note, elle portait une sorte de veste moulante à carreaux noirs et blancs fermée par un zip, et un pantalon de toile vert foncé. Finalement l'homme avisa une chaise libre à une table et vint s'y asseoir, près d'un jeune homme au teint mat, petit et maigre. Lucile pouvait les voir d'où elle se tenait.

Claude commanda d'autres bières. Il se laissait envahir par la chaude atmosphère de la salle, légèrement étourdi, après les heures silencieuses passées en voiture, par le brouhaha des voix. Il regardait le petit essaim de jeunes gens, tous beaux et fringants, à qui la vie semblait sourire, et se sentait aussi loin d'eux que possible. Il ne percevait pourtant dans leurs regards curieux aucun mépris, aucune moquerie. L'homme mince qui était entré paraissait parfaitement à son aise en leur compagnie. Il devait avoir le même âge que lui, à peu près. Qui était-il et quel rapport entretenait-il avec ces adolescents ? Se pouvait-il qu'il n'existât d'autres barrières que celles dont les adultes vieillissants s'entourent pour garder à distance la jeunesse bouillonnante qui tout en les fascinant les terrifie par l'image qu'elle leur envoie de ce qu'ils ont irrémédiablement perdu ?

Claude n'avait pas d'amis plus jeunes que lui. Mais avait-il seulement des amis ? Les cercles parisiens qu'il fréquentait brassaient les mêmes individus, toujours identiques, copies sans nuance d'un modèle qui servait d'emblème à tous, rassurant et conforme à l'idée que ces gens se faisaient d'eux. Il n'avait jamais cru qu'il fût possible de se lier avec des personnes qui au premier abord lui paraissaient trop dissemblables. Non qu'il ne s'intéressât à leur différence, mais il n'imaginait pas que de leur côté ils pussent trouver quelque chose à lui dire. Il eut une pensée fugitive pour les moines de la trappe, qui dormaient à cette heure, loin des plaisirs et du chaos. Pas plus que des jeunes gens, il ne s'était senti proche d'eux. Il se trouva si solitaire qu'il eut un pincement au cœur à l'idée de cet isolement. Il regarda Lucile, elle engloutissait son plat avec une certaine élégance, faite de régularité et de détermination. Il savait qu'il ne servait à rien de la presser de parler. Il s'habituait à ses silences, tout comme il lui semblait qu'il aurait pu s'habituer à tous ses défauts, qui lui apparaissaient soudain comme autant de qualités. Elle avait retrouvé quelques couleurs.

Claude ne résistait pas à l'engourdissement qui le saisissait, sous l'effet de la chaleur et de la bière. Il abandonnait toute volonté d'être actif, tout désir de comprendre ce qu'il faisait là, à cette heure de la nuit, seul étranger parmi des bandes amies qui depuis toujours se côtoyaient, qui se reconnaissaient, s'identifiaient entre elles à de petits signes codés, face à Lucile dont il ne savait rien sinon qu'elle le troublait plus que jamais, dans sa façon de ne pas être là, de se dérober constamment, de poser son regard lointain sur tout et de sourire en se mordant la lèvre jusqu'à la rendre écarlate. L'absurdité de sa position ne lui importait même plus, il était résolu à attendre jusqu'à la fin, des heures durant s'il le fallait, des nuits et des jours d'affilée, tant que Lucile resterait à ses côtés.

Cela dura des heures en effet, pendant lesquelles elle parla, plus qu'elle n'avait jamais parlé, sans s'interrompre, d'une voix calme et posée. Ils avaient pris deux chambres mais s'étaient installés dans celle de Lucile, où trônaient deux lits dont les ressorts grinçaient dès qu'on y posait la main, pour gémir affreusement à peine s'y asseyait-on. Claude écoutait, muet, se levant de temps en temps pour faire quelques pas, allumant cigarette sur cigarette pour occuper ses mains parcourues de tremblements nerveux, tandis que le récit de Lucile se déroulait, tel un flot limpide, les mots sortant de sa bouche pour entrer dans l'oreille de Claude, petites flèches acérées qui lui perçaient le cœur autant qu'elles le soulageaient, tant ce que racontait la jeune fille contenait à la fois de démesure et de raison, de patience et d'amour, de volonté et de passion. Qu'elle eût consacré tout ce temps à chercher cet homme, qu'elle y ait mis autant de détermination aurait suffi à infliger à Claude la cuisante douleur d'une effroyable jalousie. Mais que l'homme en question soit le frère de Lucile, voilà qui le laissait sans voix.

Alors qu'il sortait enfin d'une froideur qui l'avait protégé jusque-là, quand enfin il autorisait son cœur à s'attendrir, à baisser ses défenses, et au moment où il comprenait combien le besoin d'amour et de tendresse retenu si longtemps l'envahissait d'une vague irrépressible, Claude recevait comme un coup de poing l'amour de Lucile pour un autre, aussi brutalement qu'un direct au plexus. Mais pouvait-il voir en Raphaël un rival, quand les liens qui l'unissaient à la jeune fille se révélaient de nature si particulière, incomparable à toute autre attache ? Que Lucile voulût à ce point le retrouver ne pouvait qu'apitoyer Claude, dans la libération qu'il éprouvait à se sentir hors course, détaché d'un enjeu qui ne pouvait le concerner. Et cependant la façon dont Lucile parlait de ce frère lui donnait la mesure, énorme et presque monstrueuse, avec laquelle elle le chérissait. Pouvait-il attendre d'elle un autre attachement, quand il la découvrait déjà si absorbée par ce sentiment-là ?

En contrepoint, Claude devinait pourtant, au-delà de sa stupéfaction, la nature de ce que pouvait être l'amour de Lucile, quand déjà pour un frère elle se montrait si exaltée. Bouleversé d'émotion, rendu de fatigue, il n'écoutait plus. Il s'était affaissé dans un fauteuil, la tête renversée en arrière, incapable d'une pensée cohérente, et son esprit, égaré dans la plus grande confusion, ne produisait plus que des images décousues où se mêlaient des visions d'Irène morte et vivante à la fois, gesticulant dans une des crises de folie qui l'emportaient parfois si loin d'elle-même, de son visage livide crispé dans le dernier sommeil, de tourbillons violents où les pièces d'échiquiers tournoyaient, prenant le visage des moines rencontrés, de Lucile dont le calme impressionnant faisait peur, tant il contrastait avec la passion secrète qui l'animait, de Raphaël enfin dont il ne pouvait se faire une idée et qu'il n'entrevoyait qu'à la lumière des propos de sa sœur, comme une sorte de double d'elle-même, et pour lequel naissait en lui une étrange compassion.

Lucile s'était tue, plongeant la chambre dans un silence de fin de spectacle. Claude se redressa sur son siège.

— Allez vous coucher, Claude, vous tombez de sommeil, dit-elle en se levant.

Elle vint vers lui, lui prit le bras et le soutint jusqu'à la porte. Il paraissait si fatigué qu'elle avait peur qu'il ne s'écroule. Son visage était gris, rongé par une sourde angoisse que Lucile prit pour de l'épuisement. Elle eut pitié de lui, qu'elle mettait à si rude épreuve, mais ne prononça pas un mot, elle n'aurait su quoi dire de plus, elle avait déjà tant parlé. Elle entendit la porte de la chambre s'ouvrir et se refermer, s'approcha de la fenêtre et écarta le rideau. Le ciel était encore obscur, chargé de nuages, mais déjà la nuit s'éclaircissait au levant, imperceptiblement. Lucile ouvrit son lit et se laissa tomber sur le matelas trop mou, anéantie, vidée, mais délivrée du fardeau qu'elle venait de confier.

Ils quittèrent Romans à la mi-journée, dans le brouillard. Le ciel blanc collait à la terre, on aurait dit que la lumière était filtrée par un épais tamis. Ils étaient encore fatigués et Claude conduisait comme un automate, se laissant guider par la route nationale qui longeait l'Isère, allant droit au but pour une fois, par le plus court chemin. Des plaques de neige apparurent sur les hauteurs, çà et là tout d'abord, puis de plus en plus étendues, s'étalant en larges bandes sous les bois qui bordaient les prairies. Lucile avait dans les yeux la clarté des grandes sérénités et son visage ne reflétait plus aucun souci. Sa peau était lisse et tendue, son teint lumineux, sa bouche plus gonflée que jamais, rouge foncé. Claude s'étonna de cette fraîcheur, lui qui n'avait plus connu depuis longtemps les excès de la vie sans rythme, heurtée et chaotique, lui qui ne se souvenait plus de cet état de grâce que l'on atteint au-delà de tout épuisement, lorsque l'on a dépassé les limites de sa propre résistance et que l'on accède à l'ultime repos, par renversement des contraires. Ainsi Lucile avait-elle abordé aux rivages de cette fatigue et son visage diaphane ne reflétait plus qu'un état de parfaite indifférence des sens et de l'esprit, tombés en léthargie quand son corps restait éveillé. Débarrassée de ce qui l'avait gardée tendue jusque-là, elle se laissait enfin aller à l'abandon, confiant à Claude la charge de porter son fardeau, lui cédant ce qui l'accablait depuis des jours.

Les montagnes apparurent, blanches dans le ciel livide. Ils passèrent Voiron, puis Saint-Laurent-du-Pont et s'engagèrent bientôt dans le défilé qui conduisait à la Grande-Chartreuse. Brutalement, sans presque aucune transition, la roche se dressait, abrupte et grise, si verticale que la neige ne pouvait s'y accrocher, dominée en hauteur par les sommets déchiquetés. Des paquets de poudre blanche s'effondraient des sapins, fichés droits dans la pierre des crêtes. On entrait dans le désert de la Chartreuse comme on pénètre dans une gorge sombre, par une route étroite qui serpentait entre les pentes en surplomb. De vieilles cimenteries grises et couvertes de poussière poursuivaient leur activité dans la désolation d'un paysage de catastrophe. Lucile s'approcha du pare-brise et leva les yeux vers le ciel, encombré d'à-pics qui semblaient se précipiter vers la terre. Plus impressionnant encore que le relief du Vivarais, la montagne de Chartreuse écrasait de son poids et de sa hauteur tout l'espace, s'imposant par sa masse compacte et tourmentée, surdimensionnée, grandie encore par la blancheur aveuglante des neiges éclatantes, inaccessibles.

Claude arrêta la voiture devant la Correrie, où un parking était aménagé. À cette époque de l'année, le musée était fermé. Il n'y avait personne alentour, qu'un homme juché sur une pelleteuse orange qui dégageait la neige devant la porte close. Entre deux rangées de chênes noirs, un chemin, fermé par une chaîne, montait vers le monastère qu'indiquait une pancarte. Lucile et Claude sortirent de l'auto. Un soleil pâle s'était levé, mais l'air était froid comme la glace. Lucile sortit de son sac un chandail, qu'elle enfila sous son blouson, par-dessus son pull cerise. Elle se déchaussa et mit une deuxième paire de chaussettes, noua son écharpe serré autour de son cou.

— Allons-y ! dit-elle à Claude en claquant la portière.

À l'entrée du chemin, on ne voyait rien d'autre que les pentes immaculées qui montaient vers les montagnes et les arbres aux branches noueuses qui balisaient le paysage, tel un cordon guidant les pèlerins. Claude et Lucile se mirent en marche. Le sol était couvert de neige et l'on s'y enfonçait légèrement. Lucile reniflait de temps en temps, à petits coups rapprochés.

— Vous voulez un mouchoir ? s'enquit Claude au bout d'un moment.

— Non merci, c'est le froid, ça me pique le nez.

Elle s'arrêta brusquement et tendit le bras vers la droite. Les premiers toits de la chartreuse se dessinaient derrière le mur d'enceinte, pointus et noirs, enneigés sur leurs faces les plus exposées. L'ensemble était immense, imposant, se découpant sur le ciel en traits incisifs. Lucile saisit Claude au poignet, l'obligeant à rester près d'elle. Elle embrassait l'espace du regard, ses yeux couraient d'un bout à l'autre de la clôture, cherchant à saisir l'ensemble du vaste quadrilatère qui entourait le monastère. Arrivant ainsi par le bas, on ne voyait tout d'abord que le clocher de la chapelle et les toitures des bâtiments, identiques, alignées régulièrement par groupes de quatre ou cinq. Le mur d'enceinte suivait la pente du terrain et s'élevait parallèlement au chemin, à quelques mètres du rideau de chênes nus. Une cloche sonna, claire dans l'air cristallin.

Peu à peu le ciel se dégageait, laissant apparaître entre les lambeaux de nuages de larges flaques bleues qui adoucissaient la vision en noir et blanc que l'on avait des alentours. Lucile et Claude avaient repris leur ascension, ils ne parlaient pas et l'on n'entendait que le bruit feutré de leurs pas, amorti par la neige qui collait à leurs souliers. Alors qu'ils atteignaient la bordure haute de l'enceinte, ils dépassèrent un vieil homme, vêtu d'un caban à capuchon, qui se tenait debout, immobile au milieu du chemin, les deux mains posées sur le pommeau d'une canne. Il portait à l'épaule une sorte de besace de toile grège, fermée par des lanières de cuir. Lucile se retourna vers lui. Son visage était rougi par le froid, sa barbe constellée de flocons pris en glace, et il pleurait, les yeux baissés vers le sol, aveugle au reste du monde. La jeune fille se toucha le front de la main, comme pour retrouver ses esprits. Elle se retourna encore plusieurs fois, mais le vieillard restait raide et figé comme une statue. « C'est un saint », pensa-t-elle.

— Vous avez vu ce vieux saint ? dit-elle à Claude au moment où ils quittaient le chemin pour obliquer vers l'hôtellerie.

— Un clochard sûrement, répliqua-t-il. Il avait l'air d'un clochard.

— Mais il pleurait...

— Ah bon ? Il a bien de la chance...

25

Le frère Antoine conservait un souvenir très vif des quarante jours qu'il avait passés sans sortir, pendant son noviciat. Les images de cette période lui revenaient souvent en mémoire. La réclusion qu'il avait alors vécue n'avait pas valeur d'épreuve, car cet enfermement ne lui avait rien coûté. Il y avait au contraire pris un plaisir dans lequel il s'était enfoncé chaque jour un peu plus profondément, comme en un mol édredon voluptueux. C'était l'hiver, encore une fois l'hiver, et la neige recouvrait les moignons des arbres élagués du cloître. Le silence froid des jours bleus et blancs était entrecoupé des appels de la cloche, qui règle la vie des moines.

Antoine explorait les profondeurs de la prière et de la contemplation, descendant toujours plus avant au fur et à mesure que s'insinuait en lui l'espoir d'une guérison, d'un renouveau de son esprit meurtri, de son corps qui parfois se rappelait à lui par de brusques sursauts, des écarts de conduite auxquels il assistait, surpris et indulgent, comme un père bienveillant pour son enfant trop turbulent. Il lui aurait fallu sortir, marcher, se dépenser, accomplir quelque tâche bien épuisante dont il serait sorti dompté, mais il ne parvenait pas à se résoudre à mettre le nez dehors, peut-être par volonté de réduire lui-même les appels de son jeune corps, sans recourir à la force, à moins qu'il n'ait souhaité profiter secrètement de ce qu'il croyait être les derniers instants de cette force qui lui rappelait aux moments les plus incongrus qu'il était un homme de chair, et de désirs.

Par moments, il sentait monter en lui comme une vague puissante, une sorte de fleuve intérieur qui le submergeait, s'insinuait dans ses membres, gonflait son torse. Il s'absorbait alors dans la prière, mais souvent cet état s'imposait à lui tandis qu'il atteignait une ferveur plus intense et qu'il imaginait dans la proximité qu'il ressentait avec le monde extérieur une vaste accolade qui lui aurait permis d'embrasser en un baiser grandiose l'humanité tout entière. Le désir brûlant d'une vraie communion lui faisait éprouver un besoin d'échange immédiat, cela se traduisait souvent par de brutales poussées de fièvre qui le jetaient à terre, à même le carreau froid, sur lequel il s'étendait les bras en croix, épousant le sol au plus près, cherchant à transmettre à la matière inerte un peu de cette chaleur qui soulevait tout son corps. Parfois, il se précipitait dans son bûcher, où il s'acharnait à débiter en minuscules esquilles une bûche au cœur desséché, dur et gelé, quand les travaux d'entretien dont il était chargé ne suffisaient pas à épuiser la force qu'il portait en lui, quand il ne dépensait pas à balayer des mètres carrés de sol ou à laver des milliers de carreaux assez d'énergie.

Agenouillé dans la grande salle du chapitre, il grattait à la brosse, comme s'il avait voulu participer à leur usure, les pierres qu'avaient foulées depuis des siècles les pieds de tant d'autres moines avant lui, ou bien poursuivait à l'automne les feuilles mortes qui volaient dans le cloître, échappant à son balai dans de brusques écarts, imprévisibles et facétieuses, courant derrière elles même lorsqu'elles s'étaient rendues, écrasées contre un mur ou tenues serrées entre la pelle et le balai, crissant déjà de mille fractures végétales.

Antoine avait imaginé que s'éteindrait en lui le feu qui certaines nuits le dévorait, et que ne subsisterait de son existence antérieure que d'impalpables souvenirs. En cela il s'était trompé, et souriait maintenant à cette idée. Il avait appris à pactiser avec son corps, à le soumettre avec douceur et patiemment, sans lui imposer de trop grandes contraintes, car il ne croyait pas à la violence, et il aurait considéré comme sacrilège de porter atteinte à ce que Dieu lui avait offert, la seule œuvre de la nature qui soit entièrement sienne et siège de son esprit, de son âme par-dessus tout. Comment aurait-il pu maltraiter cette précieuse enveloppe, dont il s'étonnait encore parfois qu'elle soit si parfaite, si fonctionnelle et si bien ajustée ? Il attendait donc qu'elle en ait fini avec ses réclamations, ses besoins d'ivresse et de contact, ses cris de révolte devant la douceur inutile, la vigueur inemployée, la vie perdue. Puis reprenait ses prières, apaisé, mais singulièrement triste aussi. Car jamais plus il ne toucherait la peau si douce, jamais plus il ne s'abandonnerait à la chaleur d'un autre corps, au réconfort des bras enveloppants, au sommeil bienfaisant des baisers sur les yeux. Déjà il ne songeait plus aux étreintes passionnées, aux corps à corps de l'amour sauvage, à la sueur et aux cris, mais au simple toucher, à la caresse superficielle, à la contiguïté des êtres, sans poids, sans appui, sans adhérence, une proximité qui l'aurait soulagé tout en l'aidant à se sentir relié aux autres hommes, comme par une chaîne ininterrompue. Cela passait, et il riait de sa propre faiblesse, dans les moments où il se sentait si léger, si proche des éléments naturels qu'il lui semblait que chaque atome de son être tendait à rejoindre ses semblables au-delà des frontières matérielles de son corps.

Il appelait cette sensation le « contact atomique », et imaginait des milliers de petites molécules vibrant dans l'air ambiant, cherchant elles aussi à s'allier à d'autres, à se transmuer, à s'évaporer. Il aurait voulu se fondre en elles, sans plus de limites, exister non plus en tant qu'être mais en tant que membrane perméable à tout transit, à tout échange. La masse des atomes et de leurs compositions élémentaires lui serait passée par la peau, aurait traversé son corps comme un nuage se fond tout à coup dans le ciel. C'était sa façon de se relier au monde, de s'en sentir proche, tout en conservant avec l'extérieur ce contact permanent qui lui manquait parfois si cruellement.

26

Les deux jours passés à la chartreuse furent pour Lucile à l'image de l'état si particulier dans lequel elle se trouvait, fait à la fois de surexcitation extrême et de grande sérénité. La neige, qui enrobait tout, exaspérait ses nerfs de sa brillance insoutenable. Le soleil était apparu, dans un ciel bleu pur. Ne pouvant franchir la clôture, et le prieur ayant souhaité ne pas quitter le monastère, Lucile se retrouva seule à plusieurs reprises, lorsque Claude travaillait à l'intérieur. Elle profitait de ces moments pour marcher jusqu'à une petite butte d'où l'on dominait la chartreuse. La vue plongeante que l'on avait embrassait l'énorme groupe de bâtiments ramassés au sein de la clôture, enchâssée elle-même au creux des montagnes qui se dressaient tout autour. Il n'y avait pas de chemin, il fallait avancer dans la neige jusqu'à un calvaire aux abords plus dégagés, près duquel on pouvait se tenir debout sans s'enfoncer jusqu'aux genoux. Éblouie par la lumière, assourdie par le silence, Lucile errait dans ce paysage sauvage, remontant des pistes forestières tracées par les bûcherons, s'asseyant de temps en temps sur un tronc coupé dont elle ôtait la neige en battant l'écorce de son gant, stupéfaite de tant de solitude.

Elle revenait ivre à l'hôtellerie, harassée par les efforts déployés pour avancer dans la neige trop haute, les joues colorées par le soleil et le froid, les yeux parcourus de reflets fauves, indéchiffrables. Elle rejoignait Claude, ils se parlaient à peine, lisant dans les yeux l'un de l'autre l'étrange engourdissement dans lequel ils se sentaient sombrer. Ils tentèrent une ou deux fois de jouer aux échecs, mais renoncèrent, tant l'atmosphère s'y prêtait peu. Lucile alors prenait le magnétophone sur ses genoux et écoutait les bandes enregistrées par Claude. Des moines parlaient, leurs voix semblaient venir d'insondables profondeurs.

« Cette contrainte de la vie en chartreuse ne peut être ressentie comme une souffrance, il faut qu'elle soit acceptée, vécue dans la joie, disait un frère. Nous menons une existence très austère, nous avons renoncé à tout, nous ne possédons rien, et notre règle elle-même peut paraître assez sévère. Nous dormons en deux temps, notre nuit est coupée au milieu par une grande plage de prière et d'office, entre onze heures et demie et trois heures et demie du matin. Nous ne prenons qu'un seul repas chaud par jour, servi en cellule à midi, et la collation du soir est supprimée pendant le carême, que nous débutons à l'automne et qui se poursuit jusqu'à Pâques. Enfin, nous vivons dans le silence et la prière. Mais ce qui pourrait sembler insupportable à d'autres qui n'ont pas choisi notre vie, nous le vivons facilement du moment que nous sommes soutenus par l'amour de Dieu. Quelle plus grande joie que de vivre pour lui... Son amour est si infini qu'on peut lui consacrer sa vie entière, et l'on ne sera jamais déçu. C'est là aussi l'objet de la pauvreté et du dénuement des chartreux, cela symbolise le don total de soi à Dieu, physiquement et spirituellement. Nous nous dépouillons par amour et cet amour-là rend heureux. On ne peut pas vivre ici si l'on n'est pas heureux. »

— Demain matin, dit Claude un soir, l'un des frères viendra ici. Vous pourrez le voir et lui parler, si vous voulez.

— D'accord, répondit Lucile. Je sais déjà ce qu'il me dira... L'amour sacré ! murmura-t-elle. En fait, ce qui me gêne le plus avec les moines, c'est leur facilité à manier les sophismes. Plus leur foi est grande, plus leur amour de Dieu augmente, puisqu'ils génèrent eux-mêmes leur propre objet parfait digne d'amour. Ils peuvent donc aller très loin dans la passion, jusqu'à la folie éventuellement. La relation qu'ils ont à Dieu est une relation idéale, impossible à vivre avec un être humain. Mais c'est un vrai cercle vicieux et cela ne produit que du fantasme.

Elle avait pris un air parfaitement dégoûté. Claude se lança.

— C'est exactement ce que vous faites pourtant, Lucile. Vous cherchez l'objet d'amour idéal, inatteignable puisque isolé du monde, impraticable puisque exclu par le tabou. Vous aimez votre frère comme les moines aiment Dieu. Et cela vous empêche d'aimer qui que ce soit d'autre, car vous vous protégez derrière l'image de l'amour sublime, sans vouloir voir qu'il existe autre chose.

Lucile s'était reculée sur sa chaise, le dos plaqué au dossier. On aurait dit que Claude l'avait frappée tant elle paraissait offusquée. Elle ne répondit pas tout de suite. Sous le poids du magnétophone, ses jambes tremblaient. Claude n'osait plus la regarder, estomaqué par sa propre audace.

— Vous dites ça parce que personne ne vous aime, finit-elle par articuler.

— C'est peut-être vrai, répliqua Claude lentement, mais j'ai raison quand même. Et comme les moines, c'est la quête qui vous intéresse, le chemin à parcourir. Chercher votre frère vous maintient bien plus sûrement liée à lui que si vous saviez où il est. C'est pour cela que vous êtes si peu pressée de le trouver, et que vous avez tellement traîné jusqu'à présent, vous donnant toujours de nouvelles raisons de découragement, pour mieux ajourner le moment où il vous faudrait affronter la vérité.

Lucile tremblait de tout son corps à présent, si bien que Claude se leva et vint la débarrasser du magnétophone. Ses genoux se mirent à s'entrechoquer, elle tendit une main vers la table, chercha un appui, Claude à ce moment se retourna et heurta son bras, elle saisit son avant-bras et y planta ses doigts, il crut qu'elle allait tomber de sa chaise, fit un pas vers elle tandis qu'elle se jetait tête baissée contre son flanc, enfonçant son visage dans la chair de son ventre, secouée de spasmes, répétant « ce n'est pas vrai, ce n'est pas vrai » sur le ton dont elle aurait demandé pardon. De nouveau, Claude se retrouvait en proie à cette tension extrême qui l'avait assailli à Notre-Dame-des-Neiges, lorsque Lucile s'était laissé aller pour la première fois. Alors qu'il aurait dû la prendre dans ses bras, la consoler, la calmer par les mots simples que l'on dit aux enfants, il restait pétrifié, concentré tout entier sur le point de contact de Lucile avec son propre corps, approchant la main de ses cheveux sans oser la toucher, hésitant, baissant la tête vers elle pour la rejeter aussitôt en arrière, affolé par ce qu'il venait de dire. Il finit tout de même par se dominer et saisit Lucile aux épaules, la secouant assez maladroitement.

— Calmez-vous, je vous en prie.

Elle se dégagea brutalement et couvrit sa figure de ses mains. Elle tremblait encore, mais moins violemment. Claude se sentait affreusement mal à l'aise.

— Lucile, excusez-moi, dit-il, je ne voulais pas vous blesser.

— Taisez-vous ! dit-elle d'une voix sourde avant de laisser retomber ses mains sur ses genoux.

Son visage était incroyablement pâle, et même ses lèvres avaient perdu leur couleur. Claude restait debout, parfaitement immobile. Quelques minutes s'écoulèrent, très longues. Lucile enfin se tourna vers lui.

— Tout à l'heure, dit-elle d'une voix un peu rauque, en marchant dans la forêt, j'ai aperçu une silhouette blanche qui avançait dans la neige. Un moine se dirigeait vers une chapelle, plus haut dans la montagne, vers laquelle j'allais aussi. C'est Notre-Dame-de-Casalibus, construite à l'emplacement de la première chartreuse de saint Bruno.

— Vous êtes allée jusque-là ?

— Oui. Et donc, je vois ce moine qui marchait à grandes enjambées, avec sa grande robe qui flottait derrière lui et qui faisait voler la neige tout autour.

J'étais plus bas que lui, un peu en retrait, je suivais un vague chemin, lui montait tout droit, sans détours. Je l'ai suivi à distance. Son capuchon avait glissé et je voyais son crâne rasé. J'étais obligée de courir tellement il marchait vite. Et tout à coup, j'ai eu l'impression de voir Raphaël, j'avais la certitude que c'était lui. Je voulais l'appeler, mais j'étais si essoufflée que je n'ai pas pu, et puis j'avais une énorme boule dans la gorge. C'était comme dans un rêve, je n'arrivais pas à le rattraper et je ne pouvais pas crier. Il est entré dans la chapelle et je me suis arrêtée pour reprendre ma respiration. J'étais à l'ombre, en bordure des sapins, j'avais les pieds trempés. J'ai rejoint une petite aire plus plate et je me suis assise dans la neige, au soleil. Et j'ai attendu. Il est resté au moins une demi-heure. J'ai bien cru que je n'aurais pas le courage de rester tellement j'avais froid. De temps en temps je me levais pour ne pas m'engourdir, mais même au soleil je me refroidissais très vite. Enfin il est sorti, et je l'ai vu de face, malgré son capuchon qu'il avait rabattu. Il ne ressemblait pas à Raphaël et pourtant j'avais encore du mal à croire que ce n'était pas lui. Je le regardais, je le regardais, et je n'arrivais plus du tout à voir son visage, ou plutôt je le confondais avec celui de mon frère, c'était horrible ! Le moine est resté quelques instants sur le seuil, face au soleil, j'ai vraiment eu le temps de l'observer, et j'avais tellement envie que ce soit Raphaël que ça me faisait mal de ne pas le reconnaître. Et puis il s'est mis en marche, rapidement, et il a disparu en direction du monastère. Il ne m'a même pas remarquée.

Lucile se tut. Claude restait muet.

— Le pire, reprit-elle, c'est que même si ça avait été

lui, je crois que je ne lui aurais pas parlé, je n'aurais pas pu.

Claude soupira.

— Vous êtes sûre que vous...

Il n'acheva pas sa phrase.

27

Ce que Lucile voulait apprendre, le jeune moine qu'elle rencontra le lendemain ne le lui dit pas, tout simplement parce qu'il l'ignorait. Il n'y avait pas de Raphaël à la Grande-Chartreuse, et de toute façon, ajouta-t-il, les frères changeaient de nom à leur arrivée au monastère, en signe d'abandon de leur vie passée. Ainsi Raphaël, s'il avait voué sa vie à Dieu, avait laissé derrière lui son identité, et se cachait, plus sûrement que derrière des murs, à l'abri d'un autre nom, que l'on avait choisi pour lui. Lucile, qui n'avait pas pensé à cela, en fut si visiblement touchée que le petit moine eut un élan de pitié vers elle.

— Il suffit de demander au prieur. Il vous le dira. Moi je ne suis ici que depuis cinq ans, ajouta le frère Bertrand en matière d'excuse.

— Comment êtes-vous arrivé ici ? demanda Claude, qui souhaitait faire diversion.

— En fait mon père est mort lorsque j'étais encore très petit. J'étais fils unique. Ma mère m'a envoyé en pension, une pension tenue par des religieux... C'est certainement là que j'ai pris contact avec Dieu. Mais ce n'était pas très important pour moi... J'étais très solitaire, j'étais un enfant farouche je crois, assez sauvage. Puis j'ai grandi et j'ai commencé à vivre, comme tout le monde... J'étais comptable, j'avais une petite amie... Un jour, en feuilletant un magazine dans la salle d'attente d'un médecin, je suis tombé sur un article qui parlait de l'Australie.

Il s'interrompit et son regard se perdit un instant.

— J'avais toujours rêvé d'aller là-bas, je ne sais pas pourquoi. J'étais seul dans la salle d'attente, et j'ai eu peur de ne pouvoir finir l'article avant que le docteur vienne, alors j'ai mis le journal dans mon sac. Une fois rentré chez moi, j'ai terminé l'article. Plusieurs jours ont passé et, un soir, j'ai retrouvé ce journal et j'allais le jeter quand j'y ai trouvé une très belle photo de je ne sais quel monastère. J'ai déchiré la page et je l'ai gardée. Je la regardais de temps en temps, en me demandant comment vivaient les gens dedans, et si par la prière on pouvait vraiment agir et faire quelque chose. Finalement un dimanche je suis allé trouver un des religieux de la pension où j'avais été élevé et je lui ai demandé conseil. C'est lui qui m'a donné l'idée de venir ici, où j'ai passé quelques jours comme regardant. Je n'en suis jamais reparti.

— Vous n'êtes même pas retourné là où vous habitiez ? demanda Lucile. Vous n'avez pas revu votre fiancée ?

Le frère restait muet, comme s'il ne comprenait pas. Enfin il balbutia :

— Je voulais vivre ici. À ce moment-là, il n'y avait plus de place en moi pour le doute... Le Christ m'aidait, Il m'appelait vers cette vie... « Quiconque regarde en arrière n'est pas propre au royaume de Dieu. »

Il dirigea lentement son regard vers Lucile et l'éclat doux de ses yeux bruns la toucha au cœur.

— Qu'est-ce que je vous disais déjà ?

Mais au lieu de revenir à la discussion, le moine se perdit dans une réflexion où ni Lucile ni Claude n'avaient de place. Où était-il ? Les avait-il oubliés ? Bientôt pourtant il reprit.

— La contemplation m'attire énormément, mais je me rends compte, en parlant avec vous, que je me suis un peu éloigné de mes frères. J'ai pris goût au silence, je ne sais plus parler... C'est pour cela que je perds parfois le fil de la conversation. Excusez-moi... Ne croyez pas que j'aie des absences, c'est seulement qu'il me faut un peu de temps pour m'habituer. C'est plus facile pour moi lorsque vous me posez des questions, cela m'aide à retrouver...

— Vos esprits ! intervint Lucile un peu trop rapidement.

— Vous n'auriez pas aimé un ordre plus actif, en somme ? demanda Claude.

— Je ne sais pas... Je crois que j'étais fait pour le silence, pour la prière solitaire. C'est Dieu qui en a décidé ainsi... Au début de mon noviciat, j'ai passé beaucoup de temps à méditer cette parole du Christ : « En vérité je vous le dis, celui qui écoute ma parole et qui croit à celui qui m'a envoyé, celui-là a la vie éternelle et n'est point soumis au jugement, mais il est passé de la mort à la vie. » La première fois que j'ai compris cette parole du Christ, j'en suis resté profondément bouleversé. Ce que cela dit, c'est qu'il vous suffit de croire pour que, de mort, vous redeveniez vivant, immédiatement. Le Christ nous demande de croire, c'est tout. Je ne sais comment vous expliquer cela... Tout être humain recherche l'éternité... J'ai toujours souhaité vivre indéfiniment, ne jamais mourir. J'aimais tellement la vie... j'aimais tellement la vie que... je ne supportais pas l'idée qu'il faudrait la quitter...

Il y eut un silence, lourd et gênant.

— Je l'aime toujours évidemment, se reprit le moine. Quand j'ai compris que l'éternité existait, en Dieu, dans le Christ, alors là je me suis senti prodigieusement heureux. Cela paraît incroyable, au début, mais si l'on prie longtemps, assez longtemps, la lumière se fait et l'on comprend. Il faut se laisser aller, abandonner ce qui nous rend incrédule. C'est cela croire en Dieu, ne pas résister à cette parole délivrée par le Christ.

— Vous n'avez plus du tout peur de la mort ? lui lança Lucile, sur un ton tout à fait sceptique.

— Quand on meurt, on entre en communion avec Dieu, en fusion totale. Passer de la mort à la vie, par le simple fait de la foi, pourquoi lutterait-on contre cela ?

— Mais vous avez abandonné la vie par peur de ne pas être éternel. Vous avez trahi l'humanité, d'une certaine façon, vous l'avez laissée se débrouiller seule et vous êtes venu vous enfermer ici.

Lucile s'enhardissait, une pointe d'exaspération colorait ses joues, ses paroles se précipitaient.

— C'est vrai qu'aujourd'hui la confusion règne dans le monde, et je ne sais pas ce qu'il faudrait à l'humanité... Mais je crois qu'une retraite totale est l'un des meilleurs moyens pour y voir clair. C'est peut-être même le meilleur. Je voudrais vivre une vie encore plus solitaire, encore plus retirée. Quand il y a trop de paroles, trop de bruit, comment voulez-vous entendre Dieu ?

Au fur et à mesure qu'il parlait, le frère Bertrand avait pris de l'assurance et sur ses traits se peignait cette sorte de joie qui caractérise la certitude d'avoir trouvé ce pour quoi l'on est fait. Lucile secouait la tête, en signe d'inconsciente désapprobation, car au fond d'elle se livrait une bataille où s'opposait l'envie de savoir Raphaël heureux, aussi apparemment heureux que le garçon qu'elle avait devant elle, débarrassé de toute contingence matérielle, et la morsure que lui infligeait la conscience du choix exclusif qu'avait effectué son frère, ne lui laissant aucune place, à elle, la rejetant dans un univers extérieur, qui n'existait pour les moines qu'à l'état virtuel, de l'autre côté du réel. Il lui semblait qu'en prononçant leurs vœux, les chartreux entraient dans un monde d'abstraction où la réalité se modifiait jusqu'à s'effacer. Dieu occupait à lui seul l'espace entier, recouvrait tout, imprégnait chaque particule, chaque minuscule seconde de sa présence envahissante. L'image de Dieu finissait-elle par pénétrer la mémoire des moines au point que même leurs souvenirs leur échappaient, doucement recouverts par l'oubli ? Raphaël se souvenait-il encore d'elle, ou avait-il substitué à l'amour sublimé qu'il portait à sa sœur une adoration tout aussi passionnée, mais plus essentielle encore puisqu'il n'y avait plus qu'esprit, sans plus de corps interposé, plus d'existence physique de la personne aimée ?

Au point de ce débat intérieur qui lui faisait toucher du doigt ce qui jusqu'à présent était resté tapi dans d'obscurs recoins de son cœur, et se trouvait révélé brusquement par l'action conjuguée des rencontres et des atmosphères si particulières des lieux de prière approchés, cristallisé enfin par le jugement inattendu de Claude, Lucile se sentait soudain projetée sur le devant d'un précipice. Plus magnifique que les autres monastères, dans la froideur et le silence de son écrin de neige, la Grande-Chartreuse exerçait sur elle une imperceptible pression qui l'enfonçait dans les retranchements de son âme, la dépouillant peu à peu des bifurcations de son esprit, ne lui laissant éclairées que les voies dont l'exploration s'imposait. La confusion dans laquelle elle errait depuis quelques jours se dissipait peu à peu, comme s'éclaircit un ciel chargé dont on ne peut prévoir encore d'où viendra la lumière. Le moine s'était levé.

— Savez-vous, dit Lucile, où sont les autres chartreuses ?

— En France il y en a trois autres. Deux dans l'Ain et une dans le Midi.

— Où, dans l'Ain ?

— Je n'y suis jamais allé. Je crois que la chartreuse de Sélignac est du côté de Bourg-en-Bresse. Celle de Portes est plus au sud, dans la montagne. Mais ce sont de petits monastères... Je veux dire qu'il y a moins de moines qu'ici. Ils sont quinze ou vingt, pas plus.

— Nous sommes passés à Montrieux, intervint Claude, les moines ne sont pas plus nombreux là-bas.

— Ah ? Vous y êtes allés déjà ? répondit-il en regardant Lucile.

Lucile, qui s'était levée pour saluer le jeune moine, se rassit. Elle lui tendit la main par-dessus la table.

— Que Dieu vous aide, lui dit-il en partant.

Quand il fut sorti, Lucile se tourna vers Claude.

Elle le regardait avec insistance, s'accrochant à lui comme à une bouée.

— Pour l'instant, c'est vous qui allez m'aider. Je ne peux pas parler au prieur. Pourriez-vous le faire pour moi ?

— C'est déjà fait, laissa tomber Claude. Votre frère n'est pas ici...

Lucile avala sa salive.

— Bon ! Alors, je vais aller voir dans les autres chartreuses. Pouvez-vous m'accompagner ?

Claude s'était préparé à ce que Lucile l'entraînât vers quelque périple incertain, qu'elle le captive et le capture, il en avait rêvé jusqu'à croire que ce qu'il vivait depuis des jours ne laissait plus de place à sa propre volonté, mais que seule celle de Lucile guidait leurs pas, alors que la jeune fille ne faisait que le suivre. Il avait imaginé, dans le chaos des sentiments tout à coup retrouvés, des émotions se bousculant pêle-mêle, une sorte de voyage initiatique qui le guidait inexorablement vers l'ultime étape, celle qui ferait de lui un homme nouveau, resplendissant de jeunesse et d'énergie neuve. Malgré la multitude des fantasmes plus ou moins formulés qui assaillaient son esprit, il ne s'était pas attendu à ce que Lucile demandât ce qu'elle sollicitait maintenant.

Et cependant, face à l'absurdité de sa quête et bien qu'elle lui parût plus insaisissable que jamais, Claude sentait qu'il ne lui serait tendu qu'une perche et que Lucile venait de la lui envoyer. Il lui semblait que l'espèce de pèlerinage qu'ils avaient effectué ensemble, loin de prendre fin, commençait, à l'instant même où l'itinéraire de Claude s'arrêtait. Allait lui succéder celui de Lucile, plus improbable et flou que n'importe quelle navigation laissée au hasard. On eût attendu Claude à Paris que cela n'aurait pu changer sa décision. Il y aurait eu cent chartreuses qu'il n'eût nourri d'autre ambition que de les visiter une à une avec Lucile.

— Oui, dit-il, quand voulez-vous partir ?

— Maintenant, si c'est possible.

28

Il y avait un frère qu'Antoine aimait à retrouver les jours de promenade sur les sentiers de la forêt, c'était le frère Frédéric. Ils avaient prononcé leurs vœux à quelques mois d'intervalle. Entre eux était née très vite une complicité qui les avait unis durant les années de noviciat. Frédéric était entré au monastère très jeune, à l'âge de dix-neuf ans. Antoine admirait son équilibre, la force de sa foi et la profonde intelligence qu'il mettait en toutes choses. Bien que de cinq ans son cadet, il apparaissait à Antoine comme une sorte de modèle, de moine idéal sur lequel prendre exemple, régler sa conduite et son cœur. Il était toujours gai, on aurait dit qu'il n'y avait en lui nulle trace de doute, nulle anxiété de faillir, nulle peur de la route à suivre, et pourtant curieusement il était incroyablement critique envers lui-même, mais avec une drôlerie qui faisait passer la plus grande sévérité pour une modestie légère. Antoine aimait ses traits d'esprit, son humour ravageur et qui jamais ne dirigeait vers les autres de traits blessants, sa vivacité et l'éclat de ses yeux pétillants qui lui donnaient l'air d'un enfant moqueur.

Lorsqu'ils se retrouvaient, au hasard de la promenade, ou parce qu'Antoine avait cherché à se rapprocher de lui, par un petit geste de la main adressé au départ et qui était entre eux comme un signe de ralliement, tout d'abord ils ne parlaient pas, mais se contentaient de régler leur pas dans celui de l'autre et de se jeter quelques coups d'œil amusés, tels deux complices préparant un mauvais coup. Antoine se retenait de parler le premier, il tentait de garder aussi longtemps que possible le plaisir d'attendre la voix de Frédéric. L'autre pouvait dire tant sans parler que le jeu durait parfois près d'un quart d'heure. Mais il écoutait plus encore, et soudain lâchait une petite phrase qui décrivait avec la plus grande précision l'état dans lequel se trouvait Antoine ce jour-là, selon que la semaine avait été plus ou moins heureuse, source de satisfaction ou d'angoisse, qu'elle avait apporté quelque nouvel élément de maîtrise qui lui offrît le sentiment de progresser ou qu'au contraire ses forces l'avaient trahi, lui donnant l'impression de redescendre l'escalier franchi au prix de tant d'efforts.

En quelques mots, Frédéric résumait la situation, sans qu'Antoine lui ait parlé de rien, par la seule lucidité de son regard. Leur dialogue pouvait commencer, fait de petites phrases entrecoupées de blancs, de conseils adressés à demi-mot, de considérations apparemment banales mais qui là encore permettaient de dire plus, comme s'il eût été impossible de communiquer autrement que par ce langage atrophié, dépouillé à l'extrême, à l'égal de leur vie, où Frédéric semblait se mouvoir avec la plus surprenante aisance, quand on l'aurait vu briller en élégante société, paraître dans le monde et mettre son talent au service des sciences les plus inaccessibles, dominant la discipline qu'il aurait choisie de son intelligence supérieure, réunissant autour de lui dans une unanime approbation les plus éclatants esprits du temps.

Un jour d'automne où ils marchaient ensemble, alors que déjà le soir tombait et que les moines redescendaient vers le monastère pour aller célébrer les vêpres, Antoine fut pris soudain d'une irrésistible angoisse. La journée avait été sinistre, avec un vent qui soufflait dans les branches des arbres tel un loup hurlant, des bourrasques violentes qui frappaient les hommes de plein fouet dès qu'ils sortaient des bois pour traverser une clairière. La lumière, grise et opaque tout le jour durant, s'amoindrissait en laissant de larges zones floues aux contours liquides. Brusquement Antoine s'était senti envahi par la détresse que lui inspirait sa propre faiblesse, face à la force morale de Frédéric, face aux éléments impitoyables et violents, face à l'exigence qu'il avait pour lui-même de se rapprocher de Dieu, à sa solitude immense. Son cœur se serrait et tandis qu'il imposait à ses jambes de ne pas se dérober sous lui, il se tourna vers son ami, en quête de son regard clair. Frédéric pleurait. Des larmes coulaient doucement le long de ses joues, sans qu'il y portât le revers de sa main pour les essuyer, sans qu'il émît le moindre bruit de pleur. Antoine en fut frappé et aussitôt son propre malaise recula, pour laisser place à la compassion que lui inspirait la tristesse de voir Frédéric pleurer. Il s'entendit lui dire d'une voix sourde : « Pourquoi pleures-tu, mon frère ? » Frédéric répondit en se tournant vers lui : « Ce sont tes larmes que je verse, mon ami, afin de t'en épargner l'amertume. » Et il lui sourit. Antoine resta bouleversé. Ses prières en furent illuminées pendant plusieurs jours et il se sentit plus serein, s'appliquant davantage à chacune des tâches qu'il effectuait, étudiant avec plus d'application et priant sans relâche, rendant grâces au Christ d'avoir placé sur sa route un frère comme celui qu'il n'avait jamais eu et dont il avait tant rêvé.

29

Lucile et Claude repartirent à pied, par le chemin d'où ils étaient venus. Lucile se retournait sans cesse pour regarder la chartreuse, dont les bâtiments semblaient s'enfoncer derrière la clôture au fur et à mesure que la pente augmentait. Derrière les toits noirs la montagne se détachait, laissant voir les plis obliques qui la striaient transversalement, comme de longs coups de griffe labourant la roche gris fer. Ils s'installèrent dans la voiture, qu'une pellicule de givre épais avait enrobée. Claude mit le contact et laissa le moteur tourner, puis il se pencha sur la carte que Lucile avait dépliée. Elle laissait errer ses yeux à l'aventure, furetant çà et là sur le papier. Claude, plus méthodique, parcourait la carte le long d'une ligne horizontale qu'il faisait monter progressivement vers le nord. Ce fut lui qui vit le premier l'inscription.

— Chartreuse de Portes, dit-il, et il indiqua du doigt l'emplacement.

— Cela m'a l'air bien isolé, dit Lucile. Il n'y a rien dans cette région. Même pas de villes, regardez ! C'est complètement désert.

— C'est le Bugey, précisa Claude.

— Connais pas...

Elle continuait d'explorer la carte du regard.

— Bon, allons-y ! On verra bien... Je vous guide, Claude. Cela ne vous ennuie pas si l'on prend la nationale ?

— Non, ça va.

— De toute façon, nous n'avons pas le choix, il n'y a que cette route. Ce ne sera pas long, vingt kilomètres environ à partir de Saint-Laurent. Ensuite nous remonterons le long du Rhône par les petites routes.

— Je vous suis, Lucile.

Ils reprirent la route en lacet par laquelle ils étaient venus, au creux des gorges, mais le soleil donnait au paysage une clarté qui à l'aller leur avait été masquée par les nuages. Le massif de la Chartreuse brillait dans la lumière, tandis que la route, encaissée dans le rocher, restait dans l'ombre. Lorsqu'ils passèrent le pont Saint-Bruno qui franchit le Guiers Mort, Lucile songea que même le nom des rivières périssait dans ce désert blanc. Et pourtant l'eau furieuse s'écoulait en torrent, pressée sans doute de rejoindre le Guiers Vif, bras jumeau qui prend sa source plus au nord et retrouve son double avant de se jeter dans le Rhône. Elle poussa un soupir.

— Ça va ? demanda Claude en se tournant vers elle.

— Oui, merci... Je ne sais comment vous remercier, ajouta-t-elle.

— C'est moi qui devrais vous remercier.

— Taisez-vous, Claude, vous dites n'importe quoi.

— Comme vous voulez, je ne dis plus rien.

— Je peux mettre de la musique ?

— Bien sûr.

— Ça, voyez-vous, j'aurais du mal. Ne plus écouter de musique, c'est vraiment une privation.

— Vous parlez des moines ?

— Oui. Vous vous rendez compte ?

— Finalement, je me demande si je les comprends mieux depuis que je les ai vus. Il me semble que j'en étais plus proche avant. Mais la confrontation au réel des idées que l'on se fait est souvent décevante... Au fond, je crois que vous aviez raison, je n'ai pas la foi.

— J'ai dit ça, moi ?

— Oui. Et j'étais très vexé. Vous ne vous souvenez pas ?

— Non. Mais moi non plus je n'ai pas la foi. Je voudrais bien, mais je n'y arrive pas.

— Tiens, c'est curieux, j'aurais pensé...

— Quoi ?

— Que vous étiez croyante.

— Eh bien, vous vous trompiez !

— Je n'en suis pas si sûr.

Elle haussa les épaules, sans répondre. Elle avait trouvé une cassette qu'elle glissa dans l'appareil. C'était du piano, des notes très claires qui s'égrenaient en une mélodie rapide. Les doigts de Lucile s'agitaient en silence sur son genou. Claude lui jeta un coup d'œil, elle lui parut plus belle que jamais. Il lui vint à l'esprit qu'elle découvrait une autre de ses facettes, qui réunissait certains traits qu'elle avait déjà laissé voir, mais en faisait apparaître de nouveaux, parfaitement inattendus. Il se dégageait d'elle quelque chose qui ressemblait à de la sollicitude, une forme de bonté discrète, d'intérêt non pas soucieux mais sensible dont Claude n'aurait su dire à quoi il le percevait. Peut-être avait-elle abandonné cette réserve intérieure qui la gardait distante, même lorsqu'elle s'intéressait aux gens, mais rien pourtant dans son comportement ne venait révéler de modification. Elle ne parlait pas plus, ne regardait pas davantage Claude, et cependant il pouvait sentir ce relâchement, comme une certaine négligence en vertu de laquelle on oublie consciemment de verrouiller la porte. Sans doute était-il si totalement à l'écoute de la jeune fille qu'il aurait deviné le moindre déplacement d'un de ses orteils à l'intérieur de sa chaussure, suivi le cheminement de ses pensées dans sa tête et même prévenu ses désirs avant même qu'ils n'émergent à la surface de sa conscience. Cette sensation nouvelle d'invasion d'un autre être, d'immersion dans l'univers intime de Lucile procurait à Claude une joie intense, qui lui faisait presque mal tant elle rendait sensible chaque fibre en lui, le submergeant d'une multitude de perceptions oubliées qui explosaient en lui en un véritable feu d'artifice, le comblant tout en élargissant à chaque instant le gouffre où venaient se précipiter ses sentiments.

De temps en temps, aux carrefours, Lucile donnait une indication. « Tout droit, à gauche, par ici. » Puis elle se mit à énumérer les villages dont les noms étaient écrits sur les panneaux. « Izieu, commença-t-elle, Glandieu, Évieu, Neyrieu, Mérieu, Dornieu, Millieu, Flévieu, Vérizieu, Montagnieu. »

— Et j'en passe... Il y en a des quantités. C'est drôle, non ?

— On approche ? s'informa Claude.

— Oui. D'ailleurs nous y sommes presquieu.

Claude rit. Lucile aussi.

— La route qui mène à la chartreuse est toute petite. Et il y a un col à passer.

— C'est haut, comme col ?

— Plus de mille mètres. Comme l'autre jour.

— Qu'est-ce qu'on fait ? Vous voulez y aller tout de suite ?

— Je ne sais pas. Qu'en pensez-vous ?

— C'est vous qui décidez maintenant, Lucile.

— Il faudrait peut-être les prévenir. Téléphoner.

— Cherchons un hôtel à proximité et nous appellerons de là. Je pense qu'il est possible de trouver le numéro sans problème... Il doit y avoir une hôtellerie, ou une correrie.

— On ne pourrait pas aller voir quand même tout de suite ? Juste regarder à quoi ça ressemble...

— Si vous voulez.

— C'est à droite au prochain village.

— Déjà ?

— Oui.

Ils avaient roulé en bordure de la montagne, suivant le fleuve qui coulait dans la plaine. Sur la droite, le relief s'élevait brutalement et les routes tout à coup s'attaquaient au flanc des montagnes avec hargne, se rétrécissant à mesure que leur pente s'accentuait. Claude engagea la voiture sur une de ces petites départementales mises à rude épreuve par la neige et les camions de forestiers qui creusaient dans le bitume éclaté de profonds nids de poule. Lucile était si concentrée sur la montée qu'elle s'agrippait à la poignée de la portière, comme si elle eût voulu ralentir la voiture et en même temps l'encourager. Elle arrêta la musique. Ils passèrent un village. La neige gagnait du terrain, des plaques de plus en plus larges s'étalaient sur la route. Au détour d'un virage, Lucile laissa échapper un cri. La route disparaissait sous la neige, qui commençait à verglacer en surface. La voiture fit une embardée, Claude freina, les roues glissèrent de nouveau sur le côté. Il repartit à la faveur d'une bordure de neige plus épaisse sur laquelle il roula en s'enfonçant. Lucile aurait voulu faire demi-tour, mais elle se rendait compte que la route était trop étroite. Son cœur battait, elle avait peur, elle n'aurait su dire de quoi exactement. Ils avancèrent encore sur quelques centaines de mètres, puis se trouvèrent devant une fourche. Les deux routes qui en partaient étaient plus raides l'une que l'autre, complètement enneigées.

— Sortez, dit Claude, et aidez-moi à tourner. C'est inutile de continuer, il faudrait des chaînes.

Le soir commençait à tomber et le froid saisit Lucile lorsqu'elle fut dehors. Elle fit de grands gestes, inutiles, car Claude fit une manœuvre parfaite. Elle frissonnait en reprenant sa place. Ils repartirent en sens inverse.

30

Ils se levèrent tôt, sortirent de l'hôtel au moment où le soleil apparaissait. Lucile se sentait vaguement écœurée, nerveuse aussi, comme au matin d'un événement d'importance. Elle aurait presque reculé, si Claude n'avait été là. Il avait étudié la carte et choisi une autre route que celle de la veille, apparemment plus petite, mais qui montait moins abruptement. Très vite, ils se trouvèrent dans la forêt enneigée, au milieu des sapins poudrés que les rayons rasants du soleil encore bas faisaient briller. La voiture avançait doucement, sans trop de difficulté. Et puis il y eut une montée sans virage et lorsqu'ils parvinrent au sommet la neige recouvrait tout. Sur la droite, les champs et les prés immaculés descendaient vers de minuscules villages, à gauche les grands arbres partaient à l'assaut des pentes, et la route au milieu se déroulait comme un étroit tapis blanc. Fixés à un tronc, des panonceaux de couleur indiquaient des destinations et le nombre d'heures nécessaire pour les atteindre à pied. Des buses tournaient dans le ciel clair, on entendait le croassement d'une corneille. Claude arrêta la voiture sur le côté gauche de la route, dans la neige. Ils sortirent et se mirent en marche, dans le silence ouaté de la montagne.

La lumière aveuglante reflétée par la neige donnait au paysage une dimension supplémentaire, écrasant le relief tout en le rehaussant, aplanissant les accidents de terrain, lissant tout. Le moindre détail étincelait, et il se dégageait de cette beauté blanche, sublime et simple, une exaltation tranquille qui pénétrait Lucile et Claude. Ils ne parlaient pas, mais se lançaient des regards dans lesquels flottaient des sourires. Ils continuaient de monter en direction du col de Portes et chaque virage leur découvrait de nouvelles visions du même paysage. Ils marchèrent une heure, mais le temps ne se mesurait plus en unités, quand tant de sensations leur parvenaient, de perceptions accrues, démultipliées, résonnant à l'infini dans l'air immobile et limpide. Et dans la courbe d'un tournant ils la virent, reculée au fond d'un chemin, auréolée de lumière, presque invisible tant le soleil les aveuglait, couvrant les bâtiments d'une clarté insoutenable. On aurait dit que la chartreuse brûlait d'un feu sans flammes, brillant comme un cristal que l'on tourne en pleine lumière et dont les faces projettent mille éclairs de lumière blanche. Éblouis par la réverbération, clignant des yeux, Claude et Lucile avancèrent dans l'axe du soleil et bientôt distinguèrent le porche arrondi du monastère, encastré dans l'enceinte, surmonté de trois statues alignées, puis le clocher et l'église masqués par des arbres aux branches nues, enfin les toits des maisons que l'on devinait à l'arrière. La neige formait un écrin dans lequel s'enfonçait la chartreuse, comme en un oreiller soyeux.

Ils sonnèrent à la porte, un moine barbu vint ouvrir qui portait sur sa robe blanche un long manteau d'épaisse laine noire, et les conduisit vers un bâtiment séparé, à quelques mètres de la clôture. Le vieil homme regardait Lucile d'un air bon, tandis qu'elle s'emmêlait dans son explication. Il passait de temps en temps les doigts dans sa barbe, hochant la tête, finalement il eut un faible sourire et secoua plus longuement la tête, de gauche à droite. La jeune fille comprit et baissa les yeux vers le sol en laissant échapper un tout petit soupir, à peine audible.

Ils repartirent. Claude restait silencieux, ne sachant que dire, n'osant embarrasser Lucile.

— J'aurais bien aimé qu'il soit là, finit-elle par dire. C'est tellement beau... Penser qu'il voyait cela tous les jours m'aurait apaisée.

— Vous voulez continuer ? demanda Claude.

— Oui. Je sais que c'est absurde, ridicule et inutile, mais je veux le faire. Allons à Sélignac, si ce n'est pas abuser de votre gentillesse.

Le cœur de Claude se serra, et un soupir vint mourir sur ses lèvres. Son regard gris, si perçant et si dur parfois, s'était adouci jusqu'à prendre des teintes liquides, de mer du Nord, de calmes rivages nuageux et mélancoliques.

— Je ne suis pas quelqu'un de gentil, Lucile, répondit-il.

— Je sais... vous vous en défendez. À propos, vous m'avez dit l'autre jour que je n'étais pas capable d'aimer. Mais vous, Claude, qui aimez-vous ?

— J'aimais ma femme. Depuis qu'elle est morte, je n'ai plus aimé personne.

— On croit qu'on ne pourra plus, et puis un jour ça revient. Vous verrez...

Claude se racla la gorge.

— Je sais, j'ai vu... Grâce à vous.

Lucile soutint son regard une seconde, puis baissa les yeux, brusquement gênée.

— Cela fait mal au début, dit-il, puis la douleur se transforme en bonheur. Je ne me souvenais pas que c'était si fort.

Ils longèrent l'Ain, aux boucles d'émeraude. « Partout des fleuves et des rivières », pensait Claude. La répétition jamais identique des campagnes qui tour à tour montraient des bois, des champs, des collines et des cours d'eau, renouvelées sans cesse et pourtant toujours différentes, contribuait à donner au temps cette élasticité curieuse qui ôtait aux deux voyageurs toute notion de découpage. Ils savaient à peine quel jour on était, leurs noms même, mercredi, lundi ou jeudi, n'évoquaient plus rien. Quant à la date, ils l'avaient oubliée depuis longtemps. Avril sans doute avait déjà commencé, mais leur remontée vers le nord leur aurait plutôt fait songer à une marche arrière dans la saison. Le printemps précoce les avait accueillis en Provence, l'hiver les rattrapait, après des jours de déambulation. Les couleurs s'étaient modifiées au point de les faire douter d'avoir vu tant de verts nouveaux, de jaunes frais, de blancs rosés. Là tout était encore très brun, l'herbe avait la teinte jaunâtre des vieilles pailles desséchées, les arbres étaient gris, encore nus. La nature était triste et froide, malgré le soleil.

La belle chartreuse de Sélignac se voyait de la route. Ses toits rouges et gris, ses grands bâtiments blancs se détachaient sur fond de forêt sombre. On y accédait par une petite route goudronnée, en impasse. La masse de l'édifice était impressionnante, les fenêtres se comptaient par dizaines. En contrebas du monastère, enserrés à l'intérieur d'un haut mur de pierre qui marquait la clôture, s'étageaient des terrasses cultivées et des vergers. Un énorme chêne, plusieurs fois centenaire, gardait l'entrée de la chartreuse, dont la porte verrouillée, impressionnante, dissuadait le visiteur. Claude et Lucile hésitèrent à sonner, puis Claude se décida, voyant que Lucile manquait de courage. Ils attendirent. Lucile avait envie de s'enfuir en courant, son cœur battait à toute vitesse. Cinq minutes s'écoulèrent avant qu'ils n'entendent le petit cliquetis de la clenche qu'on ouvrait. Ce fut Claude qui parla, et on les reçut dans une aile latérale, en retrait de la grande porte.

Le moine qui vint à eux était très grand, extrêmement maigre et il avait dans l'œil une coquetterie qui déviait son regard à la manière d'un strabisme léger. Il semblait sincèrement surpris de leur visite et dissimulait si peu son étonnement que Lucile en rougit de honte et de consternation. Elle osait à peine le regarder en lui parlant et fixait en alternance le sol carrelé et un coin de la table sur laquelle le chartreux avait posé une main. Le moine restait muet, dévisageant Lucile, dont le visage était cramoisi. Claude était affreusement gêné, lui aussi. On ne dérange pas des moines en prière sans raison valable. La stupéfaction croissante du grand moine avait quelque chose d'indicible, qui atteignait Claude et Lucile comme un doigt désigne un coupable.

— C'est incroyable, bredouilla-t-il enfin. C'est incroyable !

Lucile lui jeta un regard implorant. Elle aurait tout donné pour quitter la pièce immédiatement.

— C'est incroyable, comme vous lui ressemblez...

Claude sursauta. Lucile s'arrêta de respirer. Elle releva la tête, ses yeux s'agrandirent, elle perdit en un instant toute couleur. Suspendue aux lèvres du moine, elle attendait, pétrifiée, qu'il poursuive. Lui-même était très ému.

— J'ai connu votre frère à la Grande-Chartreuse, que j'ai quittée il y a quatre ans pour venir ici.

— Mais, mais... bredouilla Lucile.

Elle s'avança vers la table pour s'y appuyer.

— ... il n'y est plus ! dit-elle dans un souffle.

Suivit un long silence. Lucile réfléchissait à toute vitesse, dans le plus grand désordre de pensées. Le moine restait interdit, droit comme un i, ne sachant que dire.

— Je ne savais pas que vous pouviez quitter votre... commença la jeune fille, pensant tout haut.

Elle n'acheva pas sa phrase.

— Si, nos statuts le permettent, intervint le moine avec empressement. D'ailleurs les moines de la Grande-Chartreuse sont souvent envoyés dans d'autres monastères de l'ordre.

Lucile agitait la tête de haut en bas, l'air stupide. Claude échangea un regard avec le chartreux. Il lut dans son œil flottant l'impuissance, et la sympathie. Lucile se reprenait lentement, mais le choc la laissait sans force. Elle eut pourtant celle de sourire et remercia le moine. Elle s'appuya au bras de Claude pour sortir, puis brusquement se retourna.

— Frère Antoine, balbutiait le moine, les yeux baissés. Je l'aimais beaucoup, ajouta-t-il à voix basse, en jetant un dernier regard à Lucile.

31

Le frère Antoine vivait dans la répétition. Il répétait chaque jour les mêmes gestes, redisait les mêmes prières, conservait le rythme invariable des journées. Chaque nouvelle année apportait le retour des événements qui marquaient la liturgie et que les moines célébraient dans un ordre qui jamais ne se modifiait. Les fêtes des saints ne changeaient pas d'une année sur l'autre, pas plus que l'ordre des prières qui s'égrenaient tout au long des offices. Cette répétition n'avait pas été instaurée au hasard, elle répondait même à une nécessité d'abstraction qui ne pouvait sans doute être atteinte que dans l'oubli d'un réel à trois dimensions. Les chartreux allaient et venaient dans un ensemble à deux pôles, constitués par les choses et leur répétition. L'unique, son double, l'unique, son double, et cela à perpétuité.

En empêchant tout élément extérieur de s'introduire dans son système bien réglé, la vie monastique occultait tout désordre qui serait venu déranger l'ordre immuable sans lequel aucune recherche spirituelle ne peut durablement se construire. Pour cela, elle évitait également toute création, car une création si minime fût-elle, en interagissant sur les deux plans déjà présents, aurait suscité l'avènement d'une troisième dimension, faisant basculer l'édifice dans un incontrôlable chaos. Toute initiative personnelle était donc proscrite, et l'individu devait tendre à faire taire ses aspirations personnelles au profit de celles de la communauté, pour le bien de tous. La règle préservait les moines de l'individualisme, la répétition leur ôtait toute créativité.

Antoine avait souffert les premières années de ce voyage immobile entre deux portes, dont il ne parvenait pas à dégager le sens exact. Ce qu'il ressentait comme une stérilité, ajoutée à l'aridité physique de son existence, lui semblait être inspiré par un acte de modestie devant le Créateur, seul capable d'engendrer et de composer. Par humilité pensait-il, les moines s'interdisent toute action à portée démiurgique... Mais il n'en poursuivait pas moins l'accumulation des prières, tel un remplissage systématique d'une sorte d'espace creux où se seraient amassées ses oraisons. La quantité s'accroissait tandis que la qualité restait la même, donnant à cette matière une inertie énorme, qui soutenait Antoine en même temps qu'elle l'écrasait.

Un matin pourtant quelque chose se produisit, une sorte d'étincelle sans lumière, de contact sans contact, et la masse des prières empilées fut parcourue d'une vibration qui la stria comme une ligne de brisure parcourt un verre. La fissure s'élargissait, créant un vide parfait, qui permettait à cette pleine poche de prières d'entrer en mouvement, de résonner telle une gelée frissonnante, de prendre enfin une nature réelle, un mouvement propre. Ce fut la première extase d'Antoine, il lui sembla qu'il remontait d'un autre monde lorsqu'il en ressortit.

De ce jour, il ne fit qu'attendre l'étincelle suivante, croyant dans sa naïveté qu'il avait enfin accédé à un stade où se renouvelait souvent cette sensation inouïe de décollement. Mais rien ne vint avant longtemps, le temps certainement qu'il reconstitue la matière, qu'il récite de nouveau les prières et les répète sans relâche. Il ne comprit que bien plus tard le principe de cette addition, ordonnée et minutieuse, sans laquelle ne pouvait se produire le mystérieux phénomène. Il chercha ensuite à comprendre ce qui provoquait le déclic, et d'où il venait. Bien sûr, il ne doutait pas de son origine divine, mais quelles étaient les conditions de son apparition ? Il passa des mois à enregistrer le moindre détail, à l'affût des modifications de l'atmosphère générale, de ses propres humeurs, de riens dont il ne savait plus s'il fallait les relever, les prendre en compte ou les ignorer totalement.

Lorsqu'il quitta la Grande-Chartreuse, il crut qu'un aussi grand changement perturberait infiniment l'équilibre instauré, retardant d'autant son étude et son ascension vers des sphères toujours étincelantes. Tout changea en effet, et il connut en Provence des joies si simples, si étonnamment concrètes, par le seul fait d'un autre cadre de vie, qu'il pensa s'être définitivement écarté des extases lumineuses qu'il avait connues dans les Alpes. Tout était devenu plus réel, presque matériel. Il avait beau répéter inlassablement, lire et relire les mêmes prières, on aurait dit que jamais ne se remplirait l'espace soudain explosé qui contenait ses dévotions. Enfin il renonça et de ce jour se sentit plus heureux, en abandonnant le désir de contrôler ses propres illuminations. Un atome était-il déplacé, cela suffisait, et la plus légère variation pouvait mettre en branle l'édifice entier. Antoine n'aurait pu l'observer tant elle était imperceptible, il se contenta de l'accepter, et ce faisant posa un pied sur les marches de verre qui mènent à la sérénité. Lorsqu'elles revinrent de nouveau, il apprit à goûter ces extases sans chercher à les analyser, et entra dans un dialogue discontinu, dont il ignorait les coordonnées de fréquence. Il restait à l'écoute, en répétition, dans l'attente de la prochaine étincelle. Il avait certains soirs la sensation d'être éternel.

32

— Et s'il était à Montrieux. Vous y avez pensé ? dit Claude, alors qu'ils redescendaient vers la voiture.

— J'y pense tout le temps, depuis quelques jours. Comme nous y étions allés, j'ai cru que je pouvais éliminer l'endroit, parce que sur place je n'avais rien senti de spécial. J'ai toujours pensé que si Raphaël était quelque part, tout près de moi, je le sentirais. Maintenant je n'en suis plus si sûre. Il pourrait être à Montrieux sans que je m'en sois aperçue. Mais il peut très bien être ailleurs, n'importe où, à l'étranger... N'importe où, répéta-t-elle. Il faudrait aller voir...

— Tout de suite ?

— Oh non ! À présent, plus rien ne presse. Je voulais simplement savoir où il était.

— Mais vous n'en savez rien...

— Je sais où il peut être et je crois que cela me suffit. Je me suis trompée, Claude, on ne rattrape pas les gens qui courent plus vite que vous.

Elle marchait avec plus d'assurance, mais continuait de s'appuyer sur le bras de Claude.

— Qu'allons-nous faire, maintenant ? demanda-t-il.

— Rentrer à Paris.
— Le voyage est fini, alors ?
— D'une certaine façon, oui.
Lucile prit une large inspiration.
— J'ai l'impression de naître, dit-elle.
— ...
— Comment avez-vous dit, déjà ? reprit-elle. Une souffrance qui se transforme en bonheur ?
— Je ne sais plus. C'est plus que ça, encore. De la joie, peut-être, quelque chose comme de l'allégresse...
Il hésita un instant.
— Comment se fait-il que vous vous ressembliez tant ? Vous êtes jumeaux ?
Il imaginait un garçon qui aurait eu le visage de Lucile.
— Non, mais petits déjà nous étions exactement pareils. Nous sommes les deux derniers, mon père nous appelait la lumière et l'archange. Il me disait que rien n'allait plus vite que la lumière. Et il disait à Raphaël que rien n'existait au-dessus des archanges, dans les armées de Dieu. Qu'ils avaient la responsabilité de ne jamais faillir, car, exposés aux regards de tous, ils devaient donner l'exemple et ne pas commettre d'erreur. Le moindre faux pas les précipiterait dans l'abîme et ce gouffre n'avait pas, affirmait-il, de moindre profondeur que celle de l'enfer, où régnait l'archange déchu, dans les ténèbres. Il disait encore à Raphaël qu'il devait pour éviter cela rester dans la clarté, pour bien voir où était le chemin sur lequel il avançait, et qu'il devait me regarder, moi la lumière, quand par hasard il avait besoin d'être éclairé. J'avais pour mission d'être son petit fanal, sa luciole phosphorescente qui le guidait à travers les dédales de

notre existence d'enfants. N'étant que d'un an son aînée, quand je me sentais vacillante, je puisais ma force dans la sienne, lui le maître des hiérarchies angéliques, dernier des enfants et premier des sages. Sa présence dans mon dos me donnait des ailes, celles que lui auraient attribuées les peintres italiens aux couleurs d'oiseaux merveilleux, et que j'imaginais l'emportant au sommet. Je nous croyais inséparables, je n'avais pas besoin de me retourner pour savoir qu'il me suivait. Aucun éloignement ne pouvait nous séparer alors, puisque la lumière franchit les distances plus vite que l'éclair. Lorsqu'un jour j'ai pris conscience qu'il avait vraiment disparu, j'ai imaginé les pires chutes. Sans lui je n'avais plus de raison d'être, puisque je ne faisais que me réverbérer sur son ombre projetée. Je n'avais pas compris qu'il avait trouvé plus forte source d'illumination... Je sais maintenant vers quelle lumière il regarde, mon archange perdu.

REMERCIEMENTS

L'auteur remercie pour son accueil en résidence et son aimable concours l'Association du Festival du Premier Roman Chambéry-Savoie. Elle remercie également pour son soutien la Direction Régionale aux Affaires Culturelles Rhône-Alpes, ainsi que la ville de Chambéry pour son hospitalité.

DU MÊME AUTEUR

THÉODORE MONOD (Plon, 1990; réédition Payot, 1993)

MÉMOIRES D'UN NATURALISTE VOYAGEUR (Agep, 1990)

VOYAGE AU TÉNÉRÉ (Plon, 1991)

L'HOMME DE LA PASSERELLE, *prix du Premier Roman* (Le Seuil, 1992)

VINGT-TROIS LETTRES D'AMÉRIQUE, *prix Amerigo Vespucci* (Fayard, 1995)

COLLECTION FOLIO

Dernières parutions

2721. Jean Giono — *Provence.*
2722. Pierre Magnan — *Périple d'un cachalot.*
2723. Félicien Marceau — *La terrasse de Lucrezia.*
2724. Daniel Pennac — *Comme un roman.*
2725. Joseph Conrad — *L'Agent secret.*
2726. Jorge Amado — *La terre aux fruits d'or.*
2727. Karen Blixen — *Ombres sur la prairie.*
2728. Nicolas Bréhal — *Les corps célestes.*
2729. Jack Couffer — *Le rat qui rit.*
2730. Romain Gary — *La danse de Gengis Cohn.*
2731. André Gide — *Voyage au Congo* suivi de *Le retour du Tchad.*
2733. Ian McEwan — *L'enfant volé.*
2734. Jean-Marie Rouart — *Le goût du malheur.*
2735. Sempé — *Âmes sœurs.*
2736. Émile Zola — *Lourdes.*
2737. Louis-Ferdinand Céline — *Féérie pour une autre fois.*
2738. Henry de Montherlant — *La Rose de sable.*
2739. Vivant Denon — *Point de lendemain*, suivi de Jean-François de Bastide : *La Petite Maison.*
2740. William Styron — *Le choix de Sophie.*
2741. Emmanuèle Bernheim — *Sa femme.*
2742. Maryse Condé — *Les derniers rois mages.*
2743. Gérard Delteil — *Chili con carne.*
2744. Édouard Glissant — *Tout-monde.*
2745. Bernard Lamarche-Vadel — *Vétérinaires.*
2746. J. M. G. Le Clézio — *Diego et Frida.*
2747. Jack London — *L'amour de la vie.*
2748. Bharati Mukherjee — *Jasmine.*
2749. Jean-Noël Pancrazi — *Le silence des passions.*
2750. Alina Reyes — *Quand tu aimes, il faut partir.*
2751. Mika Waltari — *Un inconnu vint à la ferme.*

2752.	Alain Bosquet	*Les solitudes.*
2753.	Jean Daniel	*L'ami anglais.*
2754.	Marguerite Duras	*Écrire.*
2755.	Marguerite Duras	*Outside.*
2756.	Amos Oz	*Mon Michaël.*
2757.	René-Victor Pilhes	*La position de Philidor.*
2758.	Danièle Sallenave	*Les portes de Gubbio.*
2759.	Philippe Sollers	*PARADIS 2.*
2760.	Mustapha Tlili	*La rage aux tripes.*
2761.	Anne Wiazemsky	*Canines.*
2762.	Jules et Edmond de Goncourt	*Manette Salomon.*
2763.	Philippe Beaussant	*Héloïse.*
2764.	Daniel Boulanger	*Les jeux du tour de ville.*
2765.	Didier Daeninckx	*En marge.*
2766.	Sylvie Germain	*Immensités.*
2767.	Witold Gombrowicz	*Journal I (1953-1958).*
2768.	Witold Gombrowicz	*Journal II (1959-1969).*
2769.	Gustaw Herling	*Un monde à part.*
2770.	Hermann Hesse	*Fiançailles.*
2771.	Arto Paasilinna	*Le fils du dieu de l'Orage.*
2772.	Gilbert Sinoué	*La fille du Nil.*
2773.	Charles Williams	*Bye-bye, bayou !.*
2774.	Avraham B. Yehoshua	*Monsieur Mani.*
2775.	Anonyme	*Les Milles et Une Nuits III (conte choisis).*
2776.	Jean-Jacques Rousseau	*Les confessions.*
2777.	Pascal	*Les Pensées.*
2778.	Lesage	*Gil Blas.*
2779.	Victor Hugo	*Les Misérables I.*
2780.	Victor Hugo	*Les Misérables II.*
2781.	Dostoïevski	*Les Démons (Les Possédés).*
2782.	Guy de Maupassant	*Boule de suif et autres nouvelles.*
2783.	Guy de Maupassant	*La Maison Tellier. Une partie de campagne et autres nouvelles.*
2784.	Witold Gombrowicz	*La pornographie.*
2785.	Marcel Aymé	*Le vaurien.*
2786.	Louis-Ferdinand Céline	*Entretiens avec le Professeur Y.*
2787.	Didier Daeninckx	*Le bourreau et son double.*

2788.	Guy Debord	*La Société du Spectacle.*
2789.	William Faulkner	*Les larrons.*
2790.	Élisabeth Gille	*Le crabe sur la banquette arrière.*
2791.	Louis Martin-Chauffier	*L'homme et la bête.*
2792.	Kenzaburô Oé	*Dites-nous comment survivre à notre folie.*
2793.	Jacques Réda	*L'herbe des talus.*
2794.	Roger Vrigny	*Accident de parcours.*
2795.	Blaise Cendrars	*Le Lotissement du ciel.*
2796.	Alexandre Pouchkine	*Eugène Onéguine.*
2797.	Pierre Assouline	*Simenon.*
2798.	Frédéric H. Fajardie	*Bleu de méthylène.*
2799.	Diane de Margerie	*La volière suivi de Duplicités.*
2800.	François Nourissier	*Mauvais genre.*
2801.	Jean d'Ormesson	*La Douane de mer.*
2802.	Amo Oz	*Un juste repos.*
2803.	Philip Roth	*Tromperie.*
2804.	Jean-Paul Sartre	*L'Engrenage.*
2805.	Jean-Paul Sartre	*Les jeux sont faits.*
2806.	Charles Sorel	*Histoire comique de Francion.*
2807.	Chico Buarque	*Embrouille.*
2808.	Ya Ding	*La jeune fille Tong.*
2809	Hervé Guibert	*Le Paradis.*
2810.	Martin Luis Guzman	*L'ombre du caudillo.*
2811.	Peter Handke	*Essai sur la fatigue.*
2812.	Philippe Labro	*Un début à Paris.*
2813.	Michel Mohrt	*L'ours des Adirondacks.*
2814.	N. Scott Momaday	*La maison de L'aube.*
2815.	Banana Yoshimoto	*Kitchen.*
2816.	Virginia Woolf	*Vers le phare.*
2817.	Honoré de Balzac	*Sarrasine.*
2818.	Alexandre Dumas	*Vingt ans après.*
2819.	Christian Bobin	*L'inespérée.*
2820.	Christian Bobin	*Isabelle Bruges.*
2821.	Louis Calaferte	*C'est la guerre.*
2822.	Louis Calaferte	*Rosa mystica.*
2823.	Jean-Paul Demure	*Découpe sombre.*
2824.	Lawrence Durrell	*L'ombre infinie de César.*
2825.	Mircea Eliade	*Les dix-neuf roses.*
2826.	Roger Grenier	*Le Pierrot noir.*

2827.	David McNeil	*Tous les bars de Zanzibar.*
2828.	René Frégni	*Le voleur d'innocence.*
2829.	Louvet de Couvray	*Les Amours de chevalier de Faublas.*
2830.	James Joyce	*Ulysse.*
2831.	François-Régis Bastide	*L'homme au désir d'amour lointain.*
2832.	Thomas Bernhard	*L'origine.*
2833.	Daniel Boulanger	*Les noces du merle.*
2834.	Michel del Castillo	*Rue des Archives.*
2835.	Pierre Drieu la Rochelle	*Une femme à sa fenêtre.*
2836.	Joseph Kesel	*Dames de Californie.*
2837.	Patrick Mosconi	*La nuit apache.*
2838.	Marguerite Yourcenar	*Conte bleu.*
2839.	Pascal Quignard	*Le sexe et l'effroi.*
2840.	Guy de Maupassant	*L'inutile beauté.*
2841.	Kôbô Abe	*Rendez-vous secret.*
2842.	Nicolas Bouvier	*Le poisson-scorpion.*
2843.	Patrick Chamoiseau	*Chemin-d'école.*
2844.	Patrick Chamoiseau	*Antan d'enfance.*
2845.	Philippe Djian	*Assassins.*
2846.	Lawrence Durrell	*Le carrousel sicilien.*
2847.	Jean-Marie Laclavetine	*Le Rouge et le Blanc.*
2848.	D.H. Lawrence	*Kangourou.*
2849.	Francine Prose	*Les petits miracles.*
2850.	Jean-Jacques Sempé	*Insondables mystères.*
2851.	Béatrix Beck	*Accommodements avec le ciel.*
2852.	Herman Melville	*Moby Dick.*
2853.	Jean-Claude Brisville	*Beaumarchais, l'insolent.*
2854.	James Baldwin	*Face à l'homme blanc.*
2855.	James Baldwin	*La prochaine fois, le feu.*
2856.	W. R. Burnett	*Rien dans les manches.*
2857.	Michel Déon	*Un déjeuner de soleil.*
2858.	Michel Déon	*Le jeune homme vert.*

Composition Traitext.
Impression Société Nouvelle Firmin-Didot.
le 6 août 1996.
Dépôt légal : août 1996.
Numéro d'imprimeur : 35387.

ISBN 2-07-040061-1/Imprimé en France.

p. 165
166